Debbie Macomber
Nuevos Amores

Editado por HARLEQUIN IBÉRICA, S.A.
Núñez de Balboa, 56
28001 Madrid

© 2004 Debbie Macomber. Todos los derechos reservados.
NUEVOS AMORES, N° 82 - 1.6.09
Título original: 44 Cranberry Point
Publicada originalmente por Mira Books, Ontario, Canadá.
Traducido por Sonia Figueroa Martínez

Editor responsable: Luis Pugni

Todos los derechos están reservados incluidos los de reproducción, total o parcial. Esta edición ha sido publicada con permiso de Harlequin Enterprises II BV.
Todos los personajes de este libro son ficticios. Cualquier parecido con alguna persona, viva o muerta, es pura coincidencia.
™TOP NOVEL es marca registrada por Harlequin Enterprises Ltd.
® y ™ son marcas registradas por Harlequin Enterprises Limited y sus filiales, utilizadas con licencia. Las marcas que lleven ® están registradas en la Oficina Española de Patentes y Marcas y en otros países.

I.S.B.N.: 978-84-671-7302-4
Depósito legal: B-18590-2009
Impresión: LIBERDÚPLEX
08791 Sant Llorenç d'Hortons (Barcelona)
Imagen de cubierta: DIMITRII/DREAMSTIME.COM

Distribuidor para España: MELISA

Para Leslee Borger y su increíble
madre, Ruth Koelzer

CAPÍTULO 1

Peggy Beldon salió a su jardín recién plantado, y saboreó los olores y las vistas que la rodeaban. Aquél era su lugar privado, su verdadera fuente de serenidad. Mientras inhalaba el aroma fresco y salobre del agua de Puget Sound, contempló el transbordador que iba de Bremerton a Seattle en un trayecto de setenta minutos. Era una típica tarde de mayo en Cedar Cove, hacía una temperatura agradable, y soplaba una suave brisa.

Después de desenrollar la manguera, avanzó con cuidado entre las hileras de lechugas, guisantes y habichuelas. Era una mujer muy práctica, y ese rasgo se reflejaba en su huerto; en cambio, el precioso jardín de flores delantero la satisfacía desde un punto de vista estético.

Sonrió con satisfacción, ya que tenía la casa con la que siempre había soñado. Se había criado en Cedar Cove, se había graduado en el instituto local, y se había casado con Bob Beldon cuando él había regresado de Vietnam. Los primeros años habían sido difíciles, porque Bob había empezado a tener problemas con el alcohol, pero, afortunadamente, él había acudido a Alcohólicos Anónimos.

Le estaría eternamente agradecida a aquella asociación, porque había salvado su matrimonio e incluso la vida de su marido. Antes de empezar a asistir a las reuniones de A.A.,

Bob solía pasarse noche tras noche bebiendo, solo o en compañía de sus amigos, y se convertía en otra persona que no se parecía en nada al hombre con el que se había casado. A ella no le gustaba pensar en aquellos tiempos; por fortuna, su marido llevaba veintiún años sin probar ni una gota de alcohol.

Avanzó entre las hileras de plantas mientras las regaba con cuidado. Bob había optado por la jubilación anticipada varios años atrás, y se habían comprado aquella casa en Cranberry Point por la que ella siempre había tenido debilidad. Estaba situada en una zona elevada con vistas a la ensenada Sinclair, y se trataba de un edificio de dos plantas que se había construido en los años treinta. Siempre le había parecido una verdadera mansión. La casa había cambiado de propietarios en numerosas ocasiones a lo largo de los años, y como nadie se había encargado del mantenimiento necesario, había ido deteriorándose. Bob y ella se habían rascado el bolsillo, y habían podido comprarla por un precio muy inferior al que tenía en ese momento.

Su marido era todo un manitas, y en cuestión de un par de meses la casa había quedado convertida en una acogedora pensión a la que habían llamado Thyme and Tide. Al principio no tenían ni idea de si el negocio iba a funcionar, pero tenían la esperanza de ir ganando una cantidad que, sumada a las pensiones de jubilación de los dos, les permitiera salir adelante. Lo cierto era que lo habían conseguido, y estaba muy orgullosa del éxito que tenían.

La suma de una casa tradicional, una hospitalidad cálida y una comida casera les había proporcionado tanto un flujo constante de clientes como una reputación en ascenso. Una revista de ámbito nacional había hablado de ellos, y había alabado sobre todo la comida que ella preparaba; de hecho, el crítico había escrito dos frases enteras describiendo sus magdalenas de arándanos y sus pasteles de frutas.

Cuidaba con esmero las veinte matas de arándanos y los ocho frambuesos que tenía en el huerto, y que cada verano le proporcionaban frutos de sobra tanto para su familia como para los huéspedes. La vida que llevaba le había parecido ideal... hasta que había pasado algo inconcebible.

Hacía más de un año que un desconocido había llegado a la pensión en medio de una oscura noche de tormenta. Si no fuera porque parecía un cliché sacado de una película, quizás incluso le habría hecho gracia, pero el asunto era muy serio. El hombre había pedido una habitación, y se había encerrado dentro de inmediato.

A posteriori se había arrepentido una y mil veces de no haber insistido en completar el papeleo necesario, pero como era tarde y el hombre parecía bastante cansado, Bob y ella se habían limitado a asignarle una habitación, creyendo que a la mañana siguiente tendrían tiempo de cumplir con los formalismos.

Pero a la mañana siguiente, el hombre había aparecido muerto.

Desde entonces, se sentía como si estuviera atrapada en medio de un torbellino, como si la zarandearan de un lado a otro fuerzas que escapaban a su control. Por si fuera poco el hecho de que el desconocido hubiera muerto en su casa, las autoridades habían descubierto que la identificación que llevaba era falsa. Nada era lo que parecía. Al final de aquel día interminable, después de pasar horas hablando con el sheriff y con el juez de instrucción, habían quedado más preguntas que respuestas.

Al ver que Bob sacaba el cortacésped del garaje, se detuvo y se protegió los ojos del sol con una mano. A pesar de todos los años que llevaban casados, jamás se cansaría de la vida que habían construido. Habían sobrevivido a los malos tiempos con el amor y la atracción que sentían el uno por el otro intactos. Bob era un hombre alto que seguía en buena forma física. Tenía el pelo de un color castaño claro, y lo llevaba bastante corto. Debido a las horas que pasaba al aire libre, tenía los brazos bastante bronceados. Le encantaba trabajar en su pequeño taller de carpintería, y resultaba impresionante lo que podía llegar a hacer con un par de troncos de roble o de pino. Ella se había enamorado de aquel hombre en la adolescencia, y seguía amándolo.

Pero a pesar de todo, estaba preocupada. No quería pensar en el desconocido, pero resultaba inevitable, sobre todo después de las últimas novedades. El sheriff, Troy Davis, había averiguado que el huésped misterioso era un tal Maxwell Russell, y decir que la noticia había impactado a Bob era quedarse muy corto; al parecer, Max y él habían estado juntos en Vietnam, y habían formado parte del mismo escuadrón junto a Dan Sherman, que también había fallecido, y junto a otro hombre llamado Stewart Samuels. Los cuatro se habían perdido en una jungla del sudeste asiático, y las consecuencias habían sido trágicas.

Después de que se descubriera la verdadera identidad del desconocido, había salido a la luz otra revelación sorprendente. El sheriff y Roy McAfee, un investigador privado de la ciudad, habían descubierto que la muerte de Max Russell no había sido accidental, sino que lo habían envenenado; al parecer, alguien había puesto Rohypnol en su botella de agua, una sustancia inodora y sin sabor muy utilizada en casos de agresiones sexuales. La dosis que le habían administrado había bastado para pararle el corazón. Max Russell se había acostado agotado después de un largo día de viaje, y ya no había vuelto a despertar.

Cuando Bob pasó de largo con el cortacésped y la saludó con la mano, le devolvió el gesto y siguió regando las plantas, pero no pudo evitar sentirse inquieta. Era posible que Bob estuviera en peligro, pero él parecía empeñado en comportarse como si no pasara nada, y se negaba a admitir que los temores que la atormentaban estaban más que fundados.

Justo cuando dejaba a un lado la manguera, alzó la mirada y vio que el coche patrulla del sheriff se acercaba por la calle. Se puso tensa de inmediato, pero se sintió esperanzada.

Era posible que Davis fuera capaz de lograr que Bob entrara en razón.

Su marido debió de ver el coche al mismo tiempo que ella, porque detuvo el cortacésped y se bajó mientras el sheriff enfilaba por el camino de entrada de la casa y aparcaba. Al principio, cuando cabía la posibilidad de que consideraran a Bob sospechoso en el caso de la muerte del desconocido, Davis no era tan bien recibido como en ese momento.

El sheriff bajó del coche, y como tenía unos cuantos kilos de más, se tomó unos segundos en subirse bien los pantalones y ajustarse la pistolera antes de ir hacia Bob. Como no quería que la dejaran al margen de la conversación, se apresuró a apagar el agua y se dirigió hacia ellos a través del césped medio cortado.

—Hola, Peggy —Davis se llevó la mano al borde de su sombrero, y la saludó con una inclinación de cabeza—. Estaba diciéndole a Bob que los tres deberíamos tener una pequeña charla.

Ella asintió, y se sintió agradecida al ver que no quería excluirla.

Fueron hacia el patio, y se sentaron alrededor de la mesa redonda de pino que Bob había construido varios años atrás. La había pintado de un tono azul grisáceo que combinaba a la perfección con los remates en blanco. El sol daba de lleno en aquella zona de la casa, así que la sombrilla estaba abierta.

—He estado hablando con Hannah Russell, y he venido a poneros al día.

Varios meses atrás, cuando habían descubierto la verdadera identidad de Max, la hija de éste había querido hablar con Bob y con ella. Había sido un encuentro bastante incómodo, pero había sentido pena por la joven y se había esforzado por responder a todas sus preguntas; por su parte, Hannah no había podido aportarles casi ninguna información. Su padre sólo le había dicho que se iba de viaje, pero ni siquiera había especificado adónde pensaba ir. La joven había denunciado su desaparición al ver que no regresaba, y había tardado un año en saber lo que había sido de él.

—Lo siento mucho por ella —comentó. Hannah también era huérfana de madre, y no le quedaba ningún familiar con vida.

—Estaba bastante afectada —comentó Davis—. Para ella fue un golpe muy duro enterarse de que su padre estaba muerto, pero descubrir encima que le habían asesinado...

—¿Tiene idea de quién pudo haberlo hecho?

—No. Me encargó que os diera las gracias por lo amables que habíais sido con ella. Hablar con vosotros la ayudó a asimilar lo que le había pasado a su padre. Peggy, mencionó la carta que le enviaste, y me di cuenta de lo mucho que había significado para ella.

Ella se mordió el labio, y le preguntó:

—¿Cómo le van las cosas?

—La verdad es que no lo sé. Me dijo que ya no tenía razón alguna para quedarse en California, y a juzgar por algunos de sus comentarios, es obvio que está pensando en mudarse. Le pedí que se mantuviera en contacto, y me prometió que lo haría.

La reacción de la joven era comprensible, seguro que sin sus padres se sentía desarraigada. No era de extrañar que quisiera alejarse del lugar donde se había criado, ya que allí estaba rodeada de recuerdos relacionados con sus seres queridos.

—¿Has averiguado algo sobre el coronel Samuels? —le preguntó Bob.

Stewart Samuels era el cuarto integrante del escuadrón que se había perdido en aquella selva de Vietnam. El sheriff se había puesto en contacto con él, y a pesar de que había llegado a la conclusión de que no había tenido nada que ver en el asesinato de Max, Bob no lo tenía tan claro. Tanto Bob como Max Russell y Dan Sherman habían dejado el ejército en cuanto habían regresado de Vietnam, pero Samuels había seguido con su carrera de militar y había ido ascendiendo.

—En este momento, el coronel no es uno de mis posibles sospechosos.

—Tengo entendido que está metido en los servicios de información del ejército —murmuró Bob, como si eso fuera un motivo más que suficiente.

—Sí, pero vive en la zona de Washington D.C. —le contestó Davis con calma—. He hecho que varias de mis fuentes le investiguen. Es un tipo muy respetado, y parece dispuesto a cooperar y a ayudar en todo lo que pueda. A lo mejor deberías hablar con él, Bob.

Su marido hizo un seco gesto de negación con la cabeza. Era reacio a involucrarse en algo que tenía que ver con el pasado. Le había costado mucho asimilar el suicidio de Dan y lo que le había pasado a Max, así que cuanto menos pensara en el pasado, en el efecto que tenía en el presente, mejor.

—¿Crees que Bob corre peligro? —su marido prefería actuar como si no existiera ninguna amenaza, pero ella quería valorar la situación desde un punto de vista realista.

—Sí, creo que es posible —le contestó el sheriff con voz suave.

No era lo que a ella le habría gustado oír, pero se sintió agradecida ante su franqueza. Tenían que enfrentarse a la verdad por muy desagradable que fuera, y tomar las precauciones adecuadas.

—Vaya tontería. Si alguien quisiera matarme, a estas alturas ya estaría enterrado —dijo Bob.

Aunque cabía la posibilidad de que aquello fuera cierto, no estaba dispuesta a arriesgar la vida de su marido, así que le dijo:

—¿Por qué no nos tomamos unas largas vacaciones? —hacía años que no se alejaban de la pensión, y un respiro les iría bien.

—¿Cuánto tiempo estaríamos fuera? —le preguntó Bob.

—Hasta que se resuelva el caso —lo miró con expresión implorante, porque no era el momento de intentar aparentar una tranquilidad que no sentía.

—Ni hablar.

Su negativa no la sorprendió, porque Bob parecía decidido a mantenerse ajeno a lo que estaba pasando; sin embargo, alguien tenía que hacerle entender que la posibilidad de que estuviera en peligro era muy real, y que en ese caso, ella también estaba corriendo un serio riesgo.

—No pienso marcharme de Cedar Cove.

—Bob...

—No dejaré que nadie me eche de mi propia casa.

Ella sintió que un escalofrío le recorría la espalda.

—Pero...

—He dicho que no, Peg —le dijo él, con voz firme—. ¿Cuánto tiempo tendríamos que pasar fuera? ¿Un mes?, ¿dos? —se detuvo por un segundo—. ¿Incluso más? —al ver que ni el sheriff ni ella le respondían, añadió—: Max murió hace un año, así que en teoría yo ya corría peligro en aquel entonces, ¿no?

El sheriff Davis intercambió con ella una mirada llena de preocupación antes de decir:

—Te entiendo, pero en aquella época no sabíamos lo que sabemos ahora.

—¡No pienso huir! Me pasé media vida haciéndolo, y estoy harto. Si alguien quiere verme muerto, que así sea —al oír que ella soltaba una exclamación ahogada, alargó el brazo por encima de la mesa y la tomó de la mano—. Lo siento, cariño, pero me niego a vivir con miedo.

—Pero podríais encontrar un término medio —le dijo Davis—. No tienes por qué invitar a entrar a tu casa a alguien que puede tener malas intenciones.

—¿Qué quieres decir? —Bob se inclinó hacia delante. Su lenguaje corporal reveló lo que él mismo se negaba a admitir. A pesar de sus palabras desafiantes, era obvio que tenía miedo.

—No sé cuántas reservas tenéis en la pensión, pero os aconsejaría que no aceptarais más huéspedes.

—Podemos cancelar las que ya tenemos —comentó ella.

Había otros negocios en la zona que aceptarían encantados más clientes.

—¿Así te sentirías más tranquila? —le preguntó Bob.

Ella tragó con dificultad, y finalmente asintió.

Su marido no pareció demasiado convencido; al parecer, no le gustaba la idea de tener que hacer alguna concesión.

—Estoy preocupada desde la boda de Jack y Olivia —le susurró.

Jack Griffin se había casado una semana antes, y Bob había sido el padrino. La boda se había celebrado uno o dos días después de que supieran que Max Russell había sido asesinado.

—De acuerdo, cancelaremos las reservas —le dijo él a regañadientes.

—Nada de huéspedes —insistió ella.

—Nada de huéspedes... hasta que este asunto se aclare de una vez por todas.

Daba igual que aquello pudiera perjudicarles desde un punto de vista económico. Lo único que importaba era que Bob estuviera a salvo.

—Haré lo que pueda por resolver el caso lo antes posible —les dijo Troy.

La cuestión era cuánto tiempo iba a alargarse aquella situación.

CAPÍTULO 2

Cecilia Randall estaba esperando en el puerto de la Armada, mientras el portaaviones George Washington entraba en la ensenada Sinclair. Su marido, Ian, regresaba por fin a casa después de pasar seis meses de servicio en el Golfo Pérsico. Antes, cuando oía hablar de corazones henchidos de felicidad, creía que se trataba de una exageración sensiblera, pero en ese momento estaba experimentando en primera persona esa sensación. Mientras la enorme nave se acercaba a Bremerton, su corazón rebosaba amor, orgullo y patriotismo.

Esposas, amigos y familiares abarrotaban el puerto, y había un sinfín de banderitas y de pancartas de bienvenida ondeando en el aire. Los helicópteros de las cadenas de televisión de Seattle sobrevolaban la zona, y grababan el evento para emitirlo en los noticiarios de las cinco. A pesar del día lluvioso, la rodeaban una alegría y un entusiasmo contagiosos. Ni siquiera el cielo plomizo y la amenaza de lluvia inminente podían aguarle el día. Había una banda de música tocando de fondo, y la bandera norteamericana ondeaba en el viento. La escena parecía sacada de un cuadro de Norman Rockwell.

Junto a ella estaban sus dos mejores amigas, Cathy Lackey y Carol Greendale, cuyos maridos también estaban en la Armada. Al verlas saludando entusiasmadas con una mano mientras con la otra sujetaban a sus respectivos hijos contra la cadera, deseó volver a ser madre cuanto antes.

—¡Me parece que ya veo a Andrew! —exclamó Cathy. Soltó un gritito de felicidad, y saludó con la mano como una loca antes de señalarle a su hijo dónde estaba su padre.

Los tres mil marineros estaban colocados a lo largo de la barandilla del portaaviones, vestidos con sus uniformes blancos. Estaban alineados a lo largo del perímetro de la cubierta de vuelo, y permanecían firmes con los pies ligeramente separados y las manos a la espalda. Cecilia era incapaz de distinguir a Ian desde allí, pero siguió gritando y saludando entusiasmada con la esperanza de que su marido alcanzara a verla.

—¿Puedes sujetar a Amanda? —le dijo Carol.

Cecilia tomó en brazos encantada a la pequeña de tres años. Hubo un tiempo en que se habría sentido angustiada con sólo mirar a aquella niña, porque había nacido en la misma semana que su propia hija. Si hubiera sobrevivido, Allison también tendría tres años, pero había muerto después de aferrarse a la vida durante unos días. La muerte de su hija había hecho que su matrimonio se desmoronara, y habría acabado engrosando la triste lista de matrimonios fallidos de no haber sido por una sensata juez de familia, que se había saltado las convenciones y les había denegado el divorcio.

—¡Aquí, Ian! —exclamó, mientras alzaba el brazo y saludaba—. ¿Ves a tu papá, Amanda?

La pequeña se agarró con más fuerza a su cuello, y ocultó el rostro en su hombro.

—¡Ahí está, Amanda! ¡Ahí está papá! —gritó Carol, mientras señalaba hacia el portaaviones. Cuando su hija alzó la mirada y sonrió, volvió a tomarla en sus brazos.

Pasó una eternidad hasta que los marineros empezaron a desembarcar cargados con sus petates y se reencontraron con sus seres queridos. En cuanto vio a Andrew, Cathy echó a correr hacia él llorando de felicidad.

Cecilia buscó frenética a Ian entre el gentío, y se quedó sin aliento al verlo por fin, tan alto y atlético como siempre, con la piel bronceada y el pelo oscuro asomando bajo la gorra blanca. Se echó a llorar de alegría, y al cabo de un instante estuvo entre sus brazos.

Apenas podía verlo, porque las lágrimas le nublaban los ojos, pero se aferraron el uno al otro y sus bocas se encontraron en un beso profundo y sensual que acumulaba seis meses de deseo y añoranza. Para cuando se separaron un poco, estaba temblorosa y sin aliento. Su mundo estaba completo de nuevo, porque Ian estaba en casa. Si el universo se hubiera disuelto a su alrededor en ese momento, a ella le habría dado igual.

—No sabes cuánto te he echado de menos —le susurró, mientras se aferraba a él y le acariciaba la nuca.

Tenía tantas cosas que decir, tantas cosas acumuladas en el corazón... pero en ese momento lo único que le importaba era sentir el abrazo de su marido, saber que él estaba en casa sano y salvo y que era suyo por completo, al menos hasta que la Armada de los Estados Unidos volviera a reclamarlo.

—Cariño, han sido los seis meses más largos de toda mi vida —le dijo él, mientras seguía abrazándola con fuerza.

Ella cerró los ojos, y saboreó aquel momento tan esperado. Pensaba aprovechar al máximo los tres días de permiso de su marido. Según sus cálculos, estaba en los días más fértiles del mes, así que Ian había regresado en un momento perfecto.

Él se echó el petate al hombro, la tomó de la mano y echaron a andar hacia el aparcamiento; al parecer, no la tenía lo bastante cerca, porque le rodeó la cintura con un brazo y la apretó contra su costado. La miró sonriente, y el amor que desprendía su mirada la recorrió como... como la cálida luz del sol. Era la única comparación que se le ocurrió, quizá porque en ese momento el sol brillaba por su ausencia. Como había empezado a lloviznar, aceleraron el paso sin dejar de mirarse arrobados.

—Te amo —le dijo ella.
—Estoy deseando demostrarte lo mucho que te quiero... no tienes que volver al trabajo, ¿verdad?
Cecilia estuvo a punto de hacerle creer que sí para gastarle una pequeña broma, pero fue incapaz de hacerlo.
—El señor Cox me ha dado tres días libres —le dio las llaves del coche, y él abrió las puertas de inmediato.
—Tu jefe me cae cada vez mejor.
Ella compartía aquella buena opinión, sobre todo desde que su jefe se había casado de nuevo con su ex mujer. El ambiente que se respiraba en el despacho era mucho más relajado desde que la pareja había vuelto a unirse.
Los Cox desaparecieron de su mente cuando Ian puso rumbo a casa. Apenas hablaron durante el trayecto, pero sus miradas se encontraron con frecuencia. Al cabo de diez minutos, ya estaban aparcando en la plaza que tenían asignada. Se habían trasladado a una vivienda militar justo antes de que Ian se marchara al Golfo Pérsico, cuando había quedado disponible una unidad.
—¿Has traído todo lo que te mandé? —le preguntó, con voz ronca.
—Fuiste muy cruel conmigo, Cecilia —le dijo él, ceñudo.
Si no lo conociera tan bien, habría pensado que su pequeña travesura no le había hecho ninguna gracia, pero el brillo de sus ojos lo delataba. Durante cada una de las tres últimas semanas le había mandado una parte de un picardías transparente, y en el último envío había incluido una nota en la que le prometía que lo luciría para él cuando llegara a casa. En el último mensaje electrónico que él le había enviado, prácticamente lo había oído jadear de deseo.
—Supongo que eres consciente de que has creado un monstruo con tu truquito, ¿verdad?
—Estoy deseando amansarlo —le susurró ella, antes de inclinarse para besarlo.
Él se apartó un poco al cabo de unos segundos, y le dijo con voz entrecortada:

—Cariño... será mejor que entremos cuanto antes.
—A la orden —le dijo ella, con un saludo militar.
Ian bajó del coche a toda prisa, fue a ayudarla a bajar, y agarró su petate. Mientras corrían bajo la llovizna hacia el dúplex, se echaron a reír llenos de excitación. Él estaba tan ansioso por entrar, que tuvo problemas para abrir la puerta.
Cecilia había limpiado a fondo, y todo estaba resplandeciente. Había puesto sábanas limpias en la cama y había dejado bajadas las persianas del dormitorio, porque sabía de antemano que querrían hacer el amor de inmediato después de seis meses de separación.
En cuanto entraron en la casa, Ian soltó el petate y la tomó en brazos mientras ella le rodeaba el cuello con los brazos. La llevó sin preámbulos al dormitorio, y en cuanto cruzaron el umbral, empezó a besarla con desesperación.
Cuando la soltó y empezó a desnudarse, Cecilia le preguntó:
—¿Quieres que me ponga el picardías?
—La próxima vez —le dijo él con voz ronca, mientras se sentaba en la cama y se quitaba los zapatos a toda prisa.
—Ian, antes de nada... —cuando él la miró con expresión interrogante, se arrodilló tras él en la cama y apoyó la barbilla en su hombro desnudo—. Hay algo que deberías saber.
—¿No puede esperar?
—Sí, pero me parece que querrás saberlo de antemano.
—¿Qué pasa? —se volvió hacia ella, la agarró de la cintura, y sus ojos oscuros la miraron con una expresión penetrante.
Cecilia lo miró sonriente, y bajó las manos por sus hombros musculosos mientras saboreaba el contacto con su piel.
—Me parece que esta tarde sería el momento perfecto para engendrar un bebé.
—Creía que estabas tomando la píldora.
Ella negó con la cabeza, y su sonrisa se ensanchó.
—No, ya no. Hace seis meses que tiré la caja a la basura —al ver que él fruncía el ceño, añadió—: Como tú estabas en

alta mar, no hacía falta que tomara medidas anticonceptivas; además...

—¿No empezaste a tomártelas otra vez cuando supiste que volvía a casa?

—No.

—Pero... sabías que iba a llegar hoy.

—Sí, y estaba deseando verte —le dijo ella con voz sugerente.

—Pero... ¡cariño, tendrías que haberme avisado! No tengo nada para protegerte de un embarazo.

—¿Quién dice que quiero protección? Marinero, lo que quiero es un bebé.

Él se quedó inmóvil.

—¿Ian?

Su marido se enderezó, y le dio la espalda antes de decirle:

—¿No crees que antes tendríamos que haber hablado del tema?

—Es lo que estamos haciendo.

—Sí, en el último momento.

—¿No quieres que tengamos hijos?

Él se levantó, y se volvió hacia ella. Tenía el torso desnudo, y los pantalones medio desabrochados. Se frotó los ojos, como si la pregunta lo hubiera agobiado, y al final le dijo:

—Sí, quiero tenerlos, pero aún no.

—Creía que...

—Es demasiado pronto, cariño.

—Ya han pasado tres años.

Su deseo de tener un hijo había ido acrecentándose durante los últimos meses. Tiempo atrás había decidido acabar los estudios antes de volver a quedarse embarazada, pero ya lo había hecho, y además había encontrado un empleo fantástico.

—Estoy lista, Ian.

Él agachó la cabeza, y le dijo:

—Pero yo no, no puedo arriesgarme a dejarte embarazada —se abrochó la bragueta, y después de ponerse la camisa en un tiempo récord, agarró las llaves del coche.

Cecilia se mordió el labio al darse cuenta de que él tenía razón, tendría que haber mencionado el tema antes. Se comunicaban casi a diario a través del correo electrónico, así que habían tenido tiempo de sobra de hablar de aquello antes de que él regresara.

Al llegar a la puerta del dormitorio, Ian se volvió hacia ella y le dijo:

—No te muevas de aquí.

—¿Adónde vas?

Él soltó una pequeña carcajada llena de impaciencia.

—A la farmacia. Quédate donde estás, ¿vale? Ahora mismo vuelvo.

Cecilia sintió como si el sol acabara de ocultarse tras una nube plomiza. Quizás, en el fondo, había sabido de antemano que él reaccionaría así. Ian tenía miedo de otro embarazo, del efecto que podría tener en ella desde un punto físico y en los dos como pareja. Le entendía, porque ella también se había enfrentado a aquellos temores, pero había creído... o más bien, había querido creer... que él también los había superado; al parecer, se había equivocado.

CAPÍTULO 3

Maryellen Sherman salió de su casa cargada con una pesada caja de cartón que metió en el maletero del coche. Estaba pletórica, porque muy pronto estaría viviendo con Jon Bowman... estaría casada con él.

Después de tanto tiempo, le costaba creerlo, pero las barreras que los separaban se habían derrumbado. Ya no podía ocultar el amor que sentía por él, ni tenía que hacerlo. Los dos habían admitido lo que sentían. Habían aclarado los malentendidos que los distanciaban, habían dejado a un lado el orgullo y el enfado.

Jon salió de la casa con otra caja, y la colocó en el maletero junto a la otra. La tomó de la mano, y le dio un pequeño apretón que expresaba sin necesidad de palabras lo feliz que se sentía porque al fin iban a estar juntos de verdad.

Sacaron dos cajas más y volvieron a entrar a toda prisa en la casa. Katie, la hija que habían tenido nueve meses atrás, dormía plácidamente en su cuna, pero seguro que no tardaría en despertar. Sólo les quedaban unos minutos de paz, y la mayor parte de sus pertenencias aún estaban por empaquetar.

—¿Eso es todo por ahora? —Jon se llevó las manos a las caderas, y recorrió la sala de estar con la mirada.

—Sí, pero dentro de un rato tendré más cajas listas —de

hecho, apenas había empezado a empaquetar. Había vivido durante doce años en aquella casa de alquiler, y era increíble cuántas cosas había acumulado. Había tardado semanas en organizar la ropa y los libros, y en decidir lo que iba a quedarse, lo que iba a tirar, y lo que iba a regalar.

—¿Cuántas más? —le preguntó Jon con cautela.

—Un montón. ¿Quieres que preparemos unas cuantas ahora mismo? —le preguntó, al darse cuenta de que sería mejor llenar también el asiento trasero del coche para trasladar el máximo de cosas posible.

—Lo que quiero es tenerte en mi casa de una vez por todas —parecía tan impaciente como ella.

—Yo tengo tantas ganas como tú —Maryellen entró en la cocina, mientras intentaba decidir qué más deberían llevarse esa misma tarde. Aquella mudanza estaba resultándole muy difícil y frustrante.

—¿Has hablado con tu madre sobre la fecha de la boda?

—A ella le parece perfecto que sea en mayo, en el Día de los Caídos —tuvo que contener una sonrisa, porque estaba convencida de que su madre se sentía más que aliviada al ver que habían decidido casarse. Como ya tenían una hija común, Grace Sherman consideraba que la ceremonia había tardado demasiado en llegar.

—¿Estás segura de que no te importa que no tengamos una boda a lo grande?

Maryellen negó con la cabeza, y sacó una jarra de té de la nevera. En su primer matrimonio había tenido una boda fastuosa, pero su vida de casada había sido un desastre. En aquella época era joven e ingenua. Se había divorciado al cabo de un año, pero había tardado mucho en recuperarse desde un punto de vista emocional.

Doce años después, cuando había conocido a Jon, la idea de volver a enamorarse seguía aterrándola. Al principio lo había rechazado, le había insultado, y había hecho todo lo posible por mantenerlo alejado; de hecho, se sentía mortificada al recordar todo lo que había dicho y hecho.

Jon sacó dos vasos, los colocó sobre la encimera y le dijo:
—Ya sabes que el marido que vas a tener no es ninguna maravilla.

Ella lo fulminó con la mirada, y le dijo indignada:
—Si vuelves a decirme algo así, te juro que... que te haré sufrir.

Él esbozó una sonrisa que suavizó sus facciones. No era un hombre guapo. Era alto, tenía el pelo oscuro y unos intensos ojos marrones, y era el fotógrafo con más talento que ella había conocido en su vida. Sus obras se exponían en una de las mejores galerías de arte de Seattle, y su nombre iba ganando prestigio.

—Ahora ya lo sabes todo sobre mí —Jon apartó la mirada, y agachó la cabeza.

—Y tú sobre mí.

Los dos tenían sus secretos, recuerdos dolorosos del pasado. Pero también se tenían el uno al otro, y por primera vez desde que se había divorciado, se sentía preparada para acabar de sanar las penas remanentes de aquel primer matrimonio. Sus respectivos pasados los habían mantenido separados. Se habían sentido atraídos el uno por el otro desde el principio, pero los secretos que habían querido ocultar habían estado a punto de destrozarlos.

—Tú no tienes antecedentes penales —murmuró Jon.

Maryellen le tomó la mano, y se la llevó a los labios.

—Para mí, ser tu esposa es como una bendición. Hasta que te conocí, yo también estaba en la cárcel... una cárcel que había creado yo misma —podía sonar un poco melodramático, pero era lo que sentía.

Cuando él la miró con una sonrisa que habría podido iluminar la cocina, lo abrazó por la cintura y apoyó la cara contra él.

—Estoy deseando compartir el resto de mi vida contigo, Jon.

Él la abrazó con fuerza, y suspiró de forma audible antes de comentar:

—¿No crees que es una tontería que sigas viviendo aquí hasta después de la boda?

—Puede que sí, pero prefiero esperar —había cometido muchos errores, pero quería que todo lo relacionado con aquel matrimonio fuera perfecto, que la noche de bodas fuera especial.

—Tenemos una hija, ya hemos...

Ella lo miró a los ojos, y no supo cómo expresar lo que sentía.

—¿Te importa que esperemos? —le preguntó al fin.

—Claro que me importa, pero puedo aguantar si significa tanto para ti.

Maryellen asintió y le dio un beso en la mandíbula para mostrarle sin palabras que le agradecía su paciencia, pero flaqueó un poco cuando él hundió las manos en su pelo oscuro y la besó en los labios con pasión. Todo aquello le resultaba tan nuevo y excitante... el deseo que sentían el uno por el otro siempre había sido explosivo e insaciable.

De repente, Katie empezó a llorar, y Jon se apartó con un suspiro de resignación.

Maryellen fue de inmediato al cuarto de su hija. La pequeña estaba de pie en la cuna y alargó los brazos hacia ella al verla. Después de cambiarle el pañal, la llevó a la cocina y la sentó en la trona, donde ya estaban preparados un vaso de zumo y un plato de galletas.

La niña, que ya se había despertado del todo y estaba de muy buen humor, agarró el vaso y tomó un trago antes de volver a dejarlo con un sonoro golpetazo sobre la bandeja de plástico.

—Cada vez que la miro, me quedo embobado —Jon se agachó hasta quedar cara a cara con la niña—. Eres la niñita de papá, ¿verdad?

Katie le contestó con una enorme sonrisa. Él agarró de inmediato su cámara, que estaba sobre la encimera, y empezó a hacerle fotos.

—¡Jon! —Maryellen no pudo evitar echarse a reír al ver lo predecible que era.

Cuando habían empezado a trabajar juntos en la galería de arte de Harbor Street, la había invitado a salir un montón de veces, pero ella siempre se había negado porque no quería tener un hombre en su vida; sin embargo, había acabado sucumbiendo, y poco después se había dado cuenta de que se había quedado embarazada.

Había intentado por todos los medios mantener a Jon apartado tanto de la vida de su hija como de la suya, y como tantas otras mujeres, había decidido ser madre soltera; sin embargo, después de que Katie naciera, se había dado cuenta de lo mucho que la pequeña necesitaba un padre, y también había descubierto que ella misma quería y necesitaba que Jon la ayudara a criar a su hija. Pero para entonces ya parecía demasiado tarde, porque estaba convencida de que Jon no quería tener nada que ver con ella, que lo único que a él le importaba era la niña.

Cuando acabó de hacerle fotos a Katie, Jon se volvió hacia ella y le hizo varias antes de que pudiera reaccionar. Al comienzo de su relación se había sentido entre incómoda y halagada cuando la fotografiaba, pero ya confiaba plenamente en él y no protestaba cuando la enfocaba con su Nikon, por muy desprevenida que la tomara. En muchos aspectos, Jon se sentía más cómodo estando tras la lente de su cámara. Era como si revelara su personalidad y sus emociones a través de la fotografía.

—Quiero teneros a las dos a mi lado lo antes posible —le dijo él, después de rebobinar y sacar el carrete.

—Ya falta poco, dos semanas.

Él hizo ademán de protestar, pero pareció pensárselo mejor y dijo a regañadientes:

—Ya hemos esperado hasta ahora, supongo que un par de semanas más no me matarán.

—Hay que saborear la anticipación —sonrió al ver que él rezongaba algo, porque a pesar de que no alcanzó a oírle bien, no le costó imaginar lo que había dicho—. Podríamos pedirle al reverendo Flemming que oficiara la ceremonia —no solía ir a la iglesia, pero el reverendo metodista había casado recientemente a Olivia Lockhart, la mejor amiga de su madre, con Jack Griffin, y la ceremonia había sido preciosa.

—¿No prefieres que nos case la juez Lockhart...? Bueno, ahora es la juez Griffin, ¿no?

—Usa los dos apellidos. La verdad es que... en fin, me gustaría que fuera una boda religiosa —aunque conocía a Olivia desde siempre, había decidido que no quería tener una boda civil. Al pronunciar los votos matrimoniales iba a comprometerse, ante Dios y toda la comunidad, a amarlo durante el resto de su vida.

—¿Quieres casarte en una iglesia?, ¿estás segura?

—Podemos hacerlo en la iglesia metodista, o en tu finca. ¿Te parece bien? —Jon había construido una preciosa casa de dos plantas en unas tierras que su abuelo le había dejado en herencia. La finca tenía vistas a Puget Sound, y el monte Rainier quedaba de fondo.

—Perfecto. ¿Y el banquete?

—En la finca también —de repente, se preguntó si estaba pidiéndole demasiado—. No creo que tengamos demasiados invitados, estarán la familia y unos cuantos amigos. Sólo tendremos que servir pastel de bodas y champán. Si hace buen tiempo, podríamos casarnos al aire libre —con los rododendros y las azaleas que abundaban en la finca, todo estaría precioso.

—Vale. También podríamos servir canapés, puedo prepararlos con uno o dos días de antelación.

—Jon...

—Un amigo mío puede hacer las fotos, pero de las tuyas quiero encargarme yo en persona.

Como era obvio que estaba entusiasmándose cada vez más con el tema de la boda, le preguntó:

—¿Vamos a poder organizarlo todo en dos semanas?

—Claro que sí —al ver que sonreía entusiasmada, añadió—: ¿Tienes alguna otra petición?

Sí, tenía una más, pero no sabía cómo sacarla a colación. Él pareció darse cuenta de su indecisión, porque le preguntó con cautela:

—¿Qué pasa?

—En cuanto a la lista de invitados...

—¿Cuántos?

—No se trata del número... vendrán mamá, mi hermana, y unas cuantas amistades. Pero hay varias personas a las que me gustaría invitar, y no sé si estarás de acuerdo.

Katie soltó un gritito, y dejó caer el vaso sobre la bandeja.

Jon besó a Maryellen en la sien, y le dijo:

—Sabes que no podría negarte casi nada, ¿a quién quieres invitar?

Ella se apoyó un poco más contra él, porque no quería verle la cara mientras se lo decía.

—A tu padre y a tu madrastra.

Jon le había revelado recientemente el daño que le habían causado sus padres cuando habían decidido proteger a su hermano. Como ellos habían mentido al prestar declaración en un juicio, él había sido condenado injustamente por tráfico de drogas, y le habían condenado a siete años de cárcel. Desde entonces no había vuelto a cruzar palabra con ellos.

Él se tensó, y la soltó poco a poco antes de decirle:

—Ni hablar, ya no forman parte de mi vida. Me dieron la espalda, y...

—Eres lo único que les queda.

El hermano de Jon había muerto, y ella estaba convencida de que su familia se arrepentía tanto de haber traicionado al uno como de no haber hecho que el otro se enfrentara a las consecuencias de sus actos.

—No quiero que volvamos a hablar del tema, ¿está claro? Mi única familia sois Katie y tú —respiró hondo, y la soltó.

Maryellen tuvo ganas de insistir, porque quería contribuir a restablecer la relación entre Jon y su familia, pero era obvio que él aún no estaba preparado. Sus padres tenían una nieta a la que no conocían, así que era una gran oportunidad para empezar desde cero, pero era consciente de que era un asunto en el que no podía inmiscuirse, sobre todo teniendo en cuenta lo tajante que se mostraba Jon.

—¿Qué me dices de la luna de miel? —le dijo él—. Nada demasiado rebuscado, habría que encontrar un sitio en el que podamos pasar un par de días.

—¿Quieres que nos vayamos de luna de miel? —ni siquiera había pensado en el tema, porque había estado muy atareada con la mudanza y la boda.

—Pues claro.

—Podríamos ir al Thyme and Tide —la pensión de Bob y Peggy Beldon tenía fama de ser la mejor de la ciudad.

—No puede ser. Ya lo había pensado, así que llamé para informarme, y me dijeron que no iban a admitir huéspedes hasta que se resolviera lo del asesinato.

—Vaya.

—¿Qué te parece si pasamos una noche en Seattle los dos solos? A tu madre no le importaría quedarse con Katie, ¿verdad?

Maryellen soltó una carcajada, y le dijo:

—Claro que no, lo hará encantada.

—Perfecto. Entonces, ¿está decidido? ¿Vamos a Seattle? —cuando ella asintió, añadió—: La luna de miel será la mejor parte —le dio un beso en la nariz, y Katie se echó a reír como si no hubiera visto nada tan gracioso en toda su vida—. Te hace gracia, ¿verdad? —le dijo, sonriente—. Sí, supongo que es comprensible.

—Vamos a tener una boda preciosa —le dijo Maryellen con convicción. El caos de la mudanza valía la pena, porque en cuestión de un par de semanas iba a convertirse en la esposa de Jon... los tres iban a ser una familia.

CAPÍTULO 4

Charlotte Jefferson se vistió con nerviosismo para su comparecencia en el juzgado. Había pasado muchas tardes allí, observando orgullosa mientras su hija ejercía de juez de familia. Estaba convencida de que Olivia era una de las juezas más sensatas y brillantes de todo el estado, y le encantaba verla dictando sentencias con su toga negra.

Pero aquella tarde en particular no iba a estar en la sala de Olivia, sino en la del juez Robson. Y tampoco iba a estar sola, porque, junto con algunos de sus más queridos amigos, iba a tener que enfrentarse a las consecuencias de la desobediencia civil en la que había incurrido. Era posible que la mandaran a la cárcel, pero sería un pequeño precio a pagar si con sus actos había conseguido que el ayuntamiento se decidiera por fin a crear un centro de salud en Cedar Cove.

Iba a encontrarse con Laura, Bes, Ben Rhodes y los demás a la una, en el vestíbulo que precedía a la sala del juez Robson.

Se puso su mejor vestido de los domingos y un sombrero que había comprado en el año sesenta y seis. Se trataba de una prenda amarilla de ala ancha, que tenía una pluma blanca sujeta con una cinta de satén. Si el juez Robson decidía encarcelarlos a todos, iba a entrar en la celda estando tan impecable como cuando iba a misa.

Olivia y Jack creían que era improbable que la encarcelaran, pero había oído hablar del juez Robson y tenía entendido que era mucho más estricto que Olivia, y que de vez en cuando optaba por sentencias especialmente duras para dar ejemplo.

Se sorprendió al oír el timbre de la puerta. Su gato, Harry, saltó desde los pies de la cama y se fue corriendo a la sala de estar en un despliegue inusual de energía. Se preguntó quién sería, porque Olivia y Jack aún estaban de luna de miel. Le había dado vergüenza pedirle a Justine, su nieta, que la acompañara al juzgado. Dejando a un lado a Olivia, que por supuesto estaba al corriente de la situación, no había querido contárselo a nadie, pero era imposible mantener en secreto algo así.

Fue a la puerta principal y vio por la mirilla que se trataba de Ben Rhodes, que estaba tan pulcro y elegante como siempre. A pesar de que era una mujer mayor, el corazón se le aceleró al verlo. Hacía muchos años que se había quedado viuda, así que había dado por hecho que era demasiado mayor para enamorarse, pero gracias a Ben se había dado cuenta de lo equivocada que estaba.

Se apresuró a descorrer los cuatro pestillos de la puerta, y le dijo:

—¡Hola, Ben! ¿Qué haces aquí?, habíamos quedado en encontrarnos en el juzgado.

—Ya lo sé, pero he decidido venir a buscar a mi chica favorita. ¿Estás lista?

Charlotte se puso bien la falda del vestido, que tenía un colorido estampado floral, y por un momento se sintió como la protagonista de un musical de los sesenta. Ben hacía que todo aquello pareciera una aventura, en vez de un escándalo... o algo peor.

—¿Cómo estoy?

Él esbozó una sonrisa que la encandiló. A veces le costaba recordar que no era el magnífico actor cubano César Romero, pero ella consideraba que podría haber sido su doble.

—Preciosa —le dijo él.
Por mucho que aquello pareciera una aventura, no podía evitar sentirse nerviosa.
—¿Qué crees que nos va a pasar?
Él le dio unas palmaditas en la mano y le contestó:
—No creo que el ayuntamiento quiera tener publicidad negativa. Imagínate lo que dirían los periódicos de Seattle sobre una ciudad que castiga a un puñado de personas mayores que exigían mejoras en la sanidad.
—Reunión no autorizada... —rezongó Charlotte en voz baja—, estoy dispuesta a entrar en la cárcel, si así consigo que esta ciudad se despierte —la mera presencia de Ben servía para envalentonarla. Él hacía que se sintiera valiente, la ayudaba a mantenerse firme a la hora de defender sus principios y de actuar según sus convicciones.
—Estoy de acuerdo contigo, pero... —vaciló por un segundo, y exhaló con fuerza—. No creo que nos metan en la cárcel, seguro que se limitan a ponernos una multa.
Charlotte no lo tenía tan claro. Estaba preocupada, sobre todo teniendo en cuenta la reputación del juez Robson. Se preguntó si la considerarían la cabecilla. Estaba especialmente ansiosa por sus amigos, que la habían respaldado con lealtad cuando ella había desafiado al sheriff Davis.
—He contratado a una abogada —le dijo él.
Había accedido a representarlos él mismo en el juicio, pero al parecer había cambiado de idea. Ella no había querido que hubiera abogados de por medio, porque además de cobrar unas tarifas exorbitantes, seguro que la persona elegida acabaría contándole a Olivia todo lo que sucediera. Quería que su hija supiera cuanto menos mejor, aunque sabía que eso era muy difícil. Había tenido la esperanza de poder contener las habladurías.
—Sharon Castor se reunirá con nosotros en el juzgado.
—¿Sharon Castor? —Charlotte lo miró horrorizada. Aquella abogada trabajaba con frecuencia en la sala de Olivia, y recientemente había representado a Rosemary Cox cuando

ésta se había divorciado. La custodia compartida que Olivia había decretado en aquel caso había sido muy controvertida, pero sin duda había contribuido a que Rosemary se reconciliara con su ex marido–. En fin, será mejor que nos vayamos –añadió, con un suspiro de resignación.

Fue al dormitorio y tomó una bolsa de viaje en la que había metido su medicación y su crema hidratante de noche. Por si acaso, también agarró una chaqueta. Hacía fresco, y a juzgar por lo que había leído, en las celdas solía haber corrientes de aire. Recorrió el dormitorio con la mirada por última vez. En el peor de los casos, cuando el juez hubiera dictado la sentencia, llamaría a Justine para pedirle que se hiciera cargo de Harry.

—Charlotte, no vas a necesitar una bolsa de viaje –le dijo Ben, al verla entrar de nuevo en la sala de estar.

—Yo de ti no estaría tan segura. Quiero estar preparada, por si el juez Robson decide ponerme un castigo ejemplar –hacía mucho que creía que había que prepararse para lo peor... y esperar lo mejor.

Ben intentó hacer que cambiara de opinión, pero al ver que era un esfuerzo inútil, acabó metiendo la bolsa en el maletero del coche.

No tardaron en llegar al juzgado. Helen, Laura y Bess ya estaban allí, y se apresuraron a ir hacia ellos en cuanto los vieron.

—Nadie que intente cachearme vivirá para contarlo –Bess alzó las manos en una típica postura de kárate. No se había perdido ni una sola de las clases de autodefensa que se habían organizado en el centro para ancianos varios años atrás.

—¿Has vuelto a ver las películas de *Karate Kid*? –le preguntó Charlotte en voz baja.

—No estoy bromeando, Charlotte.

—¿Creéis que el juez nos dejará entrar en la cárcel con las agujas de tejer? –dijo Laura–. Me gustaría empezar varios proyectos que quiero acabar para Navidad, y así no perderé el tiempo.

Justo cuando Charlotte iba a contestar, Sharon Castor se acercó a Ben y le dijo:

—¿Estamos todos?

Ben asintió, y Charlotte les dijo en voz baja a sus amigas:

—Ben la ha contratado para que nos represente, está convencido de que el juez sólo va a multarnos.

—¿En serio?, tenía ganas de entrar en la cárcel —comentó Laura, que parecía decepcionada.

Bess juntó las manos y alzó los ojos hacia el cielo antes de decir:

—Que Dios bendiga a Ben.

Charlotte tuvo que admitir para sus adentros que se alegraba de que el asunto no recayera sobre sus hombros. Ella era quien había metido a sus amigos en aquel lío y se sentía responsable por lo que pudiera pasarles.

—Nos toca ya, será mejor que entremos juntos en la sala —les dijo Sharon.

Charlotte se colocó bien el sombrero, Ben la tomó de la mano y el grupo entero entró en la sala. Sharon y Bess iban las primeras, las seguían Helen y Laura, y Charlotte y Ben iban los últimos.

Charlotte se quedó atónita al ver que la sala estaba abarrotada; de hecho, no quedaba ni un solo asiento libre. Las primeras personas en las que fijó la mirada resultaron ser Bob y Peggy Beldon, los propietarios de la pensión Thyme and Tide.

—¡Estamos contigo, Charlotte! —exclamó Peggy.

Justine y su marido, Seth, también estaban allí. Él tenía en brazos a Leif, el hijo de dos años de la pareja. El pequeño estaba intentando zafarse de su padre, pero se quedó inmóvil al verla. Charlotte sintió que los ojos se le llenaban de lágrimas cuando Justine la saludó con la mano, pero se apresuró a parpadear para contenerlas; al parecer, media ciudad había ido a ofrecerle su apoyo.

Bess y Helen estaban encantadas con su nuevo estatus de celebridades, y empezaron a saludar como si fueran las reinas del baile.

Charlotte alzó la cabeza para mirar a Ben, y le preguntó:
—¿Sabías que iba a venir tanta gente?
—No, no tenía ni idea. Mira, Troy Davis también está aquí.

El sheriff que los había arrestado había ido a apoyarlos. Charlotte siempre lo había apreciado, así que estaba dispuesta a perdonarlo por el error que había cometido; al fin y al cabo, el pobre no había tenido más remedio que arrestarlos cuando ellos se habían negado a disolver la manifestación y a dispersarse. Él había jurado hacer respetar la ley, y tenía que hacerlo al margen de sus propias opiniones, pero su presencia dejaba clara cuál era su postura personal.

—Roy y Corrie McAfee también han venido —añadió Ben en voz baja.

Los McAfee llevaban poco tiempo en la ciudad. Roy había sido inspector de policía en Seattle, y después de retirarse y de mudarse a Cedar Cove, había abierto su propia agencia de investigación.

Grace Sherman se acercó a Charlotte y le dio un abrazo antes de susurrarle al oído:

—Olivia me pidió que viniera. He traído a varias conocidas de la biblioteca, espero que no te importe. Queremos mostrarte nuestro apoyo.

Charlotte le apretó la mano. Olivia no podía estar allí, porque estaba de luna de miel en Hawai con Jack, así que no era de extrañar que le hubiera pedido a Grace, que era su mejor amiga desde siempre, que fuera en su lugar.

En ese momento, Maryellen Sherman entró en la sala y se sentó junto a su madre. Iba acompañada de Jon Bowman, que tenía en brazos a Katie. Era un hombre al que Charlotte apreciaba bastante, y le alegraba que fueran a casarse en breve. Aunque no fuera asunto suyo, consideraba que ya era hora de que lo hicieran.

—¡Orden en la sala! Preside el honorable juez Robson —dijo el alguacil.

A pesar de las palabras tranquilizadoras de Ben, Charlotte sintió que se le aceleraba el corazón. Aquello podía acabar muy mal. No se había dado cuenta de lo asustada que estaba hasta que les pidieron que permanecieran en pie mientras se leían los cargos. Entre Bess practicando sus golpes de kárate y las ganas que tenía Laura de tener tiempo libre en la cárcel para ponerse a tejer, la situación era impredecible.

Se sintió gratamente sorprendida al ver la profesionalidad de la que hacía gala Sharon Castor.

—Señoría, le pido que mire a estas personas y me diga lo que ve —dijo la abogada.

El juez empezó a releer la hoja en la que se detallaban los cargos.

—Señora Castor... organizaron una manifestación no autorizada, se negaron a dispersarse...

—Sí, Su Señoría, pero mis clientes querían dar voz a una reivindicación, y creyeron que era la única forma de hacerlo. Consideran que en Cedar Cove hace falta un centro de salud, y estoy de acuerdo con ellos.

—En ese caso, tendrían que haber acudido al ayuntamiento.

—Ya lo hice, Su Señoría —apostilló Charlotte, antes de poder morderse la lengua. Decidió que ya no podía amilanarse, así que añadió—: Disculpe la interrupción, juez Robson, pero es que tanto el señor Rhodes como yo asistimos a varios plenos, y no sirvió de nada. El alcalde Benson nos dijo que no había fondos para abrir un centro de salud, pero...

—No es el momento de hablar de si en Cedar Cove debería haber un centro de salud.

—De acuerdo, Su Señoría —se quedó cabizbaja, y vio que Ben la miraba con una sonrisa de aliento.

Se sintió esperanzada al ver que el fiscal no parecía inclinado a mandarlos a la cárcel. Cuando él se sentó después de hacer varios comentarios, Sharon Castor volvió a ponerse de pie.

—No gaste saliva, señora Castor. Ya he tomado una decisión —le dijo el juez.

La abogada volvió a sentarse.

—Querían dar a conocer su reivindicación en lo relativo al centro de salud, ¿verdad? —añadió el juez.

Tanto Charlotte como sus amigos asintieron.

—Pues me parece que su plan ha funcionado, porque media ciudad ha venido a apoyarlos. Si hay presente alguien del ayuntamiento, espero que esté tomando buena nota. No creo que sea razonable sancionar a cinco personas mayores que lo único que querían era mejorar Cedar Cove. Si me prometen que no volverán a manifestarse sin obtener antes el debido permiso, estoy dispuesto a desestimar todos los cargos.

Tanto Charlotte como los demás se apresuraron a dar su palabra, y en cuanto los cargos fueron desestimados, la sala entera empezó a aplaudir. Mientras iban hacia la salida, los trataron como si fueran héroes. Eran libres, del primero al último.

Antes de marcharse, Charlotte y Ben les dieron las gracias a Sharon y a todos los que habían ido a apoyarlos. Era increíble el interés que había despertado aquel caso en la comunidad. Charlotte no había hablado con nadie sobre la cita que tenía en el juzgado porque no había querido preocupar ni a su familia ni a sus amigos, pero el hecho de que tanta gente hubiera ido a apoyarla era una prueba irrefutable del afecto y el respeto que le tenía la comunidad entera.

Ben la llevó de vuelta a casa. Cuando él le abrió la puerta del coche para que bajara, lo miró y le dijo:

—No sabía que todo el mundo se había enterado de lo que pasaba.

—Yo tampoco.

—Me parece que Grace se ha encargado de alistarlos a todos en nuestro favor.

—La próxima vez que vaya a la biblioteca, volveré a darle las gracias.

—Yo también —pensaba contarle a Olivia el fantástico trabajo que había hecho Grace.

—Eres una persona muy querida en esta comunidad,

Charlotte Jefferson –le dijo él, mientras subían los escalones del porche. Llevaba en la mano la bolsa de viaje, ya que se había acordado de sacarla del maletero.

–Me siento honrada al ver que tantos amigos míos se han tomado la molestia de venir al juzgado –comentó con voz queda. Aún se sentía un poco abrumada por lo que había pasado.

–Deberías añadir a alguien más a la lista de personas que te quieren –Ben se sentó en el balancín del porche mientras ella buscaba las llaves en su bolso.

–¿A quién te refieres? –le preguntó, mientras seguía rebuscando. Se preguntó si había metido el llavero en la bolsa de viaje.

–A mí.

Se quedó petrificada. Ben acababa de declararle su amor... al menos, eso era lo que parecía... y en el momento más ridículo posible. Se volvió hacia él, y le dijo:

–¿Estás diciendo que estás enamorado de mí, Ben Rhodes?

–Exacto –la miró a los ojos, y añadió–: Quiero saber si tú sientes lo mismo por mí, Charlotte.

¿Acaso no lo sabía?, ¿no se había dado cuenta? Aquello sí que la sorprendía. Sacó las llaves del bolso con gesto triunfal, y le dijo:

–La verdad es que ya llevo un tiempo locamente enamorada de ti –se puso roja como un tomate, y se apresuró a añadir mientras abría la puerta–: ¿Te apetece un vaso de limonada para celebrar nuestra victoria?

–La verdad es que sí... puede que, de paso, te robe un beso –le dijo él, mientras entraba en la casa tras ella.

–Y puede que te deje hacerlo –le contestó, sonriente.

CAPÍTULO 5

Grace Sherman despertó al oír la alarma del radio despertador. Le echó una ojeada y vio que eran las siete de la mañana. Era el único día entre semana en que podía dormir un poco más, pero la noche anterior se le había olvidado desconectar la alarma. Como no tenía sentido quedarse allí tumbada estando despierta, soltó un sonoro suspiro, apartó las sábanas, se puso las zapatillas y empezó a hacer la cama.

A pesar de que tenía toda la cama para ella desde que Dan, el hombre con el que había estado casada durante más de treinta años, había fallecido, seguía durmiendo en el lado de siempre y nunca deshacía el otro. Costaba dejar a un lado los viejos hábitos, como el de levantarse temprano. La rutina diaria le proporcionaba una estructura, y la reconfortaba mientras lidiaba con una vida que estaba cada vez más descontrolada.

Todo parecía tan normal tres años atrás... su matrimonio no era especialmente feliz, pero tampoco era un desastre. Tenía una vida cómoda y predecible, hasta que Dan había desaparecido de improviso. Durante un año había vivido en un estado de incertidumbre constante, ya que no sabía lo que le había pasado, adónde había ido, ni con quién estaba, y cuando menos se lo esperaba, justo cuando empezaba a asimilar el hecho de que seguramente la había dejado por otra mujer, habían encontrado su cadáver; al parecer, Dan se había pegado un tiro.

Se había creído capaz de superar la muerte de su marido. Para entonces él ya llevaba un año desaparecido, y ella había aprendido a arreglárselas por su cuenta; en cierto modo, la soledad le resultaba incluso reconfortante. Durante aquellos primeros meses terribles y llenos de angustia, había conocido a Cliff Harding, un criador de caballos que vivía en Olalla. Él quería una relación formal, pero había sido paciente y había estado dispuesto a esperar hasta que estuviera preparada.

Antes de conocerlo, la última cita que había tenido había sido en el instituto. Su marido había sido el único hombre de su vida. Después de enterrar a Dan, había accedido al fin a salir con Cliff, pero entonces había cometido un error garrafal: se había liado con otro hombre a través de Internet.

Sus charlas a través del chat con Will Jefferson, el hermano mayor de su mejor amiga, habían empezado de forma totalmente inocente. De joven había estado enamoriscada de él, pero jamás habían tenido relación alguna. Al salir del instituto, él se había matriculado en una universidad de la Costa Este, y tras acabar los estudios, se había quedado a vivir en aquella zona. Él le había mandado una carta tras la muerte de Dan, y habían permanecido en contacto a través del correo electrónico. Su interés la había halagado. Habían entablado una amistad, y antes de que se diera cuenta de lo que pasaba, se había enamorado de él a pesar de que era un hombre casado.

Le daba vergüenza admitir lo tonta que había sido, porque sabía desde el principio que Will tenía esposa. Al principio había fingido que sólo eran amigos y que su estado civil carecía de importancia, pero había estado engañándose a sí misma. Cuando él le había dicho que estaba divorciándose, había querido creerle. Ansiaba tanto llegar a formar parte de su vida, que se había tragado todas sus mentiras, y aunque por suerte se había enterado de la verdad a tiempo de salvar la dignidad, había pagado un precio muy doloroso.

Por culpa de su lío a través de Internet con Will, había perdido el amor, la amistad y el respeto de Cliff Harding. Él ya no quería saber nada de ella, y teniendo en cuenta que durante meses lo había dejado de lado y le había mentido, no podía culparlo. Cliff le había dicho que era mejor que cada uno se fuera por su lado, y se había mantenido inflexible en las dos ocasiones en las que ella había ido a pedirle otra oportunidad.

Había intentado hacer las paces con él, recuperar la relación que tenían antes. El amor que creía sentir por Will sólo había sido un encaprichamiento que se había visto avivado por el carácter clandestino de la relación, y se había dado cuenta de lo profundo que era lo que sentía por Cliff.

Estaba convencida de que él también la amaba, era algo que saltaba a la vista, pero él se había negado a darle otra oportunidad. Su esposa le había sido infiel durante años, y como no estaba dispuesto a involucrarse con otra mujer en la que no pudiera confiar, había dado por terminada la relación.

Como ya no tenía ni al uno ni al otro, se sentía sola, terriblemente sola. Su vida se reducía a su trabajo, sus amistades, sus dos hijas y sus nietos, y apenas tenía otros intereses.

Fue sin prisa a la cocina con Buttercup, su golden retriever, pisándole los talones. Mientras la perra salía al jardín para hacer sus necesidades, ella recogió el periódico del porche, lo dejó encima de la mesa de la cocina y se puso a preparar café.

Se sentía incluso más sola desde la boda de Olivia. Se alegraba mucho por su amiga, pero tenía miedo de que ya no pudieran pasar tanto tiempo juntas; de hecho, ya se sentía un poco distanciada de ella, porque se sentía culpable por el lapsus que había tenido con su hermano a través de Internet.

Cuando Buttercup volvió a entrar, le dijo:

—¿Qué te parece si comprobamos la agenda para hoy?

Se sirvió una taza de café mientras la perra bebía agua de su cuenco. El comité para la recaudación de fondos de la protectora de animales de la ciudad se reunía aquella tarde, y pensaba ir. Después de romper tanto con Will como con

Cliff, había decidido hacer algo de provecho, y se había hecho voluntaria de la protectora. Dos veces al mes entrevistaba a posibles adoptantes, paseaba y daba de comer a los animales y hacía todo lo posible por colaborar. Cuando Janet Webb, la coordinadora de la recaudación de fondos, le había preguntado si quería formar parte del comité, había aceptado encantada.

Buttercup dejó de beber y se sentó a sus pies mientras ella apuraba su taza de café. Después de pensar en el día que tenía por delante y de ojear el periódico, se puso unos pantalones de algodón de color caqui, una camisa blanca, su chaqueta preferida, y se fue a la biblioteca.

La jornada de trabajo pasó de un plumazo. Tenía que pasar por casa antes de ir a la reunión y fue paseando sin prisa. Le encantaba el paseo marítimo, sobre todo en aquella época del año. Sólo faltaban unos meses para que volvieran a empezar los conciertos que solían organizarse en el parque cada jueves. Había disfrutado de muchos de ellos junto a Cliff, solían sentarse en la hierba después de que él se encargara de comprar la cena, y...

Sacudió la cabeza para intentar apartarlo de su mente. Él le había dejado muy claro que la relación se había acabado, así que no tenía más remedio que aceptar su decisión.

Después de pasar por casa, fue al restaurante Pot Belli Deli, donde se sentó sola en una mesa y se comió un bocadillo, y después fue en coche a la reunión.

—Hola, Grace. Me alegro de que estés en el comité —la saludó Janet Webb, antes de presentarle a dos voluntarias veteranas, Mary Sánchez y Margaret White.

Grace ocupó su asiento en la mesa de la sala de conferencias. Tanto Janet como Margaret tenían más o menos su edad, pero Mary debía de tener treinta y tantos años.

—Queremos organizar algo que movilice a toda la comunidad —le dijo Janet—. Durante los últimos años nos hemos limitado a lo típico... vender pasteles caseros, y lavar coches.

—Hubo un año en que bañamos perros.

—Han sido eventos bastante provechosos, pero a pequeña escala. Me gustaría algo más... impactante.
—¿Qué os parece una subasta de solteros? —comentó Mary. Era obvio que llevaba algún tiempo dándole vueltas a la idea, porque estaba entusiasmada—. He leído sobre el tema, y me parece que es una idea fantástica. ¿Qué os parece?
Janet vaciló por un momento antes de contestar.
—No está mal, pero muchas de las mujeres de la ciudad estamos casadas.
—Yo no, y estaría más que dispuesta a pagar por el placer de tener a un guaperas a mi disposición durante toda una velada —miró a Grace y añadió—: Seguro que otras mujeres sin compromiso pensarán lo mismo.
Grace no lo tenía tan claro, pero como no quería decepcionarla, comentó:
—¿Os habéis dado cuenta de que últimamente hay más animales pendientes de adopción?, sobre todo perros... —las ideas empezaron a agolparse en su mente—. ¿Qué os parece una subasta de perros?, podríamos combinarla con la de solteros.
—¿Una subasta de perros y de solteros?
—¿Por qué no?, podríamos emparejarlos.
Jane la miró pensativa, y al fin comentó:
—Suena bien.
—Podríamos subastar primero al perro y después al soltero, o al revés.
—Habrá solteros de distintas edades, ¿verdad? —dijo Mary.
—Claro —Janet esbozó una pequeña sonrisa. Era obvio que la idea le gustaba cada vez más.
Margaret White se inclinó hacia delante y dijo:
—Hay que pedirle a Cliff Harding que participe. Es el hombre más encantador que he conocido en años, y está soltero.
—¿Quién? —Janet la miró con expresión interrogante.
—Cliff Harding —repitió Margaret—. Está claro que no le has visto por la ciudad, pero te aseguro que es todo un hombretón.

Mary se volvió hacia Grace y le dijo:

—Estuviste saliendo con él, ¿verdad?

Grace se obligó a asentir. Cliff era una elección lógica para una subasta de solteros. El entusiasmo que había sentido hasta el momento por el proyecto se esfumó, pero se esforzó por ocultar lo que sentía.

—¿Se os ocurre algún otro posible candidato? —les preguntó Janet.

—Bruce Peyton —le dijo Grace—. Es viudo, trae a su hija a la biblioteca una vez por semana.

—Ah, sí —dijo Mary—. Su mujer murió en un accidente de coche... ¿cuándo fue?

—Hace dos o tres años —le contestó Margaret—. Se llamaba Stephanie, fue un accidente muy trágico. Yo conocía a Sandy, su madre. Estoy convencida de que la muerte de su hija la mató, murió de cáncer menos de un año después.

Grace sentía mucha lástima por la pequeña que había perdido tanto a su madre como a su abuela en un periodo de tiempo tan corto. No conocía demasiado bien a Bruce, pero parecía un padre cariñoso y protector. Seguro que criar solo a la niña no le resultaba nada fácil.

—Ben Rhodes ha despertado mucho interés en el centro de ancianos —comentó, mientras se preguntaba cómo reaccionaría Charlotte ante la idea de la subasta.

Mary asintió, y comentó:

—Es una elección perfecta. Ya no está en la Armada, pero a lo mejor puede conseguirnos a unos cuantos marineros que quieran colaborar con una buena causa.

—Buena idea —Jane parecía entusiasmada. Empezó a anotar los nombres en una libreta y comentó—: Barry Stokes siempre está dispuesto a aportar su tiempo y su talento a diferentes obras de caridad.

Barry era el subastador de la ciudad, y tenía un enorme recinto rojo que se veía desde la autopista.

—¡Va a ser genial! —exclamó Mary.

—Desde luego, será mejor que vender pasteles.

—Podríamos pedirles a Seth y a Justine Gunderson que nos dejen organizar el evento en su restaurante —apostilló Grace.

—Perfecto. Tiene que ser algo con clase, y el restaurante es bastante grande —dijo Mary.

Janet agarró de nuevo el bolígrafo, y empezó a apuntar las sugerencias y la repartición de tareas.

—Vale, yo me encargo de hablar con Seth y Justine... y también con Barry. Mary y Margaret, ¿podríais preparar una lista de posibles solteros? —cuando las dos asintieron, miró a Grace y le dijo—: ¿Podrías encargarte de darle publicidad al asunto? Ya sabes... carteles, anuncios en el periódico y en la radio, y cosas así.

—Por supuesto.

—En la próxima reunión de la junta pediré voluntarios para trabajar en la subasta. Me parece que este año vamos a organizar un evento fantástico —dijo Janet con satisfacción.

Las cuatro siguieron hablando sobre el tema y a las ocho dieron la reunión por concluida. Margaret White fue al aparcamiento con Grace, y comentó:

—No sé lo que opinarán las demás, pero yo daría un cheque en blanco por pasar una velada con Cliff Harding.

Grace se obligó a sonreír.

—Estoy a punto de desmayarme cada vez que viene al veterinario —Margaret soltó una risita de adolescente, y añadió antes de subir a su coche—: Hasta la semana que viene.

Grace se metió en su propio vehículo, y apoyó las manos en el volante. Sintió una angustia tan grande al imaginarse a Cliff con otra mujer, que por un momento estuvo a punto de vomitar. No podía soportarlo, pero no tenía más remedio que hacerlo.

Y lo peor de todo era que sabía que ella era la culpable de su propia desdicha.

CAPÍTULO 6

Mientras Peggy acababa de poner la mesa, Bob ordenó la sala de estar. Se alegraba de que ella hubiera decidido servir la cena en la cocina en vez de en el comedor, que era más formal. Habían invitado a cenar a Jack y Olivia, que ya habían vuelto de la luna de miel. Él era como de la familia, además de un amigo, y lo mismo podía decirse de ella; de hecho, la relación que tenía con Jack era incluso más estrecha en algunos aspectos que la que se solía tener con un pariente.

A pesar de que ya tenía veintiún años de sobriedad a sus espaldas, sabía que estaba a un trago de distancia de la locura. Seguía tomándose las cosas día a día, y asistía con asiduidad a las reuniones de Alcohólicos Anónimos. Tiempo atrás, cuando vivía con Peggy en Spokane, Jack le había pedido que fuera su padrino en la asociación, y aquél había sido el comienzo de la estrecha amistad que los unía.

Cuando había vuelto con Peggy a Cedar Cove y habían comprado aquella casa, habían invitado a Jack a que fuera a visitarlos, y él se había enamorado de aquella pequeña ciudad. Era periodista, y cuando en el *Cedar Cove Chronicle* había quedado vacante el puesto de editor, no había dudado en solicitarlo. Había conseguido el trabajo, y había conocido a la juez Olivia Lockhart poco después de mudarse a la ciudad. Jack se había esforzado al máximo para convencerla de que accediera a casarse con él, y al final lo había conseguido.

—Cariño, ¿puedes llenar la jarra de agua? —le preguntó Peggy, que iba de un lado a otro de la cocina muy atareada.

—Claro.

Mientras ponía unos cuantos cubitos en la jarra, pensó para sus adentros que su mujer era una maravilla. Cuidaba del jardín como una experta, era un ama de casa fantástica, y cocinaba de maravilla. Los sanjacobos que había hecho olían fantásticamente bien, y también había preparado la ensalada de brócoli por la que él tenía debilidad y un guiso especial con puré de patatas. Se había dado cuenta de que Peggy preparaba sus platos preferidos con asiduidad desde la última visita del sheriff Davis, era como si pensara que iba a perderlo y estuviera intentando alegrarle sus últimos días de vida. Era obvio que estaba preocupada por él, aunque se negaba a admitirlo, y por su parte, él había decidido seguirle la corriente.

Gran parte del éxito que había tenido la pensión se debía a que su mujer tenía la habilidad de hacer que la gente se sintiera cómoda. No estaba menospreciándose a sí mismo, porque sabía que era un manitas pasable, pero ella era la piedra angular de su vida, la base de todo.

Estaba muy atareada en el fregadero, haciendo algo que él no alcanzaba a ver. En cuanto terminó con la tarea que le había asignado, dejó a un lado la jarra, se acercó a ella y la abrazó por la cintura desde atrás.

—Bob, los invitados están a punto de llegar —le dijo ella, cuando empezó a besarla en el cuello.

—Mmm.

—Son ellos los que están de luna de miel, no nosotros.

—¿Estás diciendo que no te apetece un poco de acción?

—¡Bob Beldon!

—¿Eso quiere decir que sí, o que no?

—Quiere decir que sí, pero que me gustaría que tuvieras

la amabilidad de esperar hasta que los invitados se hayan marchado.

Bob la conocía muy bien, y sabía que su impaciencia era fingida. Su matrimonio había atravesado varias etapas, algunas buenas y otras difíciles, pero el amor que sentían el uno por el otro había permanecido vivo durante todas ellas. Peggy también tenía mucho talento en el dormitorio, así que se sentía muy afortunado.

La soltó al oír que llamaban a la puerta, y ella se colocó bien la blusa con un esmero deliberado. Era la primera semana en la que no tenían huéspedes, y les había costado un poco acostumbrarse a la ausencia de gente en la casa. A él le resultaba un cambio agradable de momento, pero sabía que los dos acabarían aburriéndose en poco tiempo.

—¿Quieres que vaya a abrir? —le preguntó ella.

—No, ya voy yo.

Al oírla suspirar, se dio cuenta de que estaba nerviosa. Peggy no conocía demasiado bien a Olivia, pero era obvio que tenía la esperanza de entablar una buena amistad con ella. Hacía bastante que no trabajaba tan duro para intentar impresionar a alguien. La cena en la cocina iba a ser más íntima y desenfadada, así que encajaba a la perfección con la personalidad de Jack. Ojalá que a Olivia también le gustara.

Al abrir la puerta principal, los vio relajados y claramente enamorados. Jack tenía el brazo alrededor de la cintura de Olivia, como si no pudiera soportar estar alejado de ella.

—Bienvenidos, tenéis un aspecto fabuloso —les dijo, mientras se apartaba a un lado para dejarlos pasar.

—Estamos fabulosamente bien —Jack miró a Olivia con una sonrisa.

Lo cierto era que formaban una pareja bastante interesante. Jack era el más extravertido de los dos, y Olivia era un poco más formal; quizá fuera normal, teniendo en cuenta que ocupaba un puesto importante en la comunidad. Pero a pesar de todo, formaban una buena pareja y se complementaban a la perfección, igual que Peggy y él.

—Bienvenidos —les dijo Peggy, cuando entraron en el salón—. ¿Qué tal ha ido la luna de miel?

Jack se acercó a ella y le dio un beso en la mejilla. Olivia la miró sonriente y le dijo:

—Muy bien. Por desgracia, mañana tenemos que volver al trabajo bien temprano.

—Yo tengo que sacar a la calle la edición del viernes, y Olivia tiene que ir al juzgado —dijo Jack.

—Fue una suerte que me dieran tantos días libres —añadió ella.

Peggy colgó la chaqueta de Olivia en el armario del recibidor. Después de dejar su gabardina sobre el respaldo de una silla, Jack le echó una mirada a su reloj de pulsera y preguntó:

—¿Hemos llegado demasiado pronto?

—No, justo a tiempo —Peggy agarró la gabardina, y la llevó al armario antes de añadir—: Serviré la comida enseguida, sólo me queda ultimar un par de cosas.

—¿Quieres que te ayude? —le preguntó Olivia, mientras la seguía hacia la cocina.

—Casi todo está listo, pero puedes hacerme compañía.

Bob se alegró de tener unos minutos a solas con su amigo. En vez de llevarlo a la sala de estar, decidió quedarse en el salón. La última vez que se había sentado allí había sido en compañía de Roy McAfee y del sheriff Davis, el día en que había conocido a Hannah Russell, la hija del hombre que había fallecido en la pensión... el hombre que había resultado ser un viejo amigo. No quería pensar en el tema, pero era incapaz de quitárselo de la cabeza.

—Tienes buen aspecto —le dijo a Jack, mientras se sentaba en el sillón que había a un lado de la chimenea.

Su amigo se sentó en el sillón idéntico que estaba colocado en el lado opuesto de la chimenea, y comentó con una pequeña carcajada:

—No sé por qué Olivia tardó tanto en casarse conmigo, está loca por mí.

—Supongo que crees que Peggy y yo te invitamos a cenar por tu encanto natural, ¿no?
—Pues claro, ¿por qué si no?
Bob se quedó inmóvil. No tenía planeado sacar el tema tan pronto, pero su amigo acababa de darle una oportunidad perfecta.
—Eres mi mejor amigo, Jack. Lo sabes, ¿verdad?
Jack dejó de sonreír al oír su tono de voz serio, y se limitó a decir:
—Sí, supongo que sí.
—Necesito que me hagas un favor.
—Lo que quieras.
—Gracias —le dijo con voz queda.
—¿Tiene esto algo que ver con Maxwell Russell?
—Sí.
—¿Ha habido alguna novedad?
—No, pero el sheriff Davis vino a vernos la semana pasada, y nos dijo que cree que... puedo correr algún peligro.
Jack descruzó las piernas y se inclinó hacia delante.
—¿Qué clase de peligro?
—Davis no estaba demasiado seguro, nadie lo está, pero dos de los cuatro miembros de la patrulla están muertos. Es un verdadero misterio. Alguien asesinó a Max, de eso estamos seguros. Dan se suicidó, pero eso también parece sospechoso. Tiene que haber alguna conexión entre las dos muertes.
—¿Qué me dices del cuarto hombre?
—No sé gran cosa, pero Troy aprovechó un momento en que Peggy no podía oírle para decirme que había hablado con Samuels, y que le había advertido que tuviera cuidado. Hay demasiadas preguntas sin respuesta.
—¿Qué te aconsejó que hicieras? —le preguntó Jack, ceñudo.
—Creía que sería buena idea que me fuera de vacaciones con Peggy durante una buena temporada.
—Entonces, ¿qué demonios hacéis aquí?

Bob se reclinó en el sillón, y luchó por disimular cuánto le intimidaba la situación. Formaba parte del grupo de teatro de la ciudad, así que se dijo que debería ser capaz de aparentar naturalidad.

—¿Te dijo Davis que estás portándote como un idiota? —le preguntó Jack, muy serio.

—La verdad es que mencionó algo parecido.

Su amigo permaneció en silencio durante unos segundos, y al final le preguntó:

—¿Qué opina Peggy?

Bob no quería hablar del tema, así que se limitó a decir:

—Ella tiene su opinión, y yo la mía. Accedí a no tener huéspedes hasta que la situación se resolviera. Nos perjudica desde un punto de vista económico, pero nos las arreglaremos.

—Hay que ir día a día, ¿no?

—No te preocupes, y encomiéndate a Dios —comentó, haciendo referencia a una frase que solía usarse en Alcohólicos Anónimos.

—¿En qué puedo ayudarte?

—Por ahora, en nada, pero si me pasara algo...

—No va a pasarte nada.

Bob no quería discutir, pero necesitaba dejar las cosas claras para poder estar tranquilo. Alzó una mano y le dijo:

—No sé lo que me depara el futuro, Jack. Si Davis tiene razón, puede que acaben matándome, como a Max.

—Pero...

—Hay muchas cosas en este mundo que no pueden olvidarse ni perdonarse —Bob lamentaba muchas cosas, pero la peor de todas era haber participado sin pretenderlo en una masacre durante la guerra de Vietnam.

—¿Qué quieres que haga?

—Que cuides de Peggy por mí.

Sus hijos también le preocupaban. Tanto Hollie como Mac vivían en la zona de Spokane, pero Peggy mantenía un estrecho contacto con ellos, y él los llamaba una vez por semana.

—Ya sabes que haré todo lo que pueda —le dijo Jack.

Bob dudaba que sus hijos se mudaran a Cedar Cove en caso de que él muriera. Hollie y Mac querían mucho a Peggy, pero tenían sus propias vidas. Se sacó dos sobres del bolsillo y dijo:

—Le he escrito una carta a cada uno de mis hijos. En caso de que ocurra lo peor, quiero que se las des.

—Considéralo hecho —le dijo Jack, mientras agarraba los sobres.

Bob alzó la mirada justo cuando Peggy y Olivia entraban de nuevo en el salón.

—¿Por qué estáis ahí sentados y tan serios?, la cena está lista.

—Vaya, estoy hambriento —comentó, mientras se ponía de pie.

—Y yo —dijo Jack.

Hacía días que Bob no se sentía tan bien como en ese momento. Pasara lo que pasase, sabía que podía estar tranquilo.

CAPÍTULO 7

Maryellen estaba agobiada con los preparativos de la boda. Las últimas dos semanas habían pasado en un torbellino de actividad y de entusiasmo.

—Qué uñas tienes —le dijo Rachel, su manicura, mientras agarraba un poco de algodón para quitarle el esmalte que llevaba—. ¿Qué has estado haciendo?

—Mudándome —le dijo, consciente de que aquella sola palabra lo explicaba todo.

Su casa de alquiler ya estaba vacía y todas sus pertenencias se encontraban en la de Jon, pero casi todo seguía metido en cajas. Como dedicaba a los preparativos de la boda todo su tiempo libre, no había tenido ocasión de desempaquetar.

—¿Cuándo es el gran día? —le preguntó Rachel.

—El lunes.

—¿El Día de los Caídos? —al ver que asentía, soltó una carcajada y comentó—: Es una buena forma de asegurarte de que a tu marido no se le olvide la fecha del aniversario.

Maryellen estuvo a punto de recordarle que la fecha del Día de los Caídos cambiaba de un año a otro, pero permaneció en silencio.

—En mi caso, lo primero que tengo que hacer es encontrar marido —añadió Rachel.

Su tono de voz revelaba una exasperación que hablaba por sí sola. Rachel siempre había dicho que le gustaría casarse. Todas las trabajadoras del salón de belleza Get Nailed eran solteras, así que la falta de hombres casaderos que valieran la pena en Cedar Cove solía ser uno de los principales temas de conversación.

—¿Te has enterado de la gran noticia? —dijo, mientras frotaba con fuerza con el algodón para quitarle el esmalte. Cuando Maryellen negó con la cabeza, añadió—: La protectora de animales va a organizar una subasta de perros y de solteros.

—En el caso de algunos hombres, no hay demasiada diferencia —gritó Terri, desde el otro extremo del salón—. He salido con algunos tipos que eran verdaderos animales —su propio chiste le hizo tanta gracia, que se echó a reír; al cabo de unos segundos, volvió a centrarse en su clienta.

Maryellen no se habría interesado en un evento así ni antes de estar prometida, pero sabía que las chicas del Get Nailed iban a aprovechar la oportunidad de conocer a hombres casaderos.

—Me extraña que no te hayas enterado de lo de la subasta, la gente no habla de otra cosa.

—Mientras que todo el mundo sepa que Jon está fuera de circulación... —comentó, en tono de broma.

—Cielo, Jon Bowman cayó rendido a tus pies desde el primer momento en que te vio.

Maryellen sonrió de oreja a oreja. Tiempo atrás, durante la etapa en que se había resistido a rendirse ante lo que sentía por Jon, había intentado emparejarlo con una de las empleadas del salón de belleza. El plan había salido mal, y se había dado cuenta de lo potente que era la atracción que sentían el uno por el otro. Varios meses atrás, se había convencido a sí misma de que él estaba con otra mujer, y la mera idea la había destrozado. Por suerte, después se había enterado de que él no tenía a nadie más en su vida y que estaba completamente centrado en Katie y en ella.

—¿Estás nerviosa por lo de la boda?

En ese momento, Maryellen estaba demasiado cansada para estar nerviosa. Tanto Jon como ella habían tenido que compaginar sus respectivos empleos con todos los preparativos, así que habían trabajado veinticuatro horas al día para que tanto la casa como el jardín quedaran listos para la ceremonia. Él había pasado infinidad de horas arreglando el jardín y planeando el banquete; por suerte, en la lista de invitados había menos de treinta personas.

Hasta entonces trabajaba de chef en el restaurante Lighthouse, pero el viernes iba a ser su último día. Estaba listo para dedicarse a la fotografía a tiempo completo. Ella iba a seguir trabajando en la galería de arte hasta finales de año... o hasta que volviera a quedarse embarazada. Después se dedicaría a ser la representante de Jon, se encargaría de promocionar sus obras y de negociar con las galerías de todo el país.

Estaba deseando tener otro hijo. Se las habían ingeniado para contener las ganas de hacer el amor, aunque no había sido nada fácil para ninguno de los dos. Habían decidido esperar hasta después de la boda, por razones emocionales más que racionales, y aunque estaba contenta con la decisión, estaba sorprendida al ver lo duro que le resultaba.

En cuanto salió del salón de belleza, fue a casa de su madre, que se había encargado de cuidar a Katie.

—Déjamela, estás muy atareada —le dijo Grace.

—¿Estás segura, mamá?

—Sí, me encanta estar con ella.

Maryellen y la niña iban a pasar las dos noches siguientes en casa de Grace.

—Entonces me voy a casa de Jon, para ver en qué puedo ayudar.

—Perfecto.

Maryellen se sintió agradecida al ver que su madre era tan comprensiva, y se marchó de inmediato; tal como esperaba, encontró a Jon en el jardín. Estaba atareado esparciendo corteza alrededor de los rododendros y las azaleas, que estaban en flor y rebosaban color. Había unos cien rododendros en toda la finca, y los que más le gustaban a ella eran los rojos.

Detuvo el coche en el camino de grava, y cuando él se acercó y le abrió la puerta, contuvo las ganas de abrazarlo y besarlo y le dijo:

—He venido a echarte una mano.

—¿No tenías que ir a hacerte la manicura?

—Ya he ido —extendió las manos para que las viera, y el esmalte de color rosa pálido relució bajo la luz del sol—. ¿Qué quieres que haga?

—Aquí fuera, nada. No quiero que se te estropee ni una uña —se apoyó en la pala, y añadió—: ¿Por qué no vas a desembalar?, hay cajas metidas en todos los rincones.

—¿Ojos que no ven, corazón que no siente?

—Yo no diría tanto —comentó él, con una carcajada.

Maryellen decidió hacerle caso y optó por empezar en el dormitorio principal. La cocina podía esperar; además, aquella zona entraba dentro de los dominios de Jon. Él era el cocinero de la familia, aunque dejaba que ella le echara una mano. El matrimonio era cosa de dos y estaba decidida a ser una buena esposa. Si para ello tenía que cortar un montón de cebollas... bueno, pues lo haría; de hecho, iba a esforzarse al máximo para que su matrimonio fuera lo más fuerte y sólido posible.

Subió a la planta superior, se detuvo al llegar a la puerta del dormitorio y se llevó las manos a las caderas mientras observaba la habitación en la que pronto iba a dormir. La foto que Jon le había hecho meses atrás estaba colgada en la pared, junto a la cama. En la imagen estaba sentada en una mecedora con Katie, que en aquel entonces estaba recién nacida. Jon había conseguido captar el embeleso y el amor que ella sentía en aquel momento con su hija en brazos. Estaba tan absorta en Katie, que apenas se había dado cuenta de que él tomaba la foto.

Sintió una felicidad inmensa al colocar su ropa en el armario, junto a la de Jon. Apartó a un lado las camisas masculinas con cuidado, y tardó unos segundos en apartar la mano. Al pensar en que sólo faltaban dos días para que se convirtiera en la esposa de Jon Bowman, sintió una oleada de amor incontenible por el hombre que había engendrado a su hija.

Empezó a hacer sitio en los cajones del tocador para poder colocar sus cosas, y fue entonces cuando encontró las cartas entremedias de viejas facturas, mapas, y monedas sueltas. La mayoría de los sobres estaban abiertos, pero algunos seguían cerrados. Le picó la curiosidad, así que agarró uno y empezó a sacar la carta que había dentro, pero se detuvo de repente. No quería empezar su matrimonio con un acto tan rastrero, fisgoneando y leyendo cartas que estaban dirigidas a Jon. Dudó por un segundo, y al final optó por apilarlas a un lado.

En ese momento, oyó que la puerta principal se abría, y que Jon le gritaba desde abajo:

—Estoy listo para tomarme un descanso, ¿y tú?

Ella salió del dormitorio, se asomó por la barandilla de la escalera, y le dijo:

—Ahora bajo, me falta poco.

—Vale.

—He encontrado unas cartas en uno de los cajones, ¿dónde quieres que las ponga?

Él frunció el ceño, pareció vacilar por un momento, y al final le dijo:

—Tíralas.

—¿A la basura? —al ver que él se limitaba a asentir y que se volvía hacia la cocina, añadió—: ¿De quién son?

—De nadie importante.

—¿Una ex novia?

Él soltó una carcajada y contestó:

—Claro que no. Tíralas todas.

Maryellen hizo lo que le pedía y metió las cartas en una bolsa de basura, pero no pudo resistir la tentación de agarrar la que había quedado encima para ver quién era el remitente. La carta procedía de Seal Beach, una pequeña ciudad costera de Oregón, por donde había pasado en una ocasión años atrás. Se había parado allí para llenar el depósito de gasolina y para comer algo, y el lugar se le había quedado grabado en la memoria. Como era incapaz de dejar a un lado el tema, agarró todas las cartas y salió del dormitorio.

—¿A quién conoces en Seal Beach? —dijo en voz alta, mientras empezaba a bajar la escalera.

Jon salió de la cocina y comentó:

—No vas a quedarte tranquila hasta que te lo diga, ¿verdad?

—Tengo curiosidad, no puedo evitarlo. Tú en mi lugar sentirías lo mismo.

Jon la miró ceñudo y le dijo:

—Tendría que haber tirado esas cartas hace tiempo. Son de mis padres.

—Algunas aún están cerradas.

—Mi padre y mi madrastra están fuera de mi vida, Maryellen. Hicieron su elección, y yo la mía. No quiero tener nada que ver con ninguno de los dos. Deshazte de esas cartas, por favor, y no vuelvas a mencionarlos.

—Pero...

—Maryellen, por favor.

—Vale, si eso es lo que quieres... —en esa ocasión, hundió las cartas en el fondo de la bolsa de basura.

Al cabo de una hora, su ropa estaba colgada en el armario junto a la de Jon, y los cajones estaban llenos. A primera vista, parecía como si llevara toda la vida viviendo con él, como si siempre hubiera formado parte de su casa y de su vida. Sintió una profunda satisfacción y su matrimonio inminente le pareció más real que nunca.

Después de cenar, tomaron un poco de vino en la terraza del piso superior, que tenía vistas al mar. Ella estaba completamente relajada y apoyó la cabeza en su hombro. Él la rodeaba con un brazo y tenía las piernas extendidas hacia delante. El momento era tan tranquilo, que tardó un poco en darse cuenta de que se había quedado dormido.

No le supo mal, porque sabía que tenía que regresar cuanto antes a casa de su madre para ocuparse de Katie. La niña ya debía de estar de mal humor a aquella hora, y no quería aprovecharse de la generosidad de su madre. Después de besar a Jon en la mejilla, se apartó de él y bajó la escalera procurando no hacer ruido. No tenía ganas de marcharse, pero en dos días estaría con él para siempre...

Tal y como esperaba, Katie estaba dando guerra, y su madre estaba exhausta. En cuanto la tomó en brazos, la niña se apoyó contra su hombro, se metió el dedo en la boca y se quedó dormida. La acunó durante unos minutos, mientras le frotaba la espalda con suavidad.

—Es increíble que una niña tan pequeña tenga tanta energía —Grace se había sentado en su silla preferida y estaba con la cabeza echada hacia atrás y los ojos cerrados. Volvió a abrirlos y añadió—: Pareces feliz.

—Lo estoy, y muy enamorada.

Los ojos de Grace se llenaron de lágrimas.

—Espero que siempre seas tan feliz como ahora —al ver que bajaba la mirada, le preguntó—: ¿Qué pasa?

—He encontrado unas cartas en casa de Jon... algunas ni siquiera estaban abiertas.

—¿Quién se las mandó?

—Sus padres. Me habría gustado leerlas, pero no lo he hecho. Jon ha insistido en que las tirara —su madre estaba al tanto de la situación, sabía que los padres de Jon le habían traicionado.

—¿Y lo has hecho?

—Sí, no quería empezar nuestro matrimonio siendo deshonesta con él.

—Me parece que no habría guardado esas cartas si no sintiera algo por su familia.

—Yo he pensado lo mismo —Maryellen se mordió el labio—. No me hace falta leerlas para saber lo que pone. Jon es la única familia que les queda, y quieren que los perdone. Quieren recuperar a su hijo.

—Tienen una nieta a la que ni siquiera conocen.

—Sí.

—Y también estás tú, Maryellen. Serán tus suegros.

Le dolía que Jon rechazara a sus padres, pero más por él que por ellos. Su futuro marido no iba a poder dejar atrás el pasado hasta que consiguiera perdonar a sus padres.

—No podría soportar que alguien me mantuviera alejada de mis nietos —comentó Grace con voz queda.

Aquél era otro punto a tener en cuenta. Aunque Jon no quisiera saber nada de su familia, sus padres tenían derecho a conocer a Katie, y la niña tenía derecho a conocer a sus abuelos.

Después de acostar a la pequeña, le escribió una breve carta a la familia de Jon. Había memorizado la dirección y el apartado de correos, así que tenía toda la información necesaria. Incluyó una foto en la que aparecía ella misma con Katie, y un breve comentario sobre lo bien que iba la carrera de Jon. Como tenía que tener en cuenta la opinión de su futuro marido, añadió que sería mejor que no intentaran ponerse en contacto con ella, pero les prometió que de vez en cuando les enviaría alguna foto de la niña.

A la mañana siguiente, mientras iba a la oficina de Correos, se preguntó si estaba haciendo lo correcto. Sabía que a Jon no le haría ninguna gracia, pero consideraba que sus futuros suegros se merecían un poco de compasión; además, también tenía que tener en cuenta la felicidad de Katie.

Cuando envió la carta, seguía sin saber si estaba haciendo lo correcto, pero en cualquier caso ya era demasiado tarde para echarse atrás.

CAPÍTULO 8

La subasta de perros y de solteros estaba generando una gran expectación en Cedar Cove. Grace Sherman había colocado un enorme letrero en la biblioteca, y como Jane le había pedido que repartiera carteles por todos los negocios de la ciudad, el jueves de la primera semana de junio aprovechó la hora de la comida para asegurarse de que la comunidad conocía todos los detalles relevantes.

Primero fue al Lighthouse. La jefa de sala estaba acomodando a una pareja, y mientras esperaba a que regresara, contempló el paisaje. Desde los ventanales se veía tanto el mar como el astillero de Bremerton, que estaba al otro lado de la cala.

Tenía a varias personas haciendo cola delante, pero no tenía prisa. Quería hablar con Seth o con Justine, para confirmar que podía colocar un cartel en la ventana delantera y para ultimar los detalles del menú que iba a servirse en el evento, pero de momento se limitó a disfrutar observando el mar, el vívido cielo azul y las montañas Olympic. Seth y Justine habían hecho un trabajo impresionante a la hora de reflejar los alrededores en la arquitectura y la decoración del restaurante.

Oyó que la puerta se abría a su espalda, pero estaba tan absorta en el paisaje que no prestó atención.

—Hola, Grace.

El corazón le dio un brinco en el pecho, y se volvió para saludar a Cliff Harding.

—Hola, Cliff.

Estaba tan guapo como siempre. Tenía los hombros anchos, los ojos oscuros, y llevaba unos vaqueros, una chaqueta de color canela que tenía un solo botón abrochado y un sombrero de vaquero ligeramente inclinado hacia delante que le ensombrecía un poco la cara.

Se miraron en silencio, como si ninguno de los dos supiera qué decir. Grace quería hablar, pero su lengua parecía haberse hinchado y se negaba a cooperar. Hacía semanas desde la última vez que lo había visto, y desde entonces se había acostumbrado a estar sola, a ocupar sus días y sus noches con obras de caridad y con cualquier otra cosa que la distrajera. No quería pararse a pensar en lo que había hecho, en cómo había destrozado la relación que tenía con él.

—Tienes buen aspecto —le dijo él al fin.

—Tú también.

Él esbozó una sonrisa pesarosa, y comentó:

—Maryellen y Jon se casaron la semana pasada, ¿verdad?

—Sí, fue una ceremonia preciosa. La celebraron en la finca de Jon, mi hija estaba radiante vestida de novia —sólo alcanzaba a articular frases breves.

—Les deseo lo mejor.

Era obvio que lo decía de corazón.

—Katie permaneció callada durante toda la ceremonia.

Él apartó la mirada y le dijo:

—Por favor, dale las gracias de mi parte a Maryellen por la invitación.

Grace no sabía que su hija le había invitado.

Cliff se quitó el sombrero y lo mantuvo sujeto con ambas manos mientras añadía:

—No fui por... razones obvias.

En esa ocasión, fue ella la que apartó la mirada.

—No quería incomodarte, Grace. Era un día feliz para todos vosotros, y creí que los dos estaríamos incómodos si iba.

Grace sabía que aquello era cierto y se limitó a murmurar:

—Fuiste muy considerado.

Se produjo otro tenso silencio; finalmente, como si acabara de recordar lo que hacía en el restaurante, ella comentó con un entusiasmo un poco exagerado:

—Vas a colaborar con la subasta, ¿verdad?

—Me lo ofrecieron, pero dije que no.

—¿Por qué?

Él había sido el primer soltero al que se había mencionado durante la reunión. Se preguntó cuánto tiempo tendría que pasar hasta que fuera capaz de tolerar la idea de Cliff con otra mujer; a juzgar por el nudo que tenía en el estómago, la espera iba para largo.

Quizá fueran imaginaciones suyas, pero tuvo la impresión de que él se ruborizaba antes de decir:

—Porque no quiero hacer el ridículo.

—Cliff, es una obra de caridad.

Se alegró al ver que él negaba con la cabeza, pero sabía que estaba siendo una egoísta.

—Supongo que el comité obtendrá pujas más altas por alguien más joven, así que propuse a Cal Washburn.

—¿Tu adiestrador?

Había coincidido con Cal en varias ocasiones. Le caía bastante bien, aunque era un hombre muy intenso con una mirada penetrante que parecía ver más allá de las apariencias; según creía recordar, tartamudeaba un poco.

Cliff esbozó una pequeña sonrisa, y comentó:

—A él no le ha hecho demasiada gracia la idea.

—¿Está dispuesto a colaborar?

—No lo ha decidido aún, está pensándoselo.

—Teniendo en cuenta cuánto te gustan los animales...

La sonrisa de Cliff se ensanchó.

—¿Estás intentando que me sienta culpable para que acabe cediendo, Grace Sherman?

—Pues claro —le dijo ella, sonriente.

—Soy demasiado viejo.

—Tu nombre salió desde el primer momento, parece ser que has despertado más interés del que crees.

—Supongo que fuiste tú quien puso mi nombre en la palestra, ¿verdad?

Por razones puramente egoístas, Cliff Harding era el último hombre al que habría recomendado.

—La que propuso tu nombre no fui yo, sino Margaret White —admitió a regañadientes. Al ver que él se encogía de hombros como si no le sonara el nombre, añadió—: Trabaja en el veterinario.

Él hizo un gesto vago, como indicando que no estaba seguro de saber a quién se refería, y comentó:

—Entonces, supongo que he coincidido allí con ella alguna vez.

Los dos volvieron a quedarse callados.

Grace se preguntó a qué se debía la tardanza de la jefa de comedor. Miró hacia las mesas, pero la mujer parecía haberse esfumado después de atender a los dos grupos de comensales que antes estaban haciendo cola.

—Olivia y Jack ya están en casa —dijo de repente, por hablar de algo. El silencio era insoportable. Cuando estaba junto a aquel hombre, no podía evitar recordar cuánto le había costado el error que había cometido al engañarlo.

—Sí, eso he oído.

Hacía años que no veía tan feliz a Olivia, pero tenía la impresión de que a su amiga estaba costándole un poco acostumbrarse a la vida de casada. Habían hablado por teléfono en varias ocasiones, y aunque Olivia no se había quejado de nada en concreto, parecía haber cierta tirantez entre Jack y ella.

—Tengo entendido que el ex de Olivia viene bastante a menudo a Cedar Cove últimamente.

Grace se quedó helada. Stan había ido a verla, deprimido y cabizbajo, cuando se había enterado de que Olivia había decidido casarse con Jack, y ella había accedido a ir a cenar con él. Había sido otro error más, y no quería que Cliff se enterara.

—Me parece que Stan sabe que se equivocó —comentó, para tantear el terreno. No sabía si él se había enterado de que había salido a cenar con Stan—. La gente comete errores de los que después se arrepiente.

Intentó transmitirle con los ojos lo arrepentida que estaba, le rogó en silencio que la perdonara, pero él apartó la mirada y le dijo:

—Stan acabó dándose cuenta de que su arrepentimiento llegaba demasiado tarde, ¿verdad?

El terrible silencio volvió de golpe, hasta que él añadió:

—Charlotte me contó lo que hiciste por sus amigos y por ella.

Grace se ponía furiosa cada vez que recordaba que habían arrestado a Charlotte y a su grupo de manifestantes. ¡Por el amor de Dios, si Ben Rhodes era un almirante retirado! El sheriff Davis tendría que sentirse avergonzado.

—Charlotte estaba intentando mejorar nuestra comunidad, así que lo mínimo que podíamos hacer era apoyarla —al ver que él fijaba la mirada en la alfombra para intentar disimular una sonrisa, le preguntó—: ¿Qué es lo que te hace tanta gracia?

—Tú —la miró a los ojos, y sonrió sin tapujos—. Recuérdame que nunca haga nada que pueda enfadarte.

Grace sintió que se le formaba un nudo en la garganta al recordar que era él el que estaba enfadado con ella, y no al revés.

—Charlotte se emocionó al ver que tenía el apoyo de la comunidad, y dice que fuiste tú la que lo organizó todo —añadió Cliff.

—No hice gran cosa.

—Te encargaste de que se corriera la voz.

—No fue para tanto —había sido incapaz de llamarlo a él, pero en ese momento deseó haberlo hecho.

Cliff pareció leerle la mente, porque comentó:
—Habría ido, de haberlo sabido.

La jefa de comedor se acercó a ellos, y les dijo:
—Perdón por la espera.

Cuando la mujer agarró dos menús para ofrecérselos, Cliff miró a Grace con indecisión. Ella deseó con todas sus fuerzas que le propusiera que comieran juntos, y le sostuvo la mirada todo el tiempo que pudo.

Él se tensó y la miró con decisión renovada antes de decir con firmeza:
—Mesa para uno —sin más, se alejó de ella.

CAPÍTULO 9

Roy McAfee sólo llevaba unos años trabajando de investigador privado, pero había sido policía durante toda su vida. A los pocos meses de dejar el departamento de policía de Seattle, se había hartado de deambular por la casa sin hacer nada, y poco después de mudarse a Cedar Cove había abierto la agencia de investigación.

La jubilación no le había sentado nada bien. Algunos hombres la aprovechaban para dedicarse a sus aficiones, pero ese tipo de vida era demasiado predecible para él. Lo que más le gustaba era un buen misterio, y no de los que se desarrollaban entre las tapas de un libro.

Lo que estaba pasando en Cedar Cove era un misterio de lo más intrigante.

Se sentó tras su mesa del despacho y agarró el archivo donde tenía la información sobre el caso de Bob Beldon. Si revisaba los hechos siguiendo la cronología en que habían ocurrido, quizás encontraría algún detalle que había pasado por alto. No era demasiado probable, pero no le iría nada mal refrescar la memoria.

Todo había empezado la noche en que un desconocido había llegado a la pensión de los Beldon. A la mañana siguiente, lo habían encontrado muerto, y Bob Beldon había llamado de inmediato a Troy Davis. El forense se había hecho cargo del cadáver, y poco después se había descubierto que el hombre había sido sometido a una reconstrucción facial y que llevaba documentación falsa. Durante unas semanas, todo el mundo había especulado sobre su verdadera identidad, pero el tema había ido quedando olvidado poco a poco.

Beldon había notado algo raro en el desconocido desde el principio. Bob había tenido una pesadilla recurrente desde que había vuelto de Vietnam, y a veces incluso padecía sonambulismo.

Roy dejó de leer, se reclinó en su silla, y recordó las primeras impresiones que había tenido. Cuando el sheriff había interrogado por segunda o tercera vez a Bob, éste se había planteado contactar con un abogado, pero al final había optado por acudir a él.

Durante la conversación que habían mantenido, se había dado cuenta de que Beldon tenía miedo de haber tenido algo que ver en la muerte del desconocido, y se había apresurado a tranquilizarlo y a decirle que era muy poco probable. A él también se le había pasado por la cabeza aquella posibilidad, pero lo cierto era que habían encontrado la puerta de la habitación de Maxwell cerrada por dentro, y que no había signos de violencia; de hecho, al principio ni siquiera sabían la causa de la muerte, porque la autopsia había revelado que los órganos vitales de Maxwell estaban bien.

Poco después de la charla que había mantenido con Bob, Grace Sherman había ido a verlo. Un año atrás, cuando su marido había desaparecido, le había contratado para que la ayudara a encontrarlo, pero ninguna pista había sido útil.

No le gustaba dejar cabos sueltos, aunque había sorprendido mucho a Grace con el puñado de datos nuevos que había descubierto... por ejemplo, el hecho de que Dan había ahorrado trece mil dólares sin que ella lo supiera; al parecer, él había utilizado aquel dinero para comprar una caravana.

Grace no sabía de dónde podía haberlo sacado, porque él le entregaba el cheque de la nómina cada viernes sin falta. Como la mayoría de las parejas, vivían mes a mes.

Al final, habían encontrado el cuerpo sin vida de Dan, junto con una carta dirigida a Grace en la que le contaba un incidente que había ocurrido durante la guerra de Vietnam. Se había alejado por accidente del resto del escuadrón junto a tres compañeros más, y habían llegado a un pueblo que creían que estaba controlado por el Viet Cong. Había sucedido algo, habían empezado a disparar, y antes de que el humo escampara, habían arrasado aquel lugar. Habían masacrado a hombres, mujeres, y niños. Aquel incidente había marcado a Dan de por vida, y según la carta, al final no había podido seguir soportando el peso de la culpa.

Grace se había quedado muy impactada y no había sabido qué hacer con aquella información. Él no le había sido de gran ayuda, porque no se había creído con derecho a aconsejarla; al fin y al cabo, era ella la única que tenía la decisión en sus manos.

Poco después, Bob Beldon había ido a verlo y le había repetido la historia que Dan había narrado en su carta de suicidio; al parecer, él también había formado parte de aquel grupo de cuatro hombres que se habían perdido en la jungla. Bob le había comentado que, desde que se había mudado a Cedar Cove, Dan y él habían evitado encontrarse, y que llevaban casi treinta años sin ver a sus otros dos compañeros.

Le había parecido una coincidencia demasiado grande que dos personas le contaran la misma historia truculenta en un periodo tan corto de tiempo, así que había ido a ver al sheriff Davis y le había sugerido que investigara a los dos compañeros de Dan y Bob.

Habían descubierto que uno de ellos, Maxwell Russell, había desaparecido, y se había confirmado que él era el desconocido que había muerto en la pensión. Las razones que le habían impulsado a ir a Cedar Cove, y además con documentación falsa, seguían siendo un misterio, al igual que su muerte.

Más tarde, se descubrió que lo habían envenenado, ya que se habían descubierto restos de la sustancia que lo había matado en la botella de agua que se había encontrado en su coche de alquiler.

Después de que identificaran a Russell, su hija había ido a Cedar Cove para recoger sus cenizas. Davis lo había organizado todo para que pudiera verse con los Beldon, y había permitido que él también estuviera presente durante la visita; al parecer, la madre de Hannah había fallecido en un accidente de tráfico, el mismo en el que Russell había sufrido graves quemaduras en la cara. Había tenido que someterse a una reconstrucción facial, y quizá por eso Bob no lo había reconocido.

Roy sospechaba que el accidente había sido deliberado, pero sabía que quizá no podría llegar a probarlo. Russell había insistido en que la dirección asistida había fallado, pero según el informe no se había encontrado nada que verificara su versión de los hechos.

En ese momento, la puerta del despacho se abrió y su esposa entró con una bandeja en la que llevaba café y galletas recién hechas. Corrie parecía decidida a engordarlo, pero él no pensaba quejarse; al fin y al cabo, no podía rechazar aquellas deliciosas galletas caseras.

—Deja que adivine lo que estás leyendo... ¿tiene algo que ver con el caso Beldon?

—Eres una sabelotodo —le dijo, sonriente.

—Estás decidido a resolverlo, ¿verdad?

Roy intuía que estaba cada vez más cerca de la verdad. No sabía si había pasado algo por alto, pero al final sus instintos lo llevarían por el buen camino. Lo único que necesitaba era una buena dosis de paciencia, pero por desgracia últimamente parecía quedarle poca.

—Cuando te quedas tan callado, es que estás tramando algo —le dijo ella, mientras le servía un café con leche.

Roy agarró la taza y se reclinó en su silla.
—Estoy repasando toda la información.
—¿Aún crees que Beldon corre peligro?
Roy no supo qué contestar. Se encogió de hombros y al final dijo:
—Dos de los cuatro hombres están muertos. A uno lo asesinaron, y el otro se suicidó.
—¿Y el otro que queda?
—El coronel Stewart Samuels, el sheriff habló con él. Me comentó que no creía que Samuels estuviera involucrado, pero... ¿quién sabe?

Corrie bajó la mirada hacia el archivo del caso y agarró la hoja que había arriba de todo.
—Aquí pone que opta a un puesto en el Comité del Congreso. Si se supiera lo que pasó en Vietnam, su carrera podría irse a pique, ¿verdad?
—Sí.

Roy sabía que su mujer tenía razón, pero la hoja de servicios de Samuels era impecable; además, vivía en la Costa Este, y se había comprobado dónde estaba el día de la muerte de Maxwell Russell. Por si acaso, había comprobado su paradero durante las semanas previas a la desaparición de Dan Sherman, y había descubierto que Samuels estaba realizando una misión para la OTAN en Europa.

Corrie se sirvió una taza de café y se sentó en la silla que había delante de la mesa.
—Linnette ha llamado esta mañana.

Roy se animó de inmediato al oír hablar de su hija de veinticinco años, que acababa de obtener su titulación de asistente médico. La adoraba, y estaban muy unidos. Era una muchacha brillante, preciosa, y un orgullo para él. Su hijo, Mack, era un caso aparte, y discutía a menudo con él. Al contrario que su hermano, Linnette siempre había sido una buena estudiante.

—Está interesada en conseguir trabajo en Montana.

Como la mayoría de los médicos preferían trabajar en las

grandes ciudades, las poblaciones pequeñas cada vez tenían menos profesionales del ramo de la sanidad. A Linnette siempre le habían gustado las zonas rurales a pesar de que se había criado en Seattle, así que su decisión era comprensible. Además de trabajar en una zona en la que estaban escasos de personal sanitario, iba a vivir en el tipo de lugar que le gustaba.

—¿Me has oído, Roy? Quiere trabajar en Montana.

La miró sin acabar de entender por qué parecía tan alterada, porque los dos sabían que Linnette no se quedaría en Seattle desde que había empezado los estudios de medicina.

—¡No quiero que viva a dos estados de distancia!

—Corrie...

—Linnette no conoce a nadie de Montana. Hay un montón de pequeñas poblaciones en el estado de Washington donde se necesitan asistentes médicos.

Roy intentó disimular una sonrisa.

—Ya es hora de que dejes que viva su vida, eres demasiado protectora.

Corrie lo miró con exasperación, y le espetó:

—Estamos hablando de nuestra hija.

—Sí, cariño.

—No uses ese tono conmigo, Roy McAfee.

—Sí, cariño.

—Sabes que no tiene ninguna gracia, ¿verdad?

Él contuvo con dificultad las ganas de contestar, y al final le preguntó:

—¿Dónde te gustaría que trabajara? —al ver que ella se mordía el labio y permanecía en silencio, añadió en tono de broma—: Lo que quieres es que se mude a Cedar Cove, ¿verdad?

Su mujer alzó la cabeza de golpe, y se quedó mirándolo con expresión de asombro; de repente, dejó la taza sobre la mesa, se levantó de la silla a toda prisa y fue a darle un sonoro beso en los labios.

—¿A qué ha venido eso? —le preguntó, agradablemente sorprendido.

—A que tú, querido maridito mío, eres mucho más listo de lo que crees.

Se quedó mirándola desconcertado mientras ella salía a la carrera del despacho.

CAPÍTULO 10

Grace se puso los guantes de jardinería con decisión. Pasarse la tarde del viernes plantando geranios en el jardín trasero no era demasiado emocionante, pero no quería deambular por la casa como alma en pena. Buttercup estaba esperándola en la puerta de la cocina, moviendo la cola.

—Plantaremos éstos ahora, y mañana por la mañana ya veremos lo que encontramos en el mercado. Es un buen plan, ¿verdad?

Había empezado a mantener conversaciones con su perra, y estaba convencida de que era una señal de lo sola que se sentía.

El mercado de los granjeros había empezado el primer sábado de mayo, y a pesar de que había pocos productos disponibles a principios de temporada, le gustaba ir cada semana. Casi siempre coincidía con alguna de sus amigas, y era posible que también se encontrara con alguna de sus dos hijas.

Se sobresaltó cuando el teléfono empezó a sonar. Se quitó el guante de la mano derecha y se apresuró a responder.

—¿Diga? —intentó mostrarse animada, y deseó con todas sus fuerzas que se tratara de Cliff. No había podido quitárselo de la cabeza desde que se lo había encontrado en el restaurante a principios de semana, y tenía la esperanza de que él también hubiera pensado en ella.

—Hola, Grace. Soy Stanley Lockhart. ¿Cómo te va?

Grace sintió una enorme decepción.

—Hola, Stan. Estoy bien —mantuvo un tono de voz frío, porque no quería darle falsas esperanzas al ex marido de Olivia.

—Yo también. Oye, ¿te apetece salir a cenar conmigo esta noche?

Grace le lanzó una mirada a la lata de sopa de almejas que pensaba prepararse más tarde. Prefería comerse una sopa precocinada sola, que un menú de tres platos junto a Stan Lockhart.

—Lo siento, pero ya tengo planes.

—¿No puedes cambiarlos? —ni siquiera disimuló lo molesto que se sentía.

—No.

Conociendo a Stan, no era extraño que diera por sentado que ella tenía que cambiar sus planes sólo porque le apetecía estar acompañado.

—¿Qué te parece si me paso por tu casa dentro de un rato?, es importante —insistió él, un poco más animado.

—Lo siento, pero no.

No alcanzaba a entender qué querría decirle con tanta urgencia. Tenía la esperanza de que él captara el mensaje, pero a veces la sutileza no funcionaba con Stan. La educación que le habían inculcado desde niña le impedía mostrarse grosera y decirle sin tapujos que no quería verlo siquiera.

Él permaneció en silencio durante unos segundos y finalmente comentó con tono apesadumbrado:

—Ya veo. No quiero ser pesado, Gracie, pero es que me gustaría hablar contigo si es posible.

Nunca le había gustado que la llamaran Gracie. Intentó conservar la paciencia. Stan no se había puesto en contacto con ella desde aquella única vez en que habían salido a cenar, y de repente la llamaba y quería hablar con ella de inmediato. No tenía ni idea de a qué venía todo aquello.

—¿De qué quieres hablar conmigo?

—Es mejor que te lo diga en persona. ¿Podemos quedar en algún sitio? Podríamos tomar algo. Dime cuándo y dónde, y allí estaré —su tono se volvió ligeramente suplicante.

Hacía poco que Stan se había divorciado de su segunda esposa, pero a pesar de que a Grace le daba un poco de lástima, no quería tener nada que ver con él.

—Será una conversación breve, te lo prometo.

Vaciló por un momento, porque estaba casi convencida de que él iba a insistir hasta que accediera, y al final le dijo:

—Mañana por la mañana voy a ir al mercado de los granjeros.

—Perfecto, nos vemos allí. ¿A qué hora?

—Abren a las nueve.

—Es demasiado temprano para mí, será mejor que quedemos un poco más tarde.

¿Esperaba que ella cambiara sus planes del sábado para adaptarse a los suyos? La lástima que sentía por él se esfumó de golpe.

—Iré a las nueve, Stan. Me da igual si te veo o no.

—Vale, estaré allí lo antes posible, pero recuerda que tengo que llegar desde Seattle.

Grace no lo había tenido en cuenta, pero le dio igual; al fin y al cabo, era él quien tenía tanta prisa por hablar.

El sábado por la mañana, metió a Buttercup en el coche y puso rumbo al mercado. A la perra le encantaba estar rodeada de gente, y estaba muy bien educada. La protectora de animales tenía un puesto en el mercado, en el que cada sábado se mostraban perros y gatos que necesitaban un dueño. Era muy popular tanto entre los niños como entre los adultos, y Grace se encargaba de gestionarlo una vez al mes.

Cuando Buttercup empezó a tirar de la correa en su afán de acercarse a los gatos, Grace le ordenó con firmeza que se quedara quieta. Como no le gustaba que la perra se quedara todo el día en casa sola, había empezado a plantearse la posibilidad de adoptar un gato.

—Buenos días.

Se volvió de inmediato, y vio a Maryellen con Katie. La parte trasera de la sillita de paseo de la niña estaba llena de bolsas de la compra.

—Hola, Maryellen. Supuse que a lo mejor te vería aquí.

Se agachó y le dio un beso a Katie, que empezó a gorjear y a mover los brazos. Se sintió satisfecha al ver a Maryellen radiante de felicidad. Se la veía más relajada, más segura y despreocupada que nunca. E igual de importante era el hecho de que Katie iba a criarse con un padre y una madre.

—Has venido bastante temprano —comentó.

—Jon está trabajando, y no volverá a casa hasta esta tarde —le dijo Maryellen.

Aquello significaba que su yerno estaba en algún lugar del oeste de Washington, fotografiando árboles, pájaros, o cualquier otra cosa.

—Me encanta la vida de casada. No entiendo cómo pude ser tan tonta, mamá. Jon es un marido y un padre fantástico.

—Me alegro por ti, cariño.

—Será mejor que vuelva a casa. He comprado un kilo de almejas, y tengo que meterlas en la nevera.

—Creía que no te gustaban.

—No, pero a Jon sí.

Su hija solía decir que Jon la consentía muchísimo, pero era obvio que ella también se desvivía por él.

Después de despedirse de su hija, compró medio kilo de almejas y un tarro de mermelada casera. Miró a su alrededor, y se sintió un poco aliviada al no ver a Stan por ninguna parte. Después de recorrer el mercado, fue hacia el aparcamiento.

—¡Grace! ¡Aquí!

Se volvió al oír que la llamaban, y al ver a Stan haciéndole señales desde el paseo marítimo, fue hacia él con Buttercup a su lado.

—Seth me dijo que podía dormir en su barco —le dijo él.

Parecía listo para jugar al tenis. Llevaba unos pantalones cortos de color blanco, y un jersey del mismo color ribeteado en rojo y azul.

—¿Cómo estás? —le preguntó, aparentemente relajado. La miró con atención, como si no supiera por dónde empezar.

—Bien —no entró en detalles, ya que no quería perder el tiempo hablando de naderías—. ¿En qué puedo ayudarte, Stan?

—Desde que me separé de Marge y Olivia se casó con el periodista, he estado un poco descentrado.

A Grace no le gustó cómo sonaba aquello, y se preguntó si lo que pretendía era volver a invitarla a salir. No estaba interesada en él, y decidió dejárselo claro cuanto antes.

—Stan, es normal que te sientas solo...

—¿Qué? —la miró con perplejidad, y añadió—: No, no se trata de eso. Me he enterado de lo de la subasta.

Grace tardó un segundo en encajar las piezas del rompecabezas, pero cuando se dio cuenta de lo que pasaba, se dijo que había sido una tonta.

—Me gustaría presentarme voluntario, ser uno de los solteros.

Tendría que haberlo sabido. A Stan siempre le había gustado ser el centro de atención, así que la idea de que un montón de mujeres pujaran por él... en fin, se sentiría en el séptimo cielo. Lo cierto era que podía ser un voluntario tan válido como cualquier otro, siempre y cuando la mujer que ganara la cita con él supiera a qué atenerse.

—Es una obra de caridad, ¿verdad?

—Sí, se recaudan fondos para la protectora de animales.

—Ya sabes que me encantan los animales.

Grace nunca le había notado especialmente cariñoso con ningún animal, pero se mordió la lengua.

—Estoy dispuesto a colaborar, y como estoy libre... en fin,

¿por qué no? —la miró con una sonrisa de lo más estudiada y añadió—: Supongo que podría ayudar a ganar unos cuantos dólares para una buena causa.

—No vives en Cedar Cove, Stan.

—Pero antes sí, y la gente de la ciudad me conoce. Lo mínimo que puedo hacer es presentarme voluntario. De eso quería hablar contigo, me he enterado de que estás ayudando a organizar la subasta.

—Les sugeriré tu nombre a las dos compañeras que se ocupan del listado de voluntarios.

—Gracias, sabía que podía contar contigo —le dijo él, con una sonrisa de oreja a oreja.

Buttercup movió la cola y lo miró expectante. Era obvio que la perra quería que le prestara algo de atención, pero el supuesto amante de los animales no le hizo ni caso.

—¿Has estado ya en el mercado? —le preguntó él.

Grace no se molestó en contestar, ya que dio por supuesto que las bolsas que llevaba hablaban por sí solas.

—¿Qué te parece si te invito a un café y me lo cuentas todo sobre la subasta? Podrías ayudarme a preparar una estrategia.

—¿Una estrategia?

—Sí, ya sabes... cómo conseguir que las damas pujen por mí. ¿Cuántas mujeres esperáis que asistan?

—Aún no tenemos ni idea, las entradas no se han puesto a la venta.

—Se me acaba de ocurrir una idea —parecía muy satisfecho consigo mismo—. Si las mujeres de la ciudad saben de antemano quiénes van a ser los voluntarios subastados, es posible que se vendan más entradas, ¿verdad?

—Eh... puede que sí —le dijo ella, sin demasiada convicción.

—Podríais poner los nombres de los voluntarios en las entradas, creo que así se generaría más interés.

—Lo propondré al comité.

—Perfecto —le dijo él con entusiasmo.

Era obvio que estaba encantado con lo de la subasta. Durante la única vez que habían salido a cenar juntos, se había pasado todo el rato como un alma en pena, hundido en un pozo de autocompasión; al parecer, se había recuperado con una facilidad pasmosa.

—Haré lo que pueda para que añadan tu nombre a la lista.

—Gracias, Gracie. Te agradezco que seas tan buena amiga.

Ella no se consideraba demasiado amiga suya, pero dejó pasar tanto el comentario como el uso inadecuado de su nombre. Echó a andar con Buttercup hacia su coche, que estaba en el aparcamiento que había detrás de la biblioteca.

—Ha sido un placer verte de nuevo, Gracie.

—Lo mismo digo, Stan.

—Ah, una cosa más —fue hacia ella, y le dijo—: Cuando les comentes lo de incluir los nombres en las entradas...

—¿Qué?

—Acuérdate de decirles que fue idea mía.

—Claro —le ordenó a Buttercup que se sentara, y soltó la correa por un momento para poder cambiar las pesadas bolsas de una mano a la otra.

—Y como ha sido idea mía... —Stan hizo una pequeña pausa, y soltó una carcajada—. Me parece que es justo que mi nombre figure en la lista.

—Me aseguraré de dejárselo claro al comité.

—Genial —la agarró de los hombros, y le dio un pequeño abrazo—. ¿Puedo ayudarte en algo? —le preguntó de repente, como si la posibilidad acabara de ocurrírsele.

—No, gracias —le sorprendió un poco que hubiera tenido el detalle de preguntárselo.

—¿Estás segura? —insistió, sin apartar las manos de sus hombros.

—Del todo.

Justo en ese momento, por detrás de Stan, Grace vio la figura de un hombre con un sombrero de vaquero, y rezó para que no se tratara de Cliff. Tenía miedo de que se hubiera enterado de que había salido a cenar en una ocasión con Stan, y pensara que era tan tonta como para liarse con el ex marido de Olivia.

Stan comentó algo sobre un amigo al que tenía que ir a ver, y antes de que ella pudiera reaccionar, la abrazó de nuevo y se fue. Grace siguió con la mirada fija en el hombre del sombrero de vaquero, y cuando Stan dejó de obstruir su línea de visión, sus temores se confirmaron. Era Cliff, y a pesar de la distancia, se dio cuenta de que estaba mirándola ceñudo.

Tuvo ganas de decirle que no era lo que parecía, que ni estaba involucrada con Stan, ni quería estarlo. Permanecieron mirándose durante unos segundos, hasta que al final él se llevó la mano al sombrero en un gesto de saludo y dio media vuelta.

Quiso echar a correr hacia él, explicárselo todo, pero tuvo miedo de empeorar aún más las cosas. De modo que, triste y abatida, regresó a su casa.

CAPÍTULO 11

Bob Beldon salió del teatro en cuanto terminó la reunión de la junta de dirección. Estaba metido en el mundo del teatro desde que iba al instituto. Las clases de interpretación siempre habían sido sus favoritas, y había participado en muchas de las obras escolares. De no haber sido por Vietnam y lo que había pasado después, quizá se habría planteado la carrera de actor.

En ese momento, obtenía lo que él llamaba su «dosis de teatro» participando en las producciones locales. Era miembro de la junta directiva, y la reunión en la que acababa de participar se había centrado en las posibles obras que podrían representarse durante la temporada siguiente.

Seguía dándole vueltas a las virtudes de *La ciudad contra la casamentera* mientras conducía por la carretera llena de curvas que llevaba a Cranberry Point. Aquel nombre siempre le había hecho gracia, porque *cranberry* significaba *arándano*, y jamás había visto ni un solo arbusto de ese tipo en la zona. Los había en otras partes del estado de Washington, pero no en Cedar Cove.

Empezó a silbar *Hello, Dolly*, porque en ese momento se sentía liberado de la carga que llevaba un tiempo agobiándolo. Por eso le encantaba el teatro. Podía meterse de lleno en su papel, en el proceso de creación de una obra, y dejar a un lado las preocupaciones. Sus amigos de Alcohólicos Anónimos dirían que estaba intentando evadirse de sus problemas, pero el teatro le proporcionaba una excusa perfecta.

Conociendo a Peggy, seguro que ya había empezado a preparar la cena. Como era lunes, lo más probable era que estuviera haciendo pimientos rellenos, o su fantástico pastel de carne. Estaba hambriento, y cualquiera de las dos opciones le parecía perfecta.

Seguía silbando cuando llegó a casa, y vio a Peggy regando el jardín, que en aquella época del año estaba en pleno apogeo. Desde que no admitían huéspedes, tenían mucho tiempo libre. Sus bolsillos se habían resentido un poco, pero su mujer era tan buena gestionando la economía familiar como realizando cualquier otra tarea doméstica. Gracias a ella, se las habían ingeniado para salir adelante en aquel momento de estrechez económica.

En cuanto dejó el coche en el garaje, fue a saludarla. Ella sonrió al verlo acercarse. El sol aún brillaba con fuerza a pesar de que ya eran casi las seis de la tarde; según el calendario, el verano iba a llegar a finales de mes, pero, como siempre, tardaría seis semanas más en dejarse notar en la zona del noroeste del Pacífico. Agosto y septiembre solían ser espectaculares. Tenía que recordárselo a sí mismo bastante a menudo en febrero y marzo, cuando las lloviznas constantes le agriaban un poco su habitual buen humor.

—Hola, cariño —le dijo a su mujer, al llegar al borde del jardín. Los hinojos estaban floreciendo, y el perejil y el cilantro empezaban a brotar—. ¿Qué hay para cenar?

—Pastel de carne. ¿Cómo ha ido la reunión?

—Muy bien.

—¿A qué viene esa sonrisa?, ¿estás escondiéndome algo? —Peggy le apuntó con la manguera en broma.

—Claro que no —soltó una carcajada, y alzó las manos en señal de rendición—. Es que ya imaginaba que a lo mejor cenaríamos pastel de carne.

Peggy se acercó a una de las paredes laterales de la casa, y cortó el agua de la manguera antes de decir:

—Ya casi he acabado... si tienes un momento, me gustaría hablar contigo.

Bob vaciló por un segundo. Cuando su mujer se ponía tan formal y le decía que quería hablar con él, el tema no solía ser demasiado agradable.

—¿Pasa algo?

—Nada en concreto.

El hecho de que se mostrara tan críptica no era una buena señal. La observó con atención, y se dio cuenta de que tendría que haber notado que estaba preocupada. Peggy era una conversadora nata, capaz de hablar con cualquiera sobre cualquier cosa. La mayoría de los huéspedes que solían tener eran clientes habituales, y habían entablado una buena amistad con ella.

Entraron en el zaguán que daba a la cocina, y Peggy se cambió de zapatos y colocó metódicamente las herramientas de jardinería en las estanterías. A veces se sentía un poco avergonzado al ver el contraste entre la organización que reinaba en las zonas de trabajo de su mujer y el desorden que imperaba en las suyas. A veces podía llegar a ser bastante desorganizado, así que era una suerte que Peggy fuera tan tolerante.

—¿Qué pasa, Peggy? —le preguntó, en cuanto entraron en la cocina.

Ella preparó dos tazas de té, y las colocó sobre la mesa antes de decir:

—Hannah Russell ha llamado esta tarde.

Bob sintió la súbita necesidad de sentarse. Agarró la silla con brusquedad, se sentó de golpe, y aferró su taza de té.

—Estoy muy preocupada —le dijo Peggy, mientras se sentaba delante de él.

—¿Por qué?

Llevaban tanto tiempo atrapados en aquella pesadilla, que se había acostumbrado a la tensión. Se había convertido en parte de su realidad diaria, y lo único que podía hacer era mantenerse firme ante cada nuevo golpe.

—Por Hannah. Se ha quedado sin padre y sin madre, es como un alma perdida. Está sufriendo, Bob —vaciló por un segundo antes de añadir—: Hoy he estado hablando con Hollie. Me ha dicho que Hannah necesita sentirse segura, y estoy de acuerdo con su opinión.

—Supongo que es normal, cuando una persona pierde a sus padres en tan poco tiempo —envidiaba lo unidas que estaban su mujer y su hija. Era consciente de que, durante los años en que había tenido problemas con la bebida, se había perdido buena parte de la vida de sus hijos.

Peggy aferró con más fuerza su taza de té, y comentó:

—Hannah ha llamado para darme las gracias por la carta que le envié.

A Bob se le había olvidado lo de la carta que su mujer le había escrito a la joven. Era un ejemplo más de lo considerada que era.

—Me ha dicho que piensa mudarse —le dijo ella.

—¿Adónde?

—Ése es el problema, no lo sabe. Ha vendido todas sus pertenencias. Hollie dice que Hannah está huyendo del dolor, pero que cargará con él adondequiera que vaya.

—Eso es verdad. No sé si es buena idea que se vaya de California. Puede que más adelante se arrepienta de haber vendido cosas que habría querido conservar.

—Se lo he dicho, pero ya está hecho. Lo que no ha vendido, lo ha regalado.

La preocupación de Bob se incrementó, y no sólo por Hannah. Era posible que la joven se hubiera deshecho de alguna pista que habría podido ayudarlos a resolver aquel misterio.

—Y eso no es todo —añadió Peggy—. Me ha dado la impresión de que va a deambular sin rumbo por el país, hasta que encuentre un lugar en el que se sienta cómoda.

Bob se reclinó en la silla mientras le daba vueltas al

asunto. Hannah era muy vulnerable. Si su hija estuviera en el lugar de aquella joven, no le habría gustado que vagara de un lado a otro.

—¿Qué pasa con su familia? Tiene tíos o primos, ¿no?
—Al parecer, no tiene ningún pariente cercano.
—Ya veo.
—Le he pedido que nos llame de vez en cuando.
—Bien.
—Pero no sé si lo hará, me ha parecido que está bastante confundida.

Bob sintió lástima por la joven.

—¿Le has preguntado si podemos mantenernos en contacto con ella de alguna forma?
—Sí, me ha dado el número de su móvil. Bob, la cuestión es... ¿hasta qué punto queremos involucrarnos en su vida?

Estaba claro lo que quería decir. Como el padre de Hannah había muerto en la pensión, Peggy sentía cierta responsabilidad hacia ella, pero aun así... ¿estaban dispuestos a hacerse cargo de los problemas de aquella joven? Quizá no estaban preparados para acaparar tanto.

—No lo sé —admitió al fin.
—Yo tampoco.
—¿Qué deberíamos hacer? —confiaba en la intuición de Peggy. Al margen de Hannah, la muerte de Max Russell era un tema de lo más incómodo, que sacaba a la luz recuerdos muy desagradables que prefería mantener enterrados.
—No lo sé, pero la pobre me da pena.

En eso estaban de acuerdo. Ya era bastante difícil abrirse camino en el mundo teniendo padres, pero era mucho peor hacerlo solo. Sus propios hijos habían tenido algunos traspiés, pero con amor y paciencia habían vuelto a encontrar la dirección adecuada... aunque debía admitir que no había sido gracias al ejemplo que él les había dado durante los primeros años. Quizá tenía aquella oportunidad de ayudar a Hannah para poder reparar en cierta forma los errores que había cometido veinticinco años atrás.

—Tendríamos que llamarla una vez a la semana, por lo menos —le dijo a Peggy con firmeza. No tenían por qué convertirse en los padres sustitutos de la joven, podían limitarse a ser sus amigos.

—Buena idea. Así sabrá que hay dos personas en el mundo que se preocupan por ella.

—Exacto —Bob se sintió mejor después de tomar aquella decisión. Era una iniciativa positiva, y quizás incluso le ayudaría a lidiar con todo lo que estaba ocurriendo en su frágil mundo.

CAPÍTULO 12

Olivia Lockhart Griffin se apresuró a regresar a casa en cuanto salió del juzgado. Jack la había llamado para decirle que iba a llegar un poco tarde. Después de una idílica pero breve luna de miel en Hawai, los dos tenían un montón de trabajo pendiente. Él llevaba toda la semana quedándose a trabajar hasta tarde, e incluso se había pasado el fin de semana entero atareado en el despacho. No era nada agradable que pasara tantas horas apartado de ella, pero el tiempo que pasaban juntos en casa era fantástico... aunque los dos tenían que realizar ajustes, claro, y algunos de ellos eran más difíciles de lo que esperaba.

Había vivido casi veinticinco años sin un marido, así que estaba un poco sorprendida por la facilidad con la que había vuelto a acostumbrarse a compartir su vida con un hombre. Por primera vez desde que su hijo pequeño se había emancipado, se esforzaba de verdad en cocinar; de hecho, en ese momento estaba sentada en la cocina, hojeando un libro de recetas que había comprado recientemente. Estaba decidida a que su marido disfrutara de una buena cena. Solía regañarle por sus malos hábitos alimenticios, porque estaba acostumbrado a conformarse con cualquier cosa rápida y fácil de preparar. Ella solía decirle que su dieta no era sana, que contenía demasiados carbohidratos y grasas, pero él no le hacía ni caso.

Encontró una receta de tofu que parecía interesante, pero decidió dejarla para otro día. Al oír que llamaban al teléfono, se levantó de inmediato y fue a contestar.
—¿Diga?
—Hola, hermanita.
—¡Will!
Se había sentido muy decepcionada porque su hermano, que vivía en Atlanta, no había podido asistir a su boda. Cuando lo había llamado para decirle que iba a casarse con Jack, esperaba que pudiera acompañarla en aquel día tan especial, pero, al parecer, lo había tomado por sorpresa, porque él había vacilado por un momento y le había dicho que no podía ir. En ese momento no recordaba cuál había sido su excusa, pero le había dado la impresión de que estaba un poco raro. A lo mejor las cosas no le iban demasiado bien con su mujer, Georgia, o quizá tenía problemas en el trabajo...
—¿Cómo está la feliz novia?
Se apoyó en la pared de la cocina, y soltó un suspiro antes de decir con entusiasmo:
—Fantástica. No sé por qué esperé tanto, Jack es maravilloso.
Le encantaba la espontaneidad de su marido. Ella pensaba pasarse la luna de miel tomando el sol en la playa, leyendo y holgazaneando, pero él se había negado en redondo y había planeado actividades para cada día. No habría visto nada de Hawai si Jack no hubiera hecho que disfrutara de las rutas y las actividades turísticas. Las noches habían sido lo mejor de todo. Después de cenar, solían bailar bajo las estrellas, se bañaban en la fabulosa piscina del hotel, y hacían el amor hasta quedar agotados.
—Pareces feliz —comentó su hermano.
—Lo estoy.
—Me alegro. Cambiando de tema, ¿has hablado con mamá últimamente?
—Claro.

Charlotte solía ir a visitarla al juzgado, pertrechada con su labor y acompañada de alguna de sus amigas del centro para mayores. Le encantaba fanfarronear sobre su hija la juez. El viernes por la tarde había ido sola, y habían estado charlando cuando había acabado la jornada, pero lo cierto era que llevaba toda la semana misteriosamente ausente.

—¿Qué te ha dicho? —le preguntó su hermano.

—No mucho, que sus amigos y ella triunfaron en el juzgado mientras yo aún estaba fuera. Ya me había enterado, me lo había comentado un montón de gente. Tiene tanto apoyo, que el alcalde se ha dado cuenta de que no puede seguir ignorándola.

—¿Te ha mencionado a Ben Rhodes?

—¿Su último novio? —lo dijo en tono de broma. Su madre le había mencionado a Ben en un par de ocasiones, pero jamás había dicho nada fuera de lo común. Era un viudo retirado de la Armada, y ella había dado por hecho que se trataba de una amistad más de su madre.

—¿Qué sabes sobre él?

—Poca cosa. ¿A qué viene tanto interés? —al darse cuenta de que apenas sabía nada sobre Ben, comentó—: Tengo entendido que se mudó a esta zona hace un par de años, mamá ha mencionado alguna vez que es un buen jugador de *bridge*; al parecer, va casi todos los días al centro de ancianos.

—Según él, fue almirante de la Armada, ¿verdad?

La sorprendió un poco el comentario, porque daba la impresión de que su hermano estaba poniendo en entredicho la palabra de Ben.

—Sí, creo que sí.

—¿Alguien ha comprobado si es verdad?

—Claro que no, ¿por qué? —le preguntó, cada vez más desconcertada.

—Porque me parece que ni tú ni yo nos hemos dado cuenta de lo que está pasándole a mamá, hermanita.

—¿A qué te refieres?

Will soltó un sonoro suspiro y le dijo:

—La llamé dos veces mientras tú estabas en Hawai, y no dejaba de hablar del tal Ben. Me parece que tendríamos que averiguar todo lo posible sobre ese hombre.

Olivia se dio cuenta en ese momento de que era cierto que su madre se veía bastante a menudo con Ben, sobre todo últimamente.

—No creo que haya nada de qué preocuparse.

No era el primer hombre con el que su madre había entablado una buena amistad a lo largo de los años; de hecho, había sentido mucho afecto por Tom Harding, un actor retirado al que había conocido en la residencia de ancianos. A pesar de que él no podía hablar a causa de un derrame cerebral, su madre se las había ingeniado para mantener largas conversaciones con él. Gracias a Tom habían conocido a Cliff Harding.

Ben era nuevo en Cedar Cove, así que debía de sentirse un poco perdido. No le pareció que hubiera nada malo en que aquel hombre hubiera entablado una buena amistad con su madre.

—Supongo que no hay que alarmarse... aún —admitió Will, con cierta renuencia—. Pero, como te he dicho, ¿qué es lo que sabemos de él?

—Eh...

—Sólo lo que él nos dice, ¿verdad?

—Sí —empezó a sentirse cada vez más intranquila. Estaba tan centrada en su propia vida, que últimamente no le había prestado demasiada atención a su madre.

—Nadie sabía nada de él hasta que llegó a la ciudad, ¿verdad?

—Exacto. Se mudó a esta zona, y empezó a frecuentar el centro de ancianos.

—No tiene familia.

—Aquí no.

Ben había comentado en alguna ocasión que tenía hijos, pero que no vivían en el estado de Washington.

—¿No te parece un poco sospechoso?
—La verdad es que no —le contestó ella, después de pensarlo por un momento.
—Pues a mí sí.

Empezaba a sentirse un poco preocupada, pero prefirió no decírselo a su hermano. Permaneció en silencio, y él añadió:

—Un desconocido sin ningún vínculo con Cedar Cove se muda a la zona, y de repente mamá y él se convierten en amigos inseparables.

—Le conozco, es un perfecto caballero.

—Fue él quien metió a mamá en lo de aquella ridícula manifestación, fue culpa suya que la arrestaran. Está claro que no es una buena influencia para ella.

—Me parece que mamá tiene tanta culpa como él de lo que pasó.

—Yo no estoy tan seguro.

—¿Por qué no?

—Has estado de luna de miel, Olivia. Me parece genial que estés enamorada, pero tengo la impresión de que ves el mundo de color de rosa.

Aquello era cierto... hasta cierto punto.

—¿Adónde quieres llegar a parar, Will?

—Tengo miedo de que mamá esté en peligro. ¿Qué pasa si ese tipo la estafa y le roba todos sus ahorros?

—¡Ben sería incapaz de hacer algo así!

—¿Estás segura, Olivia? ¿Estás dispuesta a arriesgar el futuro financiero de nuestra madre basándote en tus suposiciones?

Olivia vaciló por un momento. En el juzgado había visto en demasiadas ocasiones el dolor que una persona podía causarle a otra. Apretó el teléfono con fuerza al pensar en la posibilidad de que alguien se aprovechara de su madre.

—¿Estás segura de que Ben es un tipo de confianza?, ¿estás dispuesta a apostar el futuro de mamá?

—No —admitió a regañadientes.

—Lo suponía. Está en tus manos, hermanita.
—¿El qué?
—Investigar a Ben Rhodes. He oído hablar de tipos como él, que se aprovechan de mujeres viudas. En la tele han dado programas sobre el tema, seguro que has visto alguno. Tenemos que tener mucho cuidado. Sería imperdonable que nos quedáramos de brazos cruzados mientras un desconocido estafa a mamá.

Olivia no supo qué decir. Hasta el momento, la relación de amistad que su madre mantenía con Ben le había parecido de lo más normal, pero su hermano tenía razón al decir que había estado muy ocupada con su vida de recién casada.

—¿Qué quieres que haga, Will?
—Que investigues su pasado. Mamá se enteraría si yo empezara a hacer averiguaciones, y se pondría hecha una furia.
—Me sentiría mejor si antes de nada habláramos con ella del tema —le parecía censurable e impropio actuar a espaldas de su madre.
—Ni hablar, diría que estamos entrometiéndonos en su vida.
—Y tendría razón, ¿no?
—Sí, pero es por su propio bien. No lo hagas tú misma, es mejor que un profesional se encargue de la investigación.

Olivia estaba indecisa; por un lado, el instinto le decía que podía confiar en Ben, pero por el otro era consciente de que su hermano tenía razón. No sabían casi nada de aquel hombre que se había vuelto tan importante para su madre.

—¿Conoces a algún investigador privado? —le preguntó su hermano.
—Sí, Roy McAfee. Es muy bueno, antes era inspector en la policía de Seattle.
—Contrátalo cuanto antes, no podemos perder tiempo.
—Vale, hablaré con él.
—Perfecto. Bueno, ¿cómo va todo por la ciudad?

—Bastante bien.
—¿Qué tal está Grace?
—Muy bien —le sorprendió un poco que preguntara por ella.
—¿Aún os veis cada semana?
—Los miércoles, en clase de aeróbic. Pero últimamente nos vemos menos de lo que me gustaría.
—¿Por qué?

Olivia se preguntó por qué parecía tan interesado de repente en Grace.

—Está bastante atareada con lo de la subasta de perros y solteros que se celebra el mes que viene. ¿A qué vienen tantas preguntas?
—A nada en concreto. Sé que sois muy buenas amigas, eso es todo.

Le extrañó un poco que no le hubiera preguntado por Justine y Seth, o James y Selina. Le habría gustado poder alardear de sus nietos.

—Grace y yo estuvimos en contacto por correo electrónico durante un tiempo —le confesó Will.
—¿Ah, sí? —se quedó muy sorprendida, porque su amiga no se lo había mencionado.
—No fue gran cosa... Grace y yo sólo somos amigos.

La conversación se alargó durante unos minutos más, hasta que Will la dio por concluida. Olivia retomó sus planes para la cena, y no cayó en la cuenta de lo que estaba pasando hasta que estaba ultimando el salmón a la parrilla con espárragos al vapor. Aunque era obvio que su hermano estaba preocupado de verdad por la relación que su madre mantenía con Ben, y quizá con razón, la había llamado porque tenía alguna otra cosa en mente, algo relacionado con Grace.

Will había mostrado bastante curiosidad sobre su amiga. En más de una ocasión la había mencionado durante la conversación, le había preguntado cómo le iban las cosas y si estaba saliendo con alguien. Eso era bastante extraño, porque lo más normal era que Will supiera todas esas cosas si habían estado enviándose correos electrónicos.

Justo cuando empezaba a atar algún que otro cabo, Jack entró por la puerta trasera que daba a la cocina.

—Pareces muy pensativa.

—¡Jack! —fue corriendo hacia él, y empezó a salpicarle el rostro de besos.

Él la abrazó y la miró sonriente.

—Un marido podría acostumbrarse a este tipo de recibimientos —le dijo, antes de besarla.

Al cabo de unos segundos, Olivia apoyó la cabeza sobre su hombro y soltó un profundo suspiro mientras saboreaba el reconfortante abrazo de su marido.

—He tenido una conversación bastante... desconcertante con mi hermano.

—¿Sobre qué?

Olivia se lo contó, pero no mencionó el súbito interés que Will había mostrado en Grace.

—¿Vas a hablar con Roy? —le preguntó Jack.

—Sí, supongo que sí. Will está preocupado, y aunque creo que está exagerando un poco, no está de más que nos aseguremos de que Ben es de fiar. Los timadores astutos suelen parecer de lo más convincentes, pero la verdad es que me sabría mal que mamá se enterara de lo que pensamos hacer.

Jack tardó unos segundos en contestar, y al final comentó:

—A Roy no se le escapará ningún dato importante, eso puedes darlo por hecho.

—Sí, ya lo sé.

—La verdad, a mí me parece que no hace falta investigar a Ben.

—A mí también —pero, a pesar de todo, había decidido hacerlo para tranquilizar a su hermano.

Después de cenar, se acurrucaron en el sofá y vieron *Ley y orden*. Era un capítulo repetido, pero como Jack no había visto la serie, a Olivia no le importó volver a verlo; aun así, no pudo evitar seguir dándole vueltas a la conversación que había mantenido con su hermano.

Will había comentado que Grace y él habían estado enviándose correos electrónicos, y se había mostrado muy interesado en saber cómo le iban las cosas, si estaba saliendo con alguien. Aunque no había dicho nada en concreto, su tono de voz había dejado entrever que no le había hecho ninguna gracia saber que estaba involucrada en la subasta.

De repente, recordó que Grace había tenido una relación con un hombre casado a través de Internet, varios meses atrás. El tipo había engañado a su amiga, le había dado falsas expectativas... se preguntó horrorizada si ese hombre era Will. A Grace se le había roto el corazón cuando se había terminado su relación con Cliff Harding, y había sido entonces cuando le había revelado que había estado en contacto con otro hombre a través de Internet. Su amiga había admitido que era la culpable de lo que había ocurrido, pero jamás había llegado a decirle el nombre del hombre casado. Ella había dado por supuesto que no tenía importancia, que seguro que era alguien al que ni siquiera conocía, pero empezaba a preguntarse si podría tratarse de Will.

Se dijo que era una idea absurda... su hermano sería incapaz de hacer algo tan rastrero, y en caso de que lo hubiera hecho, seguro que Grace se lo habría dicho; por otro lado, si sus sospechas eran ciertas, por fin tenía una explicación para el hecho de que Will hubiera decidido no asistir a la boda.

—Estás muy pensativa —le dijo Jack, durante un intermedio, antes de besarla en el cuello.

—Mmm —Olivia cerró los ojos, y se limitó a disfrutar de sus mimos.

—Estás preocupada por lo de tu madre y Ben, ¿verdad?

—No, la verdad es que no.

Estuvo a punto de mencionar sus sospechas respecto a Grace y a su hermano, pero decidió no hacerlo. Quizás hablaría del asunto con Grace, pero antes quería analizar la situación con calma. De momento era mejor no decirle nada a nadie, ni siquiera a Jack.

—Perfecto —murmuró él, mientras la abrazaba con más firmeza—. Sería una lástima que algo nos impidiera ver la tele en paz.

Olivia esbozó una sonrisa y le dio un codazo. Desde que se había casado con Jack Griffin, no paraba de sonreír.

CAPÍTULO 13

Cecilia avanzaba sin ganas por los pasillos del economato, empujando un carro de la compra. Había esperado tan ansiosa a que Ian regresara a casa después de seis meses de servicio... había contado los días que quedaban hasta su llegada, lo había planeado todo al detalle para que el tiempo que iban a pasar juntos fuera como una segunda luna de miel, y había rezado para que su marido tuviera tantas ganas de crear una familia como ella. El problema radicaba en que él se había opuesto a la idea, y nada había salido tal y como ella esperaba.

—Hola, Cecilia.

Se volvió al oír su nombre y vio que Cathy Lackey se acercaba a ella con un carro de la compra.

—Hola, Cathy. ¿Cómo estás? —le preguntó, con una sonrisa forzada.

—Genial. He dejado al niño con su padre y estoy tomándome mi tiempo para comprar, porque la vedad es que me viene bien un pequeño descanso. ¿Dónde está Ian?

—En casa —fue incapaz de seguir ocultando su angustia, y admitió—: Las cosas no van demasiado bien entre nosotros.

—¿Por qué?

Cecilia se sacó un pañuelo del bolso. Se sentía humillada por perder la compostura en medio de una tienda, a la vista de todo el mundo.

Cathy lanzó una mirada por encima del hombro, y le dijo:

—Oye, será mejor que quedemos dentro de media hora en Starbucks. ¿Te va bien?

Cecilia asintió. Cathy era la única persona en el mundo con la que podía hablar de sus asuntos más privados. En ese momento necesitaba más que nunca el apoyo de sus amistades, y Cathy podría entenderla mejor que nadie.

Cuando llegó a Starbucks al cabo de media hora, Cathy ya estaba esperándola en una de las mesas de la terraza, con dos tazas de café. Hacía muy buen día, así que casi todos los clientes estaban sentados al aire libre.

—Bueno, cuéntame lo que pasa.

Cecilia agarró su taza de café, y fijó la mirada en la mesa.

—Desde que Ian regresó, todo es un completo desastre.

—¿Por qué?

—Lleva cuatro semanas aquí, pero apenas hemos hecho el amor —le daba vergüenza hablar de algo tan íntimo, incluso con Cathy, pero no podía seguir disimulando lo que sentía. Ian no dejaba de inventarse excusas para mantenerse apartado de ella, y estaba cada vez más desesperada.

—¿Qué es lo que pasa, Cecilia?

Se mordió el labio, y cuando logró contener las ganas de llorar, le dijo:

—Creía que Ian querría tener hijos cuanto antes, pero me equivoqué. Quiere que vuelva a tomarme la píldora antes de que tengamos relaciones sexuales de forma regular.

—¿Y estás tomándotela?

—Aún no, pero ya pronto tiene que venirme la regla. Hemos utilizado protección, pero Ian insiste en que tengo que volver a tomar la píldora. Hasta que lo haga, me trata como si fuera su hermana. Apenas me mira, y está enloqueciéndome.

—¿No quiere tener un hijo?

—Cada vez que se lo menciono, cambia de tema. La semana pasada, cuando insistí en que lo habláramos, se enfadó y me dijo que no estaba preparado para ser padre. Le pregunté cuándo lo estaría, y ¿sabes lo que me contestó? —no esperó a que su amiga contestara, y siguió hablando—. Me dijo que creía que nunca —se cubrió la cara con las manos y se echó a llorar.

Cathy posó la mano en su antebrazo y le dijo:

—¿Te acuerdas que te conté que sufrí dos abortos antes de tener a Andy?

Cecilia bajó las manos y asintió. No le gustaba comportarse de forma tan emocional, pero no podía evitarlo. Se había creado un millón de fantasías románticas centradas en el tiempo que iban a pasar juntos, pero todo había salido mal y nada de lo que decía o hacía surtía efecto.

—Después de mi segundo aborto, creí que mi vida de pareja se había acabado. Fue como si Andrew perdiera todo interés en mí como esposa.

—¿En serio? —Cecilia la miró atónita.

—No entendí hasta qué punto le habían afectado los abortos. Estaba tan centrada en mí, que no me di cuenta de lo que supuso para él que los embarazos se malograran. Tenía miedo de volver a hacer el amor conmigo, de que volviera a quedarme embarazada, de que yo sufriera otra vez. Yo estaba convencida de que ya no me quería porque era incapaz de darle un hijo, pero estaba completamente equivocada —Cathy tenía los ojos inundados de lágrimas. Se detuvo por un segundo y tragó de forma visible—. La mente nos juega malas pasadas, ¿verdad?

Cecilia no sabía si aquello era aplicable a su propia situación, porque daba la impresión de que Ian expresaba lo que sentía de forma mucho más abierta que Andrew. Ian y ella habían trabajado duro en la comunicación de pareja, habían aprendido a ser más directos a la hora de expresar sus necesidades y sus sentimientos... pero estaban pasando por un mal momento.

—¿Qué pasó con aquel picardías que te compraste? —Cathy bajó el tono de voz y añadió—: El que le enviaste...

—Ni siquiera me lo he puesto. Ian tenía mucha prisa en la primera noche, y después... la verdad es que desde entonces no parece demasiado interesado.

Cathy se echó a reír y le dijo:

—Claro que está interesado, pero tiene miedo. ¿Está de mal humor?

—Sí —de hecho, nunca había visto a su marido tan taciturno.

—Sabes por qué, ¿no? Está frustrado.

—No tiene por qué estarlo. Estoy lista y dispuesta —rezongó con irritación.

—Pues demuéstraselo.

—¿Crees que es buena idea? —no quería hacerse falsas esperanzas, después de tantas decepciones.

—¿Por qué no te pones el picardías y a ver qué pasa?

Cecilia le dio vueltas al asunto mientras conducía de vuelta a casa con la compra. Al llegar, vio a Ian trabajando en el garaje anexo al dúplex. Estaba trasteando con una vieja motocicleta que le había dado un amigo suyo, y tenía las piezas del motor colocadas sobre una lona. La ayudó a descargar la compra sin decir palabra y volvió a centrarse en la moto de inmediato.

Para cenar preparó el plato favorito de Ian, lasaña, y cuando él le dijo que le había quedado deliciosa, se sintió eufórica. Cuando él se metió en la cama y se puso a leer, se dio una larga y cálida ducha antes de ponerse el picardías con el corazón martilleándole en el pecho. Intentó mirarse en el espejo, pero como estaba empañado por el vapor de la ducha, no alcanzó a ver si estaba sexy. Por si acaso, se puso perfume en las muñecas y detrás de las orejas.

Creyó que el corazón iba a salírsele del pecho cuando abrió la puerta del cuarto de baño. Se quedó donde estaba, con el brazo alzado y la mano apoyada en el marco de la puerta.

Ian estaba sentado en la cama, leyendo. La lamparita aportaba una luz cálida a la habitación. Parecía absorto en la novela y durante unos segundos ni siquiera se dio cuenta de su presencia, pero cuando alzó la mirada y la vio, se quedó con la boca abierta y se quedó mirándola durante un largo momento. El libro se le cayó de las manos y fue a parar al suelo, pero él no le prestó ninguna atención.

—¿Cecilia?
—¿Qué?
—¿Se puede saber qué estás haciendo?
—¿Tú qué crees?
—No me hace ninguna gracia —se incorporó un poco más y se apretó todo lo que pudo contra la cabecera de la cama, como si quisiera escapar de ella, pero no apartó la mirada de la suya.

Se sintió envalentonada al verlo tan alterado, así que dio dos pasos hacia él y empezó a quitarse el picardías poco a poco. Se tomó su tiempo, y se sintió encantada al verle tragar de forma convulsiva mientras la devoraba con la mirada.

—¿Te gusta? —le preguntó, en un tono de voz bajo y sexy. Como él no contestó, añadió seductoramente—: Me parece que sí.

Cuando empezó a desabrocharse la parte superior del picardías, que apenas ocultaba nada, Ian gimió y cerró los ojos. Consciente de que estaba a punto de salir victoriosa, se inclinó por encima de él y apagó la lamparita. En cuanto la tuvo cerca, él la agarró y la tumbó en la cama, y ella se abrazó a su cuello.

Empezaron a besarse con pasión mientras se restregaban el uno contra el otro. Ninguno de los dos tenía suficiente, ambos querían dar más y más. Era como si Ian hubiera contenido hasta ese momento toda la pasión que sentía por ella. Mientras se besaban con una pasión y una fiereza crecientes, Cecilia saboreó el deseo desenfrenado de su marido, que avivaba el suyo propio.

Le demostró de todas las formas que sabía que lo amaba y lo necesitaba, que había echado de menos desesperadamente sus caricias. Ian se colocó encima de ella, y después de luchar con la ropa que llevaba, la penetró de una embestida. Estaba preparada, más que preparada. Cuando sus cuerpos se unieron, los dos gritaron extasiados ante aquel placer avasallador.

Se quedaron dormidos el uno en brazos del otro, saciados y contentos. Ian la despertó una vez durante la noche, y ella respondió de inmediato. Él se mostró tan apasionado como antes. Entrelazó las manos con las suyas, la besó mientras le sujetaba los brazos por encima de la cabeza y la penetró profundamente. Cecilia gimió ante la belleza de aquel acto de amor con su marido y gritó de placer al alcanzar el éxtasis.

Por la mañana, las cosas fueron muy diferentes. Al despertar, lo vio sentado en el borde de la cama, de espaldas a ella.

—Lo hiciste a propósito —le dijo con aspereza, cuando se dio cuenta de que estaba despierta.

Cecilia se sentó y aferró la sábana contra su pecho desnudo.

—Sí —lo admitió sin dudarlo, porque no estaba dispuesta a mentirle.

—Me sedujiste.

—Sí, supongo que sí. Quería hacer el amor con mi marido —se inclinó hacia él y le acarició la espalda con las puntas de los dedos—. Te he echado de menos, Ian.

Al parecer, fue incapaz de aguantar que lo tocara, porque se levantó de inmediato y le dijo:

—Como quieres tener un hijo y yo no, decidiste pasar a la acción.

—No te impedí que usaras protección, Ian.

—Pero no me lo recordaste.

—¿Es responsabilidad mía, o tuya? —le dijo, mientras luchaba por mantener la calma.

Su marido se volvió hacia ella de golpe y la fulminó con la mirada.

—¡Te aseguraste de que me olvidara!

A pesar de la seriedad de la situación, Cecilia no pudo evitar sonreír.

—Tienes razón, no te lo recordé. Pero es que en ese momento tenía otras cosas en mente.

—Sí, un bebé —le dijo con enfado.

—Sí, pero eso ya lo sabías.

—Espero por lo más sagrado que no te hayas quedado embarazada, Cecilia.

—Eso no... no es justo —le dijo, sobresaltada por su vehemencia.

—Sea como sea, no sé cómo me sentiré si hemos engendrado un hijo por culpa de tu triquiñuela —sin más, salió como una exhalación del dormitorio.

CAPÍTULO 14

Roy McAfee esperó hasta última hora de la tarde para llamar a Hannah Russell. Lo había intentado antes, pero la joven parecía tener el teléfono desconectado. Se lo había comentado a Bob, que le había facilitado el número del móvil; al parecer, Hannah permanecía en contacto con los Beldon.

Después de marcar, se reclinó en la silla de su despacho.

—¿Diga? —le contestó una voz vacilante.

—¿Hannah?

—Sí, soy Hannah Russell —le dijo ella, con un poco más de seguridad—. ¿Quién es?

—Roy McAfee, de Cedar Cove. Nos conocimos en la pensión de los Beldon, cuando viniste a recoger las cenizas de tu padre.

Ella vaciló de nuevo, como si estuviera intentando ubicarlo, y al final le dijo:

—Lo siento, pero no lo recuerdo.

Su lapso de memoria era comprensible, ya que había sido una visita muy traumática para ella. La joven estaba en una situación nada envidiable, ya que a la muerte de su padre se le sumaba el misterio de su asesinato.

—Soy investigador privado, estaba en la casa durante tu visita.

—Ah, sí, ya me acuerdo. ¿En qué puedo ayudarte?

Él se enderezó, y revisó la lista de preguntas que tenía preparada.

—¿Es un buen momento para que hablemos?

—Sí, no estoy haciendo nada.

—¿Dónde estás?

—En Oregón. Supongo que los Beldon ya te han dicho que lo he vendido todo. Decidí mudarme, pero el problema es que no sé adónde voy a ir. Supongo que suena un poco raro. Metí en el coche todo lo que era importante para mí, y me largué. Quiero empezar desde cero en algún sitio.

—Sí, Bob ya me lo había comentado —le parecía comprensible que quisiera escapar de los horrores del pasado durante uno o dos años. Se preguntó si tenía amigos, pero no quería distraerla con preguntas personales. Tenía otras mucho más urgentes en mente—. Me gustaría hacerte algunas preguntas sobre tu padre.

Ella tardó unos segundos en contestar, pero al final le dijo:

—De acuerdo, pero no sé qué puedo decirte.

—Puedes ayudarme a verificar algunos datos.

—Lo intentaré, pero no sé si podré decirte gran cosa. Ni siquiera sabía que mi padre pensaba ir a Cedar Cove, ni por qué. Cuando murió... fue un golpe muy duro, pero fue incluso peor enterarme de que lo habían asesinado. No sé quién podría querer matarle.

—Te agradezco tu ayuda, te prometo que haré todo lo que pueda por descubrir al culpable.

—Gracias —le dijo ella, con voz trémula.

A menudo, los miembros de la familia conocían sin saberlo información crucial. La clave para resolver un caso era plantear las preguntas adecuadas.

—¿Qué quieres saber? —le preguntó Hannah, un poco más tranquila.

—Antes de nada, me gustaría que me hablaras de la relación que había entre tu padre y Stewart Samuels.

Ella permaneció en silencio durante unos segundos, como si estuviera intentando aclararse las ideas, y al final le dijo:

—La verdad es que no te puedo decir gran cosa. Mi padre nunca me mencionó a ese hombre hasta después del accidente de coche. Las quemaduras que sufrió eran bastante graves, así que tuvo que pasarse una buena temporada en el hospital, pero el seguro médico era limitado. Cuando nos dijeron que necesitaba reconstrucción facial, me pidió que me pusiera en contacto con el coronel Samuels. Me dijo que Samuels estaba en deuda con él, pero no especificó por qué.

Roy anotó aquella información. Había dado por hecho que los dos hombres habían permanecido en contacto desde Vietnam, pero al parecer no había sido así.

—¿Qué te pidió que le dijeras al coronel?

—Papá creía que Samuels podría conseguir que le admitieran en un hospital para veteranos, y así fue.

—¿Cómo reaccionó el coronel cuando le llamaste?

—Pues... se mostró bastante servicial —pareció a punto de añadir algo más, pero no lo hizo.

Roy decidió ahondar más tarde en la impresión que la joven había tenido de Samuels, pero de momento quería hablar de otros puntos importantes.

—¿Te pidió tu padre que contactaras con alguien más?

—No. No era demasiado sociable, dudo que hubiera contactado con Samuels si hubiera tenido alguna otra opción.

—¿Te explicó por qué consideraba que Samuels estaba en deuda con él?

—No.

—¿Llegaste a conocer a Samuels en persona?

—No, pero hablamos por teléfono en varias ocasiones. Consiguió que papá entrara en el hospital para veteranos, es una pena que al final no sirviera de nada... —pareció a punto de echarse a llorar, pero logró mantener la compostura y añadió—: La verdad es que...

—¿Qué?

—Me parece que el coronel no le ayudó de buen grado. Quizá no debería decirte esto, pero papá se quedaba muy alterado después de hablar con él. Una vez, la enfermera tuvo que ponerle un sedante. No le di demasiada importancia al asunto, porque lo único que me importaba era que mi padre recibiera el tratamiento médico que necesitaba.

Aquello era bastante interesante, quizá Samuels no era trigo limpio. El sheriff creía que no estaba involucrado en el asesinato, pero las piezas del rompecabezas no acababan de encajar.

—¿Te acuerdas de algo más sobre Samuels y tu padre?

—No, sólo hablaron unas cuantas veces. Teniendo en cuenta el efecto que tenía en mi padre, supongo que era lo mejor. Me parece que... no, espera... —se detuvo de golpe, y añadió—: Acabo de acordarme de algo que pasó varios meses después de que papá saliera del hospital. El coronel llamó a casa un día, a última hora de la tarde. Papá contestó, y bajó la voz de inmediato. Como era obvio que no quería que le escuchara, me fui de la habitación. Fui a la cocina, pero alcancé a oír parte de la conversación.

—¿Te acuerdas de algo?

—Me pareció un poco rara. No sé si esto te servirá de algo, pero mi padre le dijo al coronel que no le había dicho nada a nadie. No sé a qué se refería, pero dijo con mucha firmeza que el secreto estaba a salvo... estoy intentando recordarlo bien. Como no quería inmiscuirme, intenté no prestar demasiada atención.

—Entiendo —Roy tenía bastante claro cuál era el secreto al que se refería Russell; al parecer, no le había contado a su hija lo que había pasado en Vietnam—. Descríbeme la última vez que viste a tu padre.

—¿Vivo? —le dijo ella, con voz ronca de emoción—. Todo esto es tan raro... papá y yo hablábamos a diario, estaba segura de que me avisaría si tenía que hacer algún viaje. No salía demasiado después del accidente, y cuando lo hacía, siempre llevaba sombrero. Decía que no le gustaba que la

gente se quedara mirándolo, aunque la verdad es que la operación había ido muy bien y no le hacía falta taparse. Es muy raro que se fuera sin decirme nada. Me pasé por su casa para verlo, y lo encontré con la maleta preparada. Le pregunté adónde iba, pero sólo me dijo que iba a estar un par de días fuera. Insistí un poco, pero...
—¿No quiso decirte nada?
—No. Cada vez que le preguntaba algo que no quería contestar, hacía oídos sordos.
—¿Te acuerdas de lo que se llevó para el viaje?
—No vi cómo se marchaba, así que sólo sé con seguridad que llevaba una maleta... y el abrigo y el sombrero, claro. Se sentía un poco acomplejado por las cicatrices.
—Es normal.
Lo cierto era que el cirujano plástico había realizado un trabajo fantástico y a primera vista uno apenas se daba cuenta de que Russell había sido operado.
—Ya está, no me acuerdo de nada más —le dijo Hannah.
Roy anotó un par de cosas.
—¿Querías saber algo más? —le dijo ella.
Tenía varias preguntas más, pero prefirió analizar antes la información que ya tenía.
—En este momento no, ¿puedo llamarte otro día?
—Claro —hizo una pequeña pausa antes de añadir—: Me cuesta aceptar que alguien quisiera matar a mi padre. Aún soy incapaz de creer que ya no está aquí.
—Lo siento mucho, Hannah. Gracias por ayudarme.
—Si necesitas más información, llámame.
—De acuerdo.
Después de colgar, Roy se reclinó en la silla y cerró los ojos. Estaba convencido de que aún le faltaban algunas de las piezas del rompecabezas.

CAPÍTULO 15

—Esta clase va a acabar conmigo un día de estos —murmuró Grace, jadeante, mientras entraba con Olivia en el vestuario del gimnasio. Se secó el sudor con la toalla que tenía alrededor del cuello y se sentó de golpe en un banco—. Podríamos quedar para cenar todos los miércoles, y dejar de una vez esta pesadilla del aeróbic.
—Sabes que te encantan las clases, Grace.
—Lo que me encanta es acabar la clase, pero me mata la parte en que hay que hacer ejercicio.
Olivia se echó a reír, porque llevaba cuatro años oyendo la misma cantinela. Grace no dejaba de quejarse de la clase, pero ella estaba convencida de que en el fondo le gustaba, aunque no se diera cuenta. Su amiga era la primera en llegar cada semana, y aunque se pasaba la clase entera refunfuñando, después siempre acababa admitiendo que se sentía mejor.
—¿Por qué sonríes como una tonta? —Grace la miró con suspicacia.
—Por ti —se llevó las manos a las caderas y se echó a reír de nuevo—. Me parto contigo.
—Qué bien, me alegra hacerte tanta gracia —Grace colocó la pierna sobre el banco con un gemido y empezó a desabrocharse la zapatilla de deporte—. Te arrepentirás de ha-

berte reído de mí el día en que tengan que sacarme de aquí en una camilla.

—¿Te sentirías mejor si te invitara a un trozo de pastel de coco?

—Puede que sí. ¿Por alguna razón en particular?

—Sí, quiero pedirte algo.

—Vale —Grace empezó a desabrocharse la otra zapatilla.

Era una gran amiga, que siempre estaba dispuesta a escucharla y a ayudarla. Olivia no tenía secretos para ella y por eso aquella conversación iba a ser tan difícil y dolorosa. Tenía miedo de que su mejor amiga no hubiera sido del todo honesta con ella... y también temía saber las razones que la habían llevado a ocultarle algo.

Media hora después, estaban sentadas en una mesa del Pancake Palace. Las dos habían pedido pastel de coco y café.

—Supongo que sabes que la clase de aeróbic no habrá servido de nada si nos comemos esto —Grace se llevó el tenedor a la boca y saboreó el primer bocado.

—En algunas circunstancias, un buen trozo de pastel es imprescindible.

—¿En qué circunstancias?

En vez de contestar, Olivia fue directa al tema que no había podido quitarse de la cabeza en toda la semana.

—Will me llamó hace poco.

Observó a su amiga con atención para ver cómo reaccionaba y, al ver que bajaba la mirada de inmediato, se dio cuenta de que sus sospechas estaban más que fundadas. Su hermano era el hombre con el que había estado involucrada. De repente, se sintió indignada con los dos, pero se contuvo y luchó por disimular su reacción.

—¿No quieres saber por qué me llamó?

—Sí, claro.

—Quiere que me encargue de que investiguen a Ben.

Grace la miró sorprendida y le preguntó:

—¿Por qué?

—Cree que Ben está intentando estafar a mamá.

—¿Vas a hacerlo?

No le gustó tener que admitir que había cedido ante su hermano, pero era inevitable.

—Sí. Hablé con Roy a principios de semana, aunque creo que es malgastar el dinero.

—¡Olivia! No puedo creer que hayas sido capaz...

Se sintió incluso peor al ver la expresión horrorizada de su amiga. Se arrepentía de haberse comprometido a contratar a alguien para que investigara a Ben, pero le había dicho a su hermano que lo haría, y había tenido que cumplir con su palabra.

—Mi hermano me dio razones muy convincentes. Ben no tiene familia en la zona, y la verdad es que no sabemos gran cosa sobre él —dicho en voz alta, sonaba bastante ridículo—. Will me convenció de que había que hacerlo, puede ser bastante persuasivo cuando quiere.

Al ver que Grace sacudía la cabeza, como si le costara creer que había sido capaz de hacer semejante tontería, tuvo que darle la razón para sus adentros. Se dijo que tendría que haber reflexionado sobre el tema uno o dos días antes de llamar a Roy, pero ya era demasiado tarde.

—Si mamá se entera, se pondrá hecha una furia.

—Y que lo digas —le dijo su amiga.

—Le dije a Will que Ben me cae bien y que confío en él, no me lo imagino haciendo algo solapado.

Grace bajó la mirada y cortó un poco de pastel con el tenedor. Daba la impresión de que estaba concentrándose en la comida para no tener que hablar de Will.

—Hace bastante que no me preguntas por Will, ¿verdad?

—No sé —Grace siguió sin mirarla a los ojos cuando agarró su taza de café.

Como estaba harta de esperar a que su amiga le confesara la verdad, le dijo:

—El hombre misterioso era mi hermano, ¿verdad? —fue incapaz de disimular su enfado. Estaba furiosa con Will, se sentía fatal al saber que se había aprovechado de su mejor amiga... aunque Grace también había tenido parte de culpa. Al ver que no le contestaba, añadió—: Por lo menos, sé honesta conmigo. Estuviste involucrada emocionalmente con mi hermano, ¿verdad?

Grace asintió, y los ojos se le llenaron de lágrimas.

—¿Por qué no me lo dijiste? —gran parte del dolor que sentía se debía al hecho de que su mejor amiga no hubiera confiado en ella—. Siempre lo hemos compartido todo.

—No podía hacerlo. Tendría que habértelo contado desde el principio, pero no lo hice. No sé por qué... no, no es verdad, claro que lo sé. No habrías estado de acuerdo, y con razón.

—¿Cómo empezó todo?

Will había estado en Cedar Cove cuando habían operado a su madre de cáncer, pero que ella supiera, Grace y él apenas habían hablado.

—Todo fue muy inocente al principio —Grace fijó la mirada en la mesa, y bajó la voz—. Cuando descubrieron el cuerpo de Dan, me escribió para decirme que lo sentía. En la carta también venía su dirección de correo electrónico, así que le escribí para darle las gracias. Él me contestó, y antes de que me diera cuenta, estábamos mandándonos mensajes a diario.

—Mi hermano está casado.

—Sí, ya lo sé.

Era obvio que su amiga había empezado aquella relación sabiendo lo que hacía. Ella sabía que las «relaciones» a través de Internet cada vez eran más frecuentes, pero se sentía decepcionada al ver que una persona a la que consideraba sensata y honorable se metía en un berenjenal así. Y sentía lo mismo respecto a Will. Era su hermano, y siempre había dado por hecho que era un marido fiel, pero al parecer estaba equivocada; en cualquier caso, estaba decidida a hablar con él para dejarle claro lo que pensaba.

—Mantuvimos lo que sentíamos el uno por el otro bajo

control, pero cuando pasé las fiestas de Acción de Gracias con Cliff y su hija, pasamos unos días sin poder contactar.

—¿Cliff se enteró de que estabas con Will?

—Sí. Cuando volví de la Costa Este, todo cambió. Will me dijo que me había echado de menos, y yo había echado en falta hablar con él. Cuando lo admití, empezó a llamarme por teléfono, y no tardó en... en declararme su amor —tragó con dificultad, y los ojos volvieron a inundársele de lágrimas—. Me repitió una y otra vez que su matrimonio era un fracaso, y que iba a divorciarse.

—Y tú le creíste, porque era lo que querías oír.

—Exacto. Me propuso que nos viéramos en Nueva Orleans, incluso me mandó el billete de avión y reservó una habitación para los dos. Estuve a punto de ir —se llevó una mano a la boca, como si quisiera contener un sollozo—. Estuve a punto de acostarme con un hombre casado.

Olivia no la había visto tan destrozada desde la desaparición de Dan.

—¿Qué pasó? —le preguntó en voz baja.

—Una tarde, después de la clase de aeróbic, me comentaste que Will y su mujer iban a hacer un crucero. No me lo creí, él me había dicho que se habían separado y que el divorcio ya estaba en marcha.

Aquello era incluso peor de lo que había imaginado, pero se limitó a decir:

—¿No crees que te lo habría dicho si mi hermano estuviera divorciándose?

—Sí... no, no estaba pensando de forma racional. Supuse que no se lo contarías a nadie.

—A ti sí que te lo habría contado —lo dijo para recordarle de forma sutil que ella jamás le había ocultado nada, y para que se diera cuenta de que se sentía dolida.

—Después me sentía tan avergonzada... quería decírtelo, pero fui incapaz. Lo peor de todo es que le mentí a Cliff. Él se dio cuenta enseguida, y cuando me preguntó si había alguien más, le dije que no y fingí estar indignada.

—¿Cómo lo averiguó? —Grace también la había engañado a ella, así que quería saber cómo se las había ingeniado Cliff para darse cuenta de la verdad.

Su amiga mantuvo la mirada fija en la mesa.

—Su mujer le había sido infiel durante muchos años, así que se dio cuenta de lo que estaba pasando. Al final, tuve que admitir que había conocido a alguien a través de Internet. Le dije que había sido una relación completamente inocente, pero él no me creyó. Me dijo que no quería estar con una mujer en la que no podía confiar, y por eso ya no quiere saber nada de mí. La verdad es que le comprendo.

—¿Cómo te enteraste de que Will y Georgia seguían juntos?

—Llamé a su casa, y ella contestó.

Debió de ser un golpe muy duro, pero Olivia no hizo ningún comentario al respecto. La mayor perjudicada en todo aquello había sido su cuñada.

Grace intentó sonreír, pero no lo consiguió.

—Le dije a Will que no quería volver a saber nada de él, y bloqueé su dirección de correo electrónico en mi ordenador. Intentó contactar conmigo varias veces, pero borré de inmediato todos sus mensajes. No quiero tener nada que ver con él.

Era obvio que su amiga había pagado muy cara su pequeña indiscreción.

—Lamento que mi hermano te haya tratado tan mal.

—Sí, yo también, pero la culpa la tengo yo. Will me gustaba cuando íbamos al instituto, así que fue como un sueño hecho realidad cuando me dijo que me quería. Permití que sucediera. Si alguien me hubiera dicho que tendría una relación con un hombre casado, lo habría negado en redondo, pero eso fue lo que hice.

—Podría haber sido peor.

—Sí, mucho peor. Si no hubieras mencionado lo del crucero, me habría encontrado con él en Nueva Orleans. A pesar de mis creencias y mis convicciones, seguro que me habría acostado con él, porque estaba loca por él. Gracias a Dios que me di cuenta de la verdad a tiempo.

—¿Cliff lo sabe todo?

—Sabe que tuve una relación a través de Internet, pero no con quién.

—¿Fuiste a verlo?, ¿le pediste perdón?

—Sí, dos veces, pero no puede perdonarme. Lo nuestro se terminó.

—A lo mejor cambia de opinión. Ten paciencia, dale algo de tiempo.

—No creo que las cosas cambien con el tiempo, hace un par de semanas me di cuenta de que la situación no tiene remedio.

—¿Por qué?

—Me lo encontré en el Lighthouse. Estuvimos hablando durante unos minutos, y cuando la jefa de sala vino a darnos una mesa creyendo que estábamos juntos, él me dejó muy claro que prefería comer solo antes que conmigo. Es obvio que ya no siente nada por mí —se echó a llorar y luchó por recobrar la compostura.

Olivia la tomó de la mano. Tenía muchas cosas en que pensar, y quería hablar del tema con su marido para ver si así lograba aclararse las ideas.

Aquella misma noche, Olivia estaba en pijama, sentada en la cama con los brazos alrededor de las rodillas, contándoselo todo a Jack.

—Aún me cuesta creer que mi hermano esté metido en todo esto.

—¿Cómo está Grace? —Jack la miró ceñudo. Era obvio que estaba tan desconcertado como ella.

—Hecha polvo, Cliff no quiere volver a verla.

Cuando Jack echó la chaqueta encima de la silla que había junto a la cama, ella se limitó a señalarla en silencio para recordarle que tenía que colgarla en el armario. Él se quedó mirando la prenda durante unos segundos, volvió a mirarla a ella y al final suspiró y obedeció.

—¿Qué opinas?

—¿Sobre lo de Cliff? —Olivia lo pensó por un momento y al final le dijo—: No lo sé, pero estoy segura de que estaba realmente enamorado de Grace. No me parece un hombre voluble.

—Entonces, aún quedan esperanzas.

Jack se sentó en la cama, se quitó los zapatos y sonrió de oreja a oreja al colocarlos bien alineados. Se suponía que el calzado debía dejarse en el guardarropa de la primera planta, pero Olivia no dijo nada.

—Grace contribuyó a que acabáramos juntos —le recordó él.

—Sí, ya lo sé.

Jack la abrazó y la acercó un poco más al borde de la cama.

—¿Te acuerdas del día en que tú y yo nos encontramos en la sala del cine? Fue un encuentro casual... bueno, casualmente a propósito.

—Ah, sí —Olivia se echó a reír. Según Grace, el problema radicaba en que tanto Jack como ella eran demasiado testarudos.

—Me parece que le debemos un favor a Grace Sherman.

—¿Qué sugieres?

Él permaneció pensativo durante un largo momento y al final le dijo:

—Lo de la recaudación de fondos para la protectora de animales es en julio, ¿verdad?

—¿La subasta?

—Sí. Recuerda, quien la sigue la consigue... si Will no nos lo impide.

—Jack, es una rima horrible —soltó una carcajada y le dio un empujón en el hombro. Su marido era la única persona capaz de hacer que se riera de algo tan penoso.

Él le devolvió el empujón y se miraron sonrientes.

—Grace me comentó que Cliff no participa en la subasta —le dijo ella.

—¿En serio?, a lo mejor lo que necesita es una buena motivación.

—¿En qué estás pensando? —como él se limitó a mirarla en silencio con las cejas enarcadas, insistió—: ¿Jack?

Con tanta rapidez que la dejó sin aliento, la abrazó y la apretó contra sí.

—Olivia, ¿te he dicho últimamente que haces demasiadas preguntas?

—No —le dijo ella, con una risita.

Empezó a besarla, y en cuestión de segundos, ninguno de los dos tuvo ninguna pregunta en mente.

CAPÍTULO 16

Peggy estaba en el comedor de su casa, haciendo punto de cruz y viendo la tele. Bob estaba fuera, ya que a las seis tenía que ir a una reunión de Alcohólicos Anónimos, y después iba a presentarse a una audición para la obra *Chicago*, la próxima producción musical del grupo de teatro.

Pasaba sola casi todas las tardes de los jueves, así que se había acostumbrado a tener aquel tiempo para sí misma. Daban dos de sus series preferidas, y podía verlas sin que nadie la molestara.

Se cubrió la boca con la mano al dar un bostezo. Había empezado a llover por la mañana y aún no había amainado. No era inusual a mediados de junio, pero tenía pensado trabajar en el jardín; en cualquier caso, había sido una suerte que tuviera que quedarse dentro de la casa, porque así había llegado a tiempo de contestar al teléfono.

La había llamado Hannah Russell, para preguntarle si había alguna novedad; al parecer, Roy McAfee se había puesto en contacto con ella para hacerle varias preguntas, pero la joven no había vuelto a saber nada de él. Ella no había sabido qué decirle, porque no estaba enterada al detalle de cómo iba la investigación.

Como Hannah parecía bastante ansiosa, había intentado calmarla. Quería ayudarla, pero no sabía cómo. Su instinto maternal la instaba a abrazarla y a decirle que todo iba a salir bien. Hannah estaba sufriendo, y deambular sin rumbo para intentar escapar del dolor no iba a servirle de nada, porque la angustia la seguiría fuera adonde fuese. A pesar de que era una frase muy poco original, lo cierto era que el tiempo acababa curando las heridas.

Estaba decidida a acabar cuanto antes el diseño de colibríes en vuelo que estaba haciendo con punto de cruz, porque quería hacer otro más antes de Navidad. Se detuvo para echarle un vistazo a la página del patrón, y se frotó los ojos. O los fabricantes hacían los patrones cada vez más pequeños, o necesitaba unas gafas nuevas. Aquel tapiz era para su hija, y quería hacer otro para su hijo Marc. Quizá sería buena idea elegir otro patrón para él, porque tenía la impresión de que el paisaje marítimo que había comprado era demasiado complicado.

Alzó la cabeza al oír que se abría la puerta trasera. Aún era muy pronto para que Bob volviera a casa.

—¿Eres tú, cariño?

—¿Es que estás esperando a otro hombre? —le dijo él, en tono de broma.

—Esta noche no, los bailarines desnudos vienen el viernes.

—Qué graciosa. Oye, ¿ha quedado algo de pollo frito?

—Creía que habías decidido dejar de cenar.

—Y así es.

—Entonces, ¿por qué preguntas por el pollo?

—Porque soy un hombre débil, y tengo hambre.

—En el tercer estante, a mano izquierda.

—Vas a tener que arreglar lo de esta nevera, no hay nada para comer.

Era la misma queja de siempre. La nevera estaba llena de comida, pero su marido decía que no había nada para comer. Ni siquiera se molestó en responderle.

—El tiempo está empeorando —dijo él.

—La lluvia le irá bien a mi jardín.

—La hierba va a crecer, y tendré que cortarla otra vez. Es un círculo vicioso.

Peggy sonrió mientras seguía cosiendo. Aquélla era otra de las típicas quejas de Bob. Cuando una rama golpeó de repente contra la ventana y el viento arreció, no pudo evitar recordar la noche en que Maxwell Russell se había presentado de improviso y les había pedido una habitación. Sintió que la recorría un escalofrío. Prefería olvidarse de todo lo relativo a aquella noche.

—¿Te apetece una taza de café? —le preguntó Bob.

—Sí, gracias.

Sus miradas se encontraron mientras el viento aullaba en el exterior. No hizo falta que su marido le dijera nada, era obvio que estaba pensando en lo mismo que ella, en aquella lluviosa noche...

—¿Lo quieres descafeinado? —le preguntó Bob desde la cocina.

—Sí —después de dejar la labor a un lado, se puso de pie y alzó los brazos para estirarlos—. ¿Qué tal te ha ido en la reunión?

—Bien. Jack también ha ido.

Se suponía que su marido no debía decirle quién asistía a las reuniones de Alcohólicos Anónimos, pero lo compartían casi todo en la vida.

—Olivia y él siguen en la fase de la luna de miel —parecía un alumno estudioso hablando de las fases del matrimonio—. No dejaba de hablar de Olivia.

—Es agradable ver a un hombre locamente enamorado de su mujer, ¿verdad?

Bob soltó una carcajada, y comentó:

—Esa pregunta es un arma de doble filo.

—Olivia me cae muy bien.

—A mí también, pero son dos personas muy diferentes.

—Sí, pero encajan muy bien. Jack hace que Olivia se ría, y ella le aporta equilibrio.

—Limpió su coche por ella.

—¿Jack? —aquello sí que era todo un acontecimiento, porque el coche de Jack siempre estaba lleno de envases de cartón de comida rápida, periódicos viejos y un sinfín de cosas más. Ella llevaba años haciendo chistes al respecto.

—Sí, parece ser que Olivia es una fanática de la limpieza. Todo en su sitio, y un lugar para cada cosa.

Peggy frunció el ceño. Jack era muy dejado por naturaleza, lo único que había organizado en su vida era la primera plana del periódico.

—Jack no tardará en empezar a quejarse —comentó Bob.

—¿De qué?

Su marido suspiró, como si la respuesta fuera obvia.

—De Olivia, claro. Jack intentará que el matrimonio vaya bien, pero seguro que no puede estar a la altura de las expectativas de su mujer.

—Es lo más negativo que te he oído decir en meses.

—Aprecio mucho a Jack, y también a Olivia, pero me parece que esa pareja tiene los días contados.

Su actitud la molestó, pero antes de que pudiera protestar, él añadió:

—Ella está obligándolo a que coma comida sana, la semana pasada le preparó tofu asado con berenjenas. Me he echado a reír cuando Jack me lo ha contado. ¿Te imaginas a un hombre acostumbrado a un buen bistec con patatas fritas comiendo tofu y berenjenas?

—Seguro que estaba buenísimo —ella había cocinado tofu muchas veces. Bob se lo había comido sin saber de qué se trataba, e incluso la había felicitado por lo bueno que estaba. Decidió pasarle un par de recetas a Olivia y explicarle que el secreto estaba en no decir lo que era.

—Jack se inventó una excusa, y fue a comerse una hamburguesa doble al Burger King.

—Qué desvergonzado —no pudo evitar sonreír al imaginárselo escabulléndose por la puerta de atrás, desesperado por una buena dosis de comida rápida.

Bob se acercó a ella con una taza de café, pero a los pocos segundos de que se la diera, las luces parpadearon.

—La tormenta está arreciando, ¿qué ha dicho el hombre del tiempo? —le dijo él.

—No lo he visto, he cambiado de canal.

—Será mejor que vaya a por una linterna, por si se va la luz.

Peggy tomó un trago de café, dejó la taza a un lado y comentó:

—Buena idea.

Fueron al zaguán, y mientras él rebuscaba en uno de los armarios, le preguntó:

—Bob, ¿sabes si ha habido alguna novedad en la investigación?

Él la miró por encima del hombro con expresión de sorpresa.

—No. ¿Por qué lo preguntas?

—Por nada en concreto, he estado pensando en el tema esta tarde. ¿No te parece demasiado conveniente que Dan Sherman se suicidara justo cuando lo hizo? —al ver que él no contestaba, añadió—: No puedo evitar darle vueltas al asunto.

Las luces parpadearon de nuevo, y finalmente se apagaron. Sin el ruido de fondo de la tele y el zumbido de la nevera, la habitación quedó completamente oscura y silenciosa.

—¿Bob?

—Aquí —le dijo, mientras la agarraba del codo.

De repente, se oyó un extraño golpeteo en la distancia.

—¿Qué es eso? —preguntó, sobresaltada.

—No oigo nada.

—Yo sí.

Bob encendió la linterna, y cuando la condujo hasta la cocina, oyeron con claridad los golpes. Alguien estaba llamando a la puerta.

—Ya lo oigo —le dijo él, en un susurro ronco.

Peggy sintió una oleada de pánico, porque era como si ya hubiera vivido todo aquello.

—No contestes —dijo, aterrada.

Al ver que él no le hacía caso y se dirigía hacia el salón, quiso gritar y recordarle que Maxwell Russell había llegado a la pensión en una noche como aquélla, y que desde entonces sus vidas no habían vuelto a ser como antes.

—¡Bob, no!

—No seas ridícula, Peggy.

Fue tras él, y contempló temblorosa cómo descorría el cerrojo. Contuvo el aliento mientras él abría y enfocaba la linterna hacia el recién llegado... que resultó ser Hannah Russell, que estaba empapada y temblando al otro lado de la puerta mosquitera.

—¡Hannah! —pasó junto a su marido, y abrió la puerta para dejarla entrar—. ¿Estás bien?

—Me he perdido. Creía que podría encontrar la pensión sin problemas, pero me he perdido. Está lloviendo a cántaros, creía que iba a salirme de la carretera.

—Vamos, entra —le dijo de inmediato. Cuando Bob tomó el abrigo de la joven para colgarlo en una percha, se quedó horrorizada al ver lo delgada y pálida que estaba. La agarró del brazo, y le dijo—: Ven, tienes que entrar en calor. ¿Cuándo has comido por última vez?

—Esta mañana... al menos, eso creo. Últimamente estoy bastante desganada.

La luz volvió a encenderse en ese momento y Peggy suspiró aliviada.

—No tendría que haber venido —susurró Hannah—. Me dije que no debería hacerlo, pero no tenía adónde ir.

—Has hecho lo correcto. Bob, entra su maleta mientras preparo un poco de sopa. Hannah, ve a ducharte ahora mismo. Tienes que quitarte esta ropa mojada si no quieres pillar un resfriado.

—¿Puedo quedarme?

—Claro que sí.

—Gracias, muchas gracias —los ojos de la joven se inundaron de lágrimas.
—No hace falta que nos lo agradezcas.

La llevó al cuarto de baño que había al fondo del pasillo, y cuando regresó al salón, vio que su marido la miraba con incertidumbre. Como era obvio que no las tenía todas consigo, le dijo:

—Mañana ya hablaremos, Bob.

—Eso fue lo que dijiste la noche en que llegó Max Russell.

CAPÍTULO 17

Rachel Pendergast comprobó su agenda de la tarde en el salón de belleza. Jolene Peyton tenía hora para cortarse el pelo. La niña había estado en varias ocasiones en Get Nailed, acompañada de su padre, que solía mostrarse bastante incómodo en un establecimiento tan femenino. Era una actitud bastante típica de los padres solteros.

Jolene había dejado muy claro que estaba deseando que su padre volviera a casarse. Su madre había fallecido dos años atrás en un accidente de tráfico, cuando se dirigía a recogerla a la guardería. A juzgar por lo que había oído, habían pasado varias horas hasta que habían ido a recoger a la niña, así que no era de extrañar que la pequeña tuviera miedo de que la abandonaran.

A pesar de que Jolene se había esforzado por juntarla con su padre, lo cierto era que Bruce Peyton no le atraía demasiado. A pesar de que disfrutaba de la compañía de la niña, estaba convencida de que no era una buena idea involucrarse con un hombre que seguía amando a su difunta esposa.

Jolene llegó a Get Nailed a las cuatro en punto. Era obvio que en el salón se sentía como en casa.

—Hola, Rachel.

—¿Estás lista para un buen corte de pelo? —le dijo, mientras agarraba una capa de plástico pequeña.

Bruce entró en ese momento, pero su actitud era mucho menos entusiasta que la de la niña. Después de saludar a Rachel con una ligera inclinación de cabeza, miró a su alrededor como si temiera que alguien estuviera a punto de tirarlo al suelo y teñirle el pelo de azul.

—Ven, siéntate aquí —Rachel giró la silla para que Jolene se sentara, y le colocó la capa de plástico alrededor de los hombros.

—Quiero que me lo cortes como antes —le dijo la niña.

—Vaya, una mujer que sabe lo que quiere.

Después de soltarle las coletas, empezó a cepillarle el pelo con cuidado. Se sorprendió al ver que Bruce no se sentaba ni salía a dar una vuelta por el centro comercial, como en las anteriores visitas. Se quedó a medio metro de ella, y se limitó a observar en silencio.

—¿Quieres sentarte, Bruce? —se sentía un poco incómoda al verlo tan pendiente de todos sus movimientos. Llevaba varios meses siendo la peluquera de Jolene, así que a aquellas alturas él ya debería saber que podía confiarle a su hija.

—Papá tiene miedo de lo que pueda decirte —comentó la niña.

—¡Jolene! —exclamó su padre.

—Me ha advertido que no tengo que decir que podrías casarte con él.

Rachel se volvió hacia él de golpe, y se dio cuenta de que parecía mortificado.

—Me parece que no hay de qué preocuparse —comentó, para intentar tranquilizarlo.

—¿Has conocido a alguien? —la niña la miró horrorizada con sus enormes ojos oscuros.

—No, pero...

—Pero va a ir a la subasta —comentó Terri, que estaba haciendo manicuras en el otro extremo del salón—. Todas vamos.

—¿Qué subasta?

—La de perros y solteros que organiza la protectora de animales —Terri señaló hacia el póster que había colgado de la pared, junto a la puerta—. Todo el mundo habla del tema.

—Yo estoy ahorrando todo lo que gano en propinas —apostilló Jeannie, otra manicura—. Puede que sea mi última oportunidad.

—A mí me interesan más los perros —dijo Rachel, para no incomodar a Bruce. Al pobre no debía de resultarle nada cómodo oír a un grupo de mujeres hablando sobre hombres.

Él fue a la zona de espera, se sentó en una de las sillas, agarró una revista y fingió que se ponía a leer.

—Rachel, ¿qué es una subasta de perros y solteros? —Jolene ladeó la cabeza y la miró a través del espejo.

—Es una reunión muy divertida, en la que las mujeres ofrecen dinero para adoptar a una mascota y para tener una cita con un soltero.

—¿Qué es un soltero?

—Un hombre que no está casado.

—Mi padre ya no lo está.

—Oye, Bruce, ¿vas a participar en la subasta? —le preguntó Terri.

Él bajó la revista y negó con la cabeza.

—Ni hablar.

—¿Por qué no?, es una obra de caridad.

—No estoy interesado en tener una cita con nadie —le lanzó una mirada acerada a su hija, como retándola a que hiciera algún comentario.

—¡Me dijiste que tendría otra mamá! —le gritó la niña.

—Algún día —rezongó él, en voz baja.

—Pero eso es lo que dices cuando en realidad quieres decir que no —su hija lo miró desolada. Daba la impresión de que estaba a punto de echarse a llorar—. ¡Me lo prometiste! Soy la única niña de la clase que no tiene mamá, y me prometiste que...

Todos los ojos del salón se volvieron para fulminar a Bruce Peyton.

Rachel sintió lástima por él, así que bajó a la niña de la silla y la llevó a uno de los lavacabezas. Quería distraerla, para que dejara de pensar en las promesas de su padre y en lo de la subasta.

Cuando terminó de enjabonarle el pelo, se dio cuenta de que Bruce no estaba en el salón y supuso que había ido a dar una vuelta por el centro comercial. Era lo mejor, teniendo en cuenta la presión a la que lo habían sometido.

—¿Quién más va a ir a la subasta de solteros? —preguntó Jolene, cuando estuvo de nuevo en la silla.

—Marineros de la Armada —le dijo Terri—. El mes pasado llegó un portaaviones, y algunos de los miembros de la tripulación se han presentado voluntarios.

—Para colaborar en una obra de caridad —le recordó Rachel.

—Me da igual la razón, están disponibles —dijo Jeannie.

La sorprendía un poco el entusiasmo de sus amigas; la verdad, le parecía poco probable encontrar pareja en una subasta con fines benéficos. Era una buena forma de recaudar fondos, pero se había llevado tantas decepciones con los hombres, que se había dado por vencida. Había cumplido treinta años, y seguía como siempre. Su deseo de encontrar marido y llevar una tranquila vida familiar no se había cumplido, así que había decidido dejar de buscar. No sabía si acabaría casándose o no, pero mientras tanto, vivía tranquila y sin agobios.

—¿Pagarías por salir con mi padre si estuviera en la subasta? —le preguntó Jolene.

Pensó en ello y se encogió de hombros. No quería decepcionar a la pequeña, pero Bruce no parecía preparado para iniciar otra relación.

—No lo sé.

Jolene la miró ceñuda, como si su respuesta la hubiera desconcertado, y le dijo:

—¿No te gusta mi papá?
—No lo conozco lo suficiente para saber si me gusta o no —le dijo con sinceridad, en un intento de evitar más preguntas.
—Pero si lo compraras en la subasta, podrías conocerlo.
Mientras terminaba de separar los mechones y agarraba las tijeras, decidió que era hora de que fuera más clara con la niña.
—Cariño, a tu padre le da vergüenza que insistas en que quieres que vuelva a casarse.
—Eso me dijo, que le da vergüenza. Pero no me explicó por qué.
—Creo que tu padre aún no está preparado para tener otra relación. Quería mucho a tu madre, y me parece que a lo mejor no quiere volver a enamorarse.
—Yo también la quería, pero quiero tener una mamá.
—A lo mejor lo que necesitas es una amiga.
—Ya tengo, pero son de mi misma edad, y... —la niña se detuvo, y pareció reflexionar sobre el tema—. ¿Tú puedes ser mi amiga?
Rachel sonrió. Era una buena idea para las dos, porque Jolene era una niña sin madre y ella una mujer sin familia.
—Me encantaría —le dijo a la pequeña.
—A mí también.
Tenía que hablar con Bruce, para asegurarse de que estaba de acuerdo. Tenía que dejarle claro que no estaba intentando atraparlo en una relación, que aquello era entre Jolene y ella. Le gustaría formar parte de la vida de la niña, pero sólo si él no tenía ninguna objeción.
Bruce regresó justo cuando estaba acabando de cortarle el pelo a Jolene. Se acercó a Valerie, la encargada del mostrador de recepción, y se sacó la billetera del bolsillo trasero del pantalón.
—¡Hola, papá!
Él se volvió a mirar a su hija y su expresión se suavizó.
—De acuerdo, señoritas, me han convencido. Me he presentado voluntario para la subasta.

—¿En serio? —Terri estaba tan entusiasmada, que le faltó poco para ponerse a dar saltos encima de la mesa.

—¡Genial! —exclamó Jeannie.

Cuando Bruce se volvió hacia ella, Rachel asintió con aprobación, pero esperó que no se sintiera decepcionado cuando viera que no pujaba por él.

CAPÍTULO 18

Las noches favoritas de Charlotte durante el verano eran las de los jueves. La Cámara de Comercio llevaba años patrocinando los Conciertos en la Cala, en los que había entrada libre para ver actuar a todo tipo de artistas, desde grupos de pop hasta cuartetos de jazz.

Aquella noche actuaba una banda irlandesa, con violines y con uno de aquellos típicos tambores celtas... no recordaba cómo se llamaban. Los conciertos reunían a casi toda la ciudad una vez por semana, y tanto jóvenes como mayores abarrotaban el parque del paseo marítimo y disfrutaban del ambiente festivo.

Antes de pasar a recogerla, Ben había comprado pollo *teriyaki* y arroz. En ese momento caminaban por el parque agarrados de la mano. Él llevaba las sillas plegables y ella la cena.

—Mira, Ben, nuestro lugar está libre.

Siempre solían sentarse en el mismo lugar, a la sombra de un serbal. Algunas parejas compartían una canción o una película, pero ellos tenían su propia parcelita de terreno en el parque.

Ben colocó las sillas y la ayudó a sentarse. Siempre se mostraba muy atento y considerado, y a ella le encantaban sus modales a la antigua... el hecho de que le sujetara las puertas, o que se levantara cuando ella entraba en un lugar. El mundo ya no tenía interés en dedicar tiempo a aquellos detalles, pero ella pertenecía a una generación que aún los apreciaba.

Aún era temprano, pero siempre llegaban una hora antes del concierto para poder sentarse en su lugar especial.

—Mira, ahí está Corrie McAfee. Me parece que es la primera vez que la veo en un concierto —al ver que Corrie miraba a su alrededor como si no supiera adónde ir, le hizo señas con el brazo y exclamó—: ¡Aquí, Corrie!

Corrie fue hacia ella de inmediato.

—Hola, señora Jefferson.

—Tutéame, por favor. Ya conoces a mi amigo Ben Rhodes, ¿verdad? —tal y como esperaba, Ben dejó a un lado la comida y se levantó—. Es la primera vez que vienes a un concierto, ¿verdad? Seguro que te lo pasas muy bien —quería que Corrie supiera que era bien recibida.

No había coincidido demasiadas veces con los McAfee. Aún se les consideraba nuevos en la ciudad, a pesar de que llevaban varios años allí. Roy trabajaba de investigador privado, así que seguramente sabía un montón de cosas sobre la ciudad y sus habitantes; en cualquier caso, era importante que la pareja se integrara.

—Por fin he conseguido que Roy acceda a venir, está aparcando el coche.

—Sentaos con nosotros. Siempre traigo una manta extra, porque a veces hace fresco. Podéis sentaros en ella.

—Gracias, Roy va a traer un par de sillas.

—Mira, ahí está Grace Sherman —Charlotte la saludó con entusiasmo, y añadió—: Ha traído a Buttercup, es una perrita muy bien enseñada.

Grace le devolvió el saludo y siguió andando a buen paso con la perra.

Charlotte se sentía orgullosa, porque Grace tenía a Buttercup gracias a ella. Tres años atrás, una buena amiga suya se había mudado a una residencia, y le había preguntado si sabía de alguien que pudiera quedarse con su perra. Había pensado en Grace de inmediato, porque era obvio que se sentía perdida y sola después de la desaparición de Dan.

En ese momento vieron a Roy, que avanzaba por el parque con una silla debajo de cada brazo. Al ver a Corrie, asintió y fue hacia ella.

—Me parece que todo esto no le hace ninguna gracia —comentó Corrie—. Soy yo la fan de la música irlandesa.

Cuando llegó junto a ellos, Roy empezó a colocar las sillas y murmuró:

—Hola a todos.

Charlotte no se había dado cuenta hasta ese momento de lo alto que era. Lo había visto por la ciudad en varias ocasiones, pero siempre desde cierta distancia.

Ben se levantó de nuevo, y los dos hombres se dieron un apretón de manos.

—Me parece que no nos conocemos. Soy Ben Rhodes.

Después de charlar durante unos segundos, Roy se sentó junto a su mujer. Hablaron de algo en voz baja, y él se levantó de nuevo y se excusó.

—Íbamos a cenar después del concierto, pero ese pollo tiene muy buena pinta —les explicó Corrie—. Roy ha decidido ir a por la comida ahora mismo.

—El *teriyaki* es nuestro preferido. Como nunca puedo comerme una ración entera, Ben y yo deberíamos compartirla, pero lo que sobra está delicioso al día siguiente.

—A nuestra hija Linnette también le encanta el pollo así. Por cierto, hablando de ella... —Corrie soltó una carcajada con nerviosismo, y comentó—: No ha sido un cambio de tema demasiado sutil, ¿verdad?

—No sabía que tenías una hija —le dijo Charlotte. No conocía a la pareja lo suficiente como para saber cuántos hijos tenían.

—La verdad es que quería hablar con vosotros dos sobre ella. Hace poco se sacó el título de asistente médico. Es una carrera muy exigente, pero Linnette está decidida a llevar profesionales médicos a las poblaciones pequeñas.

Charlotte se enderezó en la silla y le dijo:

—Supongo que ya sabes que Ben y yo hemos estado presionando para que se abra un centro de salud en Cedar Cove, verdad?

—Sí, por eso quería hablar con vosotros. ¿Ha habido alguna novedad al respecto?

Charlotte y Ben habían asistido a todos los plenos de los últimos dos meses. Siempre se sentaban en la primera fila, para dejar patente que no pensaban rendirse. Ella había decidido que prefería morir antes que dejar de luchar.

—No sé qué decirte. Hasta ahora, la cosa no ha avanzado demasiado. Lo único que hacen en el pleno es hablar y hablar sin pasar a la acción.

—Argumentan que, aunque el Ayuntamiento financiara un centro de salud, no habría dinero para pagar al personal —apostilló Ben.

—Linnette ha pedido un puesto de trabajo en Montana, y no soporto la idea de que viva tan lejos de casa —Corrie saludó a alguien. El parque estaba llenándose rápidamente—. Había pensado que a lo mejor podría encontrar empleo aquí. La echo de menos aunque vive relativamente cerca, no puedo ni imaginarme lo mal que lo pasaré cuando esté a cientos de kilómetros de casa.

—Así que es asistente médico, ¿no? A lo mejor podemos hacer algo —dijo Charlotte.

—¿En qué estás pensando? —le preguntó Ben.

—Déjalo en mis manos —le dijo ella, mientras le daba unas palmaditas en la rodilla.

Al ver llegar a Olivia, se levantó y le hizo señas. Aquellos conciertos de verano eran tan divertidos porque daban la oportunidad de pasar un buen rato con la familia y los amigos. Olivia la saludó con la mano y se volvió hacia Jack. La pareja parecía estar discutiendo algo, pero al final echaron a andar hacia ellos.

Cuando llegaron, Charlotte acercó su silla a la de Ben y les dijo:

—Aquí hay espacio de sobra —apenas había probado la cena, pero prefería charlar. Cerró el recipiente y volvió a meterlo en la bolsa.

—Hola, Corrie —dijo Olivia.

Charlotte tuvo la impresión de que su hija parecía tensa, aunque no habría sabido decir por qué. Se suponía que aquélla era una noche para relajarse, para reír y cantar, para charlar con los amigos.

Se sorprendió al ver que Olivia saludaba a Ben con cierta sequedad, como si no supiera si darle el visto bueno, y decidió que hablaría con ella en cuanto estuvieran a solas.

—Venga, sentaos. Jack, tienes muy buen aspecto.

Él se dio unas palmaditas en el estómago y comentó:

—Olivia dice que me iría bien perder unos kilos.

Charlotte sonrió al darse cuenta de que ésa era la razón por la que Olivia le había pedido prestado uno de sus libros de comida sana. Los había comprado poco después del tratamiento contra el cáncer al que la habían sometido, y había probado varias de las recetas. No estaban mal, pero poco a poco había vuelto a comer como siempre. Era difícil dejar a un lado los viejos hábitos.

—Conocéis a Corrie McAfee, ¿verdad? —dijo, para asegurarse de que Corrie no se sintiera excluida—. Es la primera vez que su marido y ella vienen a uno de los conciertos.

—Hola, Corrie. Me alegra verte de nuevo —dijo Olivia.

—Lo mismo digo.

Charlotte se quedó un poco desconcertada al ver que las dos intercambiaban una larga mirada; que ella supiera, apenas se conocían.

—Estábamos hablando de lo del centro de salud —dijo, para intentar incluir a su hija en la conversación—. La hija de los McAfee es asistente médico, y Corrie estaba comentando lo mucho que le gustaría que trabajara en esta zona —al ver que Olivia se limitaba a asentir distraída, añadió con voz un poco más seca de lo habitual–: Es importante que haya un centro de salud en Cedar Cove, Olivia.

–Sí, es verdad.

–Supongo que, para ti, es más prioritario ampliar la cárcel.

–Sí, una ampliación iría bien, pero...

–No lo dirás en serio, ¿verdad? –la escandalizó que su hija creyera que tener más celdas era más importante que disponer de una buena asistencia sanitaria.

–La verdad es que necesitamos una cárcel más grande –comentó Jack–; de hecho, esta misma tarde he escrito un artículo sobre los problemas que conlleva trasladar a los presos al condado de Yakima. Aunque creo que es más importante que tengamos un centro de salud.

Olivia se limitó a asentir, y Charlotte se sintió herida al ver que no la apoyaba de forma activa. Su hija estaba en una posición que le permitía mover muchos hilos, pero no lo había hecho porque el tema carecía de importancia para ella.

Ben pareció notar su desilusión, porque la tomó de la mano y le dio un ligero apretón. Tragó con fuerza, y consiguió sonreír al volverse hacia aquel hombre del que se había enamorado en una etapa tan tardía de su vida.

CAPÍTULO 19

Era un día perfecto para la jardinería... era soleado sin llegar a ser caluroso, soplaba una ligera brisa y el cielo estaba despejado.

Peggy había decidido ir al vivero de la zona, y había insistido en que Hannah la acompañara. La joven estaba paseando entre las hileras de árboles perennes, pero al verla cargando un saco de fertilizante en el carro, se apresuró a ir hacia ella.

—Ya lo hago yo, Peggy. He venido para echarte una mano.

A Peggy siempre le había encantado ir al vivero, aunque solía salir de allí con la furgoneta llena. Necesitaba fertilizante para las frambuesas y los arándanos, y se le había acabado el veneno para babosas. Los rododendros y las azaleas estaban en flor, así que su jardín estaba precioso. Las lilas también empezaban a florecer, tenía tanto moradas como blancas bordeando la casa; además, tanto el pequeño jardín de rosas como el herbario estaban prosperando.

—Deberíamos hablar sobre lo de quedarme en tu casa —Hannah bajó la mirada. Estaba claro que era reacia a hablar del tema, y que llevaba varios días haciendo acopio del valor necesario para sacarlo a colación.

—Ya hablaremos de eso más tarde. He pensado que podríamos ir a comer a algún sitio cuando salgamos de aquí.

—Genial —le dijo Hannah, con una sonrisa.

Llevaba más de una semana en la pensión. Había estado a punto de marcharse tres días después de llegar, pero Peggy le había pedido que se quedara; tal y como esperaba, la joven había aceptado la invitación sin rechistar.

Al cabo de una hora, estaban sentadas en una de las mesas de la terraza del Lighthouse, comiendo ensalada y gambas a la plancha y bebiendo té frío.

—Bob y tú habéis sido muy amables conmigo —seguía pareciendo muy frágil, tanto física como emocionalmente.

—Nos gusta disfrutar de tu compañía.

—Es la primera vez que alguien se porta tan bien conmigo —Hannah tomó un trago de té, y añadió—: No tendría que haberme quedado tanto tiempo. Al principio sólo pensaba pasar una noche en Cedar Cove, pero fuisteis tan amables conmigo... ya ha pasado una semana, y no puedo seguir aprovechándome de vuestra amistad —la miró a los ojos, y dijo con voz cargada de sinceridad—: Quiero que sepas que os considero mis amigos.

—Nosotros sentimos lo mismo.

Hannah estaba mordiéndose el labio inferior otra vez; para Peggy, era un desafío personal mejorar no sólo la salud de la joven, sino también su estado emocional. Parecía tener una autoestima bastante baja.

Ella siempre había pensado que los padres se preocupaban en exceso por la autoestima de los hijos, que pasando el tiempo suficiente con ellos, dándoles un montón de amor y una dosis razonable de responsabilidad, la autoestima se desarrollaba de forma natural, pero en el caso de Hannah Russell... estaba tan delgada, que parecía anoréxica. Se había pasado la semana intentando tentarla con sus mejores recetas. Desde la última visita de Troy Davis, había preparado muchos de sus platos favoritos. Se sentía reconfortada cocinando, y también colmando a Hannah de cuidados maternales. La joven parecía florecer con su apoyo y su afecto.

—Tanto Bob como yo queremos que te quedes —le dijo

con firmeza, mientras se preguntaba cuántas veces iba a tener que repetírselo–. Nos encanta tenerte en casa.

–No puedo, ni siquiera estoy segura de por qué vine a Cedar Cove. Al principio, me dije que era porque quería saber todo lo posible sobre cómo... y por qué... murió mi padre. No me gusta imaginármelo sufriendo –la miró angustiada, y le preguntó–: No sufrió mucho, ¿verdad?

Peggy no lo sabía, pero quiso tranquilizarla aunque fuera con una mentira.

–No, creo que no. Cuando Bob y yo entramos en la habitación, no vimos signos de agitación.

Daba la impresión de que Maxwell Russell había puesto la cabeza sobre la almohada, había cerrado los ojos y no había vuelto a despertar. No parecía una manera demasiado mala de morir.

–Creía que se me ocurrirían un montón de preguntas, pero no es así. El señor McAfee quería saber un montón de cosas, pero yo no. Ni siquiera sé si quiero saber lo que pasó, lo único que quiero es que esta pesadilla se acabe de una vez.

Era comprensible que se sintiera así. A veces, para algunas personas, era más fácil vivir con la incertidumbre que con una verdad dura. Era obvio que Hannah entraba en esa categoría, que prefería evitar la realidad. Ella misma había estado tentada de hacerlo, pero sabía que era lo bastante fuerte como para lidiar con la verdad, fuera cual fuese.

–Sentí la necesidad de venir a Cedar Cove –añadió Hannah–. Conducía de un lado a otro para poder empezar de cero, pero no podía dejar de pensar en la última vez que había estado aquí.

–Es comprensible.

–¿Por qué?

–Porque tu padre murió aquí, y éste es el lugar donde se resolverá el misterio. Aunque no quieras saber lo que pasó, ni por qué, es posible que tu mente esté diciéndote que necesitas saberlo.

–¿De verdad lo crees? –al ver que Peggy asentía, añadió–:

Creo que... que sentía la necesidad de venir por Bob y por ti. Cuando el sheriff Davis me llevó a vuestra casa, fuisteis muy amables conmigo, y me ayudasteis mucho. Sentí... no sé, que erais la clase de familia que desearía haber tenido.

Sus palabras la halagaron y la entristecieron a la vez, porque era obvio que su infancia había tenido carencias muy graves. De repente, sintió una punzada de nostalgia por sus propios hijos. La calidez y la gratitud de Hannah compensaba en parte lo que estaba perdiéndose con su hija, a la que apenas veía.

—Me quedaré, pero con una condición.

—No hace falta ninguna condición.

—Quiero pagar por la habitación, como cualquier otro huésped. Primero tendré que encontrar un empleo, pero como tengo mucha experiencia, no creo que me cueste demasiado.

Peggy se dio cuenta de que pagar por la habitación era importante para la joven, ya que le aportaría seguridad en sí misma y autosuficiencia.

—Me parece que Grace quiere contratar a alguien que la ayude en la biblioteca durante el verano, podrías pedir el puesto.

—La verdad es que no soy una lectora asidua, no se me daría demasiado bien asesorar a la gente en el tema de los libros.

—¿De qué has trabajado?

—Estuve en un local de comida rápida mientras iba al instituto. No me gustaba demasiado, pero así podía ganarme algo de dinero. Mi padre... —se detuvo en seco, y dejó la frase inacabada.

—A lo mejor podrías trabajar en alguna guardería, en Corderitos publicaron una oferta de empleo hace poco.

—No tengo demasiada paciencia con los niños. Una vez trabajé en una lavandería, pero durante muy poco tiempo. Creo que se me daría bien trabajar de dependienta en alguna tienda.

—Sí, puede que sí.

—Le echaré un vistazo a las ofertas de empleo en cuanto lleguemos a la casa —le dijo la joven con entusiasmo.

—Buena idea. Venga, vamos a comprar el *Chronicle*.

Peggy pagó por la comida, y cuando llegaron a casa, Bob salió a ayudarlas a descargar la furgoneta.

—Hannah ha decidido quedarse con nosotros una temporada —se aseguró de que su tono de voz reflejara lo satisfecha que se sentía.

—Voy a pagar por la habitación —con el periódico en la mano, Hannah entró tras Bob en el garaje. Cuando él dejó en el suelo el saco de fertilizante, añadió—: Voy a ir a buscar trabajo a primera hora de la mañana.

Bob asintió sin demasiado entusiasmo, y Peggy tuvo ganas de darle una buena patada por su falta de interés. Al ver que Hannah dejaba de sonreír, se sintió aún más molesta con su marido. ¿Acaso no se daba cuenta de que la joven necesitaba que ambos le dieran su aprobación? Era una persona frágil y necesitada, y no resultaba tan difícil concederle un poco de atención.

—No quiero ser una molestia —Hannah retrocedió un paso con nerviosismo.

—No eres ninguna molestia, Hannah —le dijo Bob, antes de volver hacia la furgoneta.

Al menos había dicho algo, y con un tono de voz amable.

—¿Te apetece ayudarme con la cena, Hannah? —le dijo ella, mientras iba hacia la cocina.

—Sí, por supuesto —la joven se apresuró a ir tras ella—. Quiero ayudar en lo que pueda.

Estaba ansiosa por complacerlos, por encajar. Accedió encantada a preparar las patatas, y mientras las pelaba en el fregadero de forma metódica, Bob entró en la cocina por la puerta trasera y dijo:

—Tenemos visita.

Peggy empezó a secarse las manos con un paño justo cuando el reverendo Flemming entraba en la cocina.

—Hola, Peggy —le dijo él, con una enorme sonrisa.

El reverendo y Bob se habían hecho buenos amigos durante el último año y medio. Tanto Bob como ella se habían quedado muy afectados por la muerte de Max Russell, y habían empezado a ir a misa de nuevo, después de años sin hacerlo. Aún seguían yendo de forma regular, y ella consideraba que había sido una buena decisión. Los oficios le proporcionaban una calma y una serenidad que eran de agradecer.

—Te presento a Hannah Russell —le dijo Bob.

—Hola, Hannah.

—Hola —le dijo ella, con la voz baja y la cabeza gacha.

Peggy había notado que a la joven parecía costarle mirar a la gente a los ojos. Quizá con tiempo y mucho afecto dejaría de ser tan tímida y apocada.

—Bob me ha comentado que vas a vivir aquí durante un tiempo.

—Sí, los Beldon han sido muy amables conmigo.

—Me gustaría que vinieras a misa este domingo, puedes venir con Bob y Peggy.

Ella alzó la mirada y le dijo:

—No creo que me sintiera cómoda.

—¿Por alguna razón en especial?, siempre nos esforzamos por hacer que todos los que nos visitan se sientan cómodos.

—Gracias, pero no.

Peggy esperaba que cambiara de opinión. Sería tan beneficioso para Hannah como lo había sido para ellos, pero no quería presionarla. La joven debía decidir por sí misma lo que quería hacer.

CAPÍTULO 20

Cliff Harding fue al establo para ver el nuevo potro, Funny Face, que había nacido dos semanas atrás. Cal, su adiestrador, estaba trabajando con uno de los caballos en el cercado.

Aquel rancho era el sueño de toda su vida. No era un hombre rico, pero había hecho buenas inversiones a lo largo de los años y había sacado provecho de sus acciones en el momento justo. Gracias a los beneficios, se había podido permitir el lujo de comprar aquella finca situada en la zona de Olalla, y había puesto en marcha su propio rancho de caballos.

Había conocido a Cal Washburn años atrás, cuando éste trabajaba con purasangres en Emerald Downs. Cal parecía sentirse más cómodo entre caballos que con personas, y era el mejor adiestrador que había visto en su vida. Trabajaba para él a cambio de una participación en las ganancias, y tenía una habilidad sorprendente para comunicarse con los animales. Él no creía en los fenómenos paranormales, pero parecía como si Cal pudiera hablar con los caballos. Por desgracia, no le resultaba tan fácil comunicarse con las personas. No era especialmente tímido, pero su tartamudeo había sido un factor negativo en sus relaciones, sobre todo con las mujeres.

—Te... te ha llamado u... una mujer —le dijo Cal al verle.

Cliff frunció el ceño, y cuando Cal se sacó una hoja de papel del bolsillo y se la dio, por un segundo sintió una punzada de decepción al ver apuntado un nombre que no reconoció. No había podido evitar desear... había tenido la esperanza de que la llamada hubiera sido de Grace.

Hacía varios meses que las cosas se habían acabado entre ellos, pero no podía dejar de pensar en ella. Había habido una época en la que pensaba que la relación tenía futuro. Después del divorcio, no había tenido casi ninguna cita. Su matrimonio con Susan había durado veinte años, pero sólo había permanecido casado con ella durante los últimos diez por el bien de su hija, Lisa.

Susan le había sido infiel en incontables ocasiones, era como una enfermedad. Cuando se habían divorciado, él se había quedado con la autoestima por los suelos, y había tardado años en interesarse en tener otra relación.

Grace le había impactado desde el momento en que la había conocido. Había sentido por ella una mezcla de atracción, simpatía y respeto. Su marido había desaparecido, y ella había pedido el divorcio por razones económicas. La forma en que había manejado la situación le parecía admirable. Cuando habían encontrado el cuerpo sin vida de Dan Sherman, la había apoyado mientras ella lloraba la muerte de su marido, y había llegado a amarla mientras ella superaba la angustia y el dolor.

Tenía planeado pedirle que se casara con él, pero se había llevado un golpe muy duro al descubrir que ella había estado mintiéndole. Grace no era una mentirosa nata, se le notaba demasiado cuando no decía la verdad. Él había decidido dar por terminada la relación, a pesar de que no había sido nada fácil.

Después de echarles un vistazo al potro y a la yegua, volvió a la casa para devolver la llamada. No reconocía el nombre que ponía en el papel, Janet Webb, ni el número de teléfono. Sintió cierta curiosidad cuando al otro lado de la línea le informaron de que estaba hablando con la protectora de animales. Preguntó por la tal Janet, y le pidieron que esperara un momento.

—¿Diga?, soy Janet Webb.

El tono seco y profesional de su voz lo sorprendió. Tuvo la impresión de que la había interrumpido mientras hacía algo importante.

—Soy Cliff Harding, tengo entendido que me ha llamado —le contestó, usando el mismo tono que ella.

—Hola, señor Harding —la voz de la mujer se suavizó de golpe—. Gracias por devolverme la llamada. Tengo entendido que sabe lo de la subasta que vamos a celebrar la semana que viene.

—Sí, ya me he enterado.

Era imposible no hacerlo. Había carteles por toda la ciudad, frecuentes artículos en el periódico, y los noticiarios de Seattle también habían hablado del tema. Él estaba dispuesto a hacer un donativo, pero no iba a participar.

—Es una lástima que no quiera ser uno de nuestros solteros —el tono de la mujer se volvió incluso más cordial.

—Bueno, es que...

—Su nombre ha salido a colación en unas cuantas ocasiones, varias personas le han mencionado.

—Me siento honrado, pero...

—En ese caso, seguro que no le importa que le incluya en la lista —lo dijo con tono triunfal, como si pensara que le había ganado la partida.

—No voy a participar.

Su tono tajante pareció tener el efecto deseado, porque ella permaneció en silencio durante un momento. Finalmente, le preguntó:

—¿Hay alguna razón en concreto por la que no quiera colaborar con la protectora de animales, señor Harding?

Él abrió la boca para decirle que colaboraba a menudo con la protectora, pero antes de que pudiera articular palabra, ella añadió:

—Creía que un ranchero se preocuparía por todo tipo de animales, cabría pensar que un hombre que cría caballos...

—Mi adiestrador, Cal Washburn, es uno de los solteros de la subasta... yo mismo lo recomendé.

Seguro que Cal tardaba en perdonárselo. Lo había metido en la subasta por dos motivos: para quitarse la presión de encima, y para que el muchacho entrara en contacto con la gente de la zona, en especial las mujeres. Le había sorprendido que acabara accediendo, aunque con la condición de que no le hicieran hablar en público. Él le había asegurado que lo único que tenía que hacer era subir al escenario y quedarse quieto mientras las mujeres se peleaban por él.

—Sí, el señor Washburn está en la lista, pero esperaba que usted también se animara.

—Le agradezco que se tome la molestia de pedírmelo en persona, pero mi respuesta sigue siendo no. Lo siento —aunque fuera una obra benéfica, no estaba dispuesto a hacerlo.

—Ya veo. ¿Y qué pasa si le digo que su participación tendría un gran impacto en la subasta?

—¿A qué se refiere?

—Alguien que prefiere mantenerse en el anonimato ha ofrecido una donación muy sustanciosa, a cambio de que usted se presente voluntario.

—¿*Qué?* —Cliff pensó que la había oído mal.

—Es la pura verdad. Alguien está dispuesto a donar una buena cantidad a la protectora, siempre y cuando usted sea uno de los solteros subastados.

—¿Quién? —no supo si echarse a reír o sentirse avergonzado.

—Me temo que no puedo decírselo.

Sólo podía tratarse de Grace, pero ella no tenía dinero suficiente como para hacer una oferta así.

—¿Es un hombre, o una mujer?

Janet Webb soltó una risita nerviosa, y le dijo:

—Ya le he dicho que no puedo decírselo, señor Harding.
—¿Qué cantidad han prometido?
—Tampoco puedo hablar de eso.
Cliff soltó una carcajada. Aquella situación le resultaba increíble.
—Señor Harding, espero que cambie de idea.
Tras pensar en ello durante unos segundos, soltó un sonoro suspiro y dijo con resignación:
—Supongo que voy a tener que presentarme voluntario —no le hacía ninguna gracia, y tampoco le gustaba que lo coartaran, pero no quería que la protectora se quedara sin el dinero.
Al cabo de un rato, salió de nuevo a hablar con Cal.
—No sabes nada sobre la llamada de antes, ¿verdad? —cuando el adiestrador negó con la cabeza, añadió—: Alguien ha ofrecido una donación a la protectora, a cambio de que yo participe en la subasta.
—¿Vas a... a hacerlo?
Cliff asintió, y se encogió de hombros.
—Oye, no tendrás nada que ver en todo esto, ¿verdad?
—No. ¿Habrá si... sido Grace?
A él también se le había ocurrido esa posibilidad, pero no tenía sentido, y no sólo por la cuestión monetaria. La había visto recientemente en el mercado hablando con Stan Lockhart, el ex marido de Olivia, y ella le había lanzado una mirada llena de culpabilidad en cuanto lo había visto. Era posible que estuviera saliendo con aquel hombre, y aunque la idea lo atormentaba, tenía que quitársela de la cabeza. Si Grace quería salir con el ex marido de su mejor amiga... en fin, él no podía inmiscuirse.
A pesar de todo, le costaba entender cómo había podido juzgarla tan mal. Le entristecía saber que no era como se la había imaginado al principio, que no era una persona honesta y directa.
Al darse cuenta de que Cal estaba sonriendo de oreja a oreja, le dijo:

—Borra esa sonrisita de tu cara —al ver que se echaba a reír, insistió—: No tiene gracia.

Cal siguió riendo, y al final, él no pudo evitar sonreír también. No tenía ni idea de quién había pagado para que él fuera uno de los solteros de la subasta, pero a lo mejor sería interesante descubrirlo.

CAPÍTULO 21

Jon acompañó a Maryellen y a Katie hasta el coche, y aseguró a la niña en la sillita que había en el asiento trasero. A Maryellen le resultaba cada vez más duro ir a trabajar cada mañana, porque lo que quería era quedarse con su marido y su hija. Había acordado con Jon que dejaría su empleo a finales de año, si podían permitírselo económicamente. Tenía la esperanza de volver a quedarse embarazada, porque no quería que hubiera más de dos o tres años entre Katie y un segundo hijo.

Cuando abrió la puerta delantera, Jon se acercó a ella y la abrazó.

—No soporto ver cómo os vais cada mañana —le dijo él.

Maryellen lo rodeó con los brazos y apoyó la cabeza en su pecho.

—No sabes cuánto me cuesta marcharme.

—Ya falta poco.

Maryellen asintió. Se despidió de él con un beso y puso rumbo a Cedar Cove. Kelly, su hermana pequeña, se ocupaba de Katie mientras ella estaba en el trabajo. El arreglo las beneficiaba a las dos, porque a Kelly le iba bien un poco de dinero extra y ella se sentía más tranquila sabiendo que la niña estaba con un miembro de la familia. Tyler, el hijo de Kelly, adoraba a la pequeña, y la cuidaba como si fuera su propia hermana.

Sabía que Kelly y su marido, Paul, querían tener otro hijo, pero que estaba costándoles un poco. Le habría gustado mostrarle su apoyo, pero prefería que fuera su hermana la que sacara el tema.

En cuanto llegó a la galería de arte, estuvo demasiado ocupada para poder pensar en la familia. Gracias al turismo, el verano era una de las épocas de más trabajo del año, y lo cierto era que ella prefería estar atareada.

Varios años atrás, había roto su relación con Jon para intentar ocultarle que estaba embarazada, y él había decidido trasladar sus obras a una conocida galería de Seattle para no tener que encontrarse con ella. Su carrera había ido en ascenso desde entonces. Había vuelto a llevar algunas de sus obras a la galería de Cedar Cove, pero se vendían en cuanto estaban expuestas.

Era obvio que aquella galería se le había quedado pequeña, pero estaba dispuesto a aportar algunas de sus obras por ella y por lealtad a los clientes de la ciudad, gracias a los cuales había podido dar los primeros pasos en el negocio. Estaba cada vez más atareado, y ella estaba deseando gestionar su carrera y exponer sus trabajos en galerías de todo el país. Tenía muchas ideas en mente, incluyendo reproducciones tanto en tamaño póster como en tamaño postal.

Jon la llamó al mediodía y charlaron un rato. No podían soportar estar separados, se echaban de menos y necesitaban estar en contacto, aunque fuera hablando cinco minutos por teléfono.

—Esta tarde voy a trabajar en el cuarto oscuro —le dijo él.

En otras palabras: no debía llamarle, a menos que fuera absolutamente necesario.

—Vale.

—¿A qué hora vendrás a casa?

Maryellen sonrió, porque cada tarde llegaba más o menos a la misma hora.

—A las cinco y treinta y uno —le dijo, en tono de broma.

—Qué graciosa.

—Puedo serlo más, si quieres.
—Lo que quiero es tenerte por completo, todo el tiempo.
—Perfecto, porque estoy más que dispuesta a dártelo todo.
Él se echó a reír y le dijo:
—Estaré esperando a mis dos chicas preferidas a las cinco y treinta y una.
—A la orden, capitán —le dijo, antes de colgar con una sonrisa. Se sentía de maravilla después de hablar con él.

Poco después, mientras su asistenta estaba fuera comiendo, una pareja mayor entró en la galería. El edificio en sí tenía más de cien años, así que tenía un gran valor histórico. Como siempre, las amplias tablas del suelo crujieron bajo sus pies mientras iba a atender a los clientes. En las paredes se exponían obras de varios artistas de la zona, pero las tres piezas que Jon le había llevado a principios de semana ya se habían vendido.

La pareja, que iba tomada del brazo, miró a su alrededor. Ninguno de los dos tenía pinta de turista. El hombre llevaba unos pantalones informales y una camisa de manga corta, y la mujer un vestido camisero un poco pasado de moda. Parecía que iban a misa, en vez de a dar una vuelta por una pequeña ciudad.

—Hola, bienvenidos. ¿Puedo ayudarlos en algo? —les dijo con cordialidad.

—Hola —la mujer sonrió y miró a su marido, como dándole pie a que hablara. Al ver que permanecía callado, comentó—: Tenemos entendido que en esta zona hay un fotógrafo con mucho talento que expone aquí sus obras.

—Sí, Jon Bowman —sentía un orgullo enorme cada vez que alguien preguntaba por él—. Me temo que ya hemos vendido todo lo que teníamos de él, nos llegarán más fotos suyas a finales de mes.

—Vaya —era obvio que la mujer estaba decepcionada.

—También expone en la galería de Seattle. Si quieren, puedo darles el nombre y el teléfono.

—Perfecto, muchas gracias.

Maryellen se acercó a su mesa y sacó de uno de los cajones una tarjeta de la galería en la que aparecían varias de las fotos de Jon. Se la dio al hombre, que la aceptó con una inclinación de cabeza y se quedó observándola con intensidad. Era bastante alto, y aunque había algo en él que le llamaba la atención, no habría sabido decir de qué se trataba.

La mujer se acercó un poco más a él y comentó:

—¿Es cierto que Jon... que el señor Bowman vive en esta zona?

—Sí; de hecho, yo soy su mujer —le dijo, henchida de orgullo.

—Lo suponía —le dijo el hombre. Tenía un tono de voz bajo y un poco ronco, como si no estuviera acostumbrado a hablar demasiado a menudo.

—Si están interesados en ver sus obras...

—Nos encantaría —le dijo la mujer—. Supondría mucho para los dos.

Maryellen fue hacia la ventana y les dijo:

—Si van al restaurante Lighthouse, que está al final de la calle, verán varias de sus fotografías —les indicó la dirección desde allí, y añadió—: Hasta hace poco, Jon complementaba sus ingresos trabajando allí.

—¿Haciendo qué? —le preguntó el hombre, claramente sorprendido.

—Era el chef.

—¿Jon? No sabía que... —la mujer parecía tan desconcertada como su marido.

Al darse cuenta de que parecían conocerlo, comentó:

—Mi marido tiene muchos talentos —dudó por un segundo. Tenía hasta miedo de preguntarles si eran los padres de Jon, porque no sabía qué pasaría si sus sospechas se confirmaban.

—He... —la mujer cerró la boca de golpe.

Era obvio que se había callado porque el hombre le había dado un ligero apretón en el brazo, como advirtiéndole que no se fuera de la lengua.

—Jon es un chef muy innovador, podría haber llegado muy

lejos en ese campo si hubiera querido —sabía que estaba divagando por culpa de los nervios, pero no podía evitarlo.
—Qué interesante.
—¿Necesitan algo más?, en la galería tenemos obras de varios artistas con mucho talento.
—No, gracias. Sólo nos interesa Jon. Gracias por su ayuda —le dijo el hombre, antes de echar a andar hacia la puerta.
—Así que usted es su esposa, ¿no? —la mujer permaneció donde estaba, como si no quisiera marcharse.
—Tenemos que irnos —le dijo su marido.
—Espera un momento, querido.
Maryellen se preguntó a qué se debía aquel tira y afloja. Era obvio que la mujer tenía más preguntas, y que el hombre estaba deseando largarse de allí.
—¿Tienen hijos? —le preguntó la mujer.
—Sí, una hija. Katie.
La mujer se llevó la mano al corazón, y comentó:
—Seguro que es una maravilla.
—Sí, eso es cierto. Físicamente, se parece más a mi familia, pero tiene el temperamento y la personalidad de Jon —al ver que el interés de la mujer parecía sincero, tanteó el terreno con cautela—. Me parece que Katie también tiene la vena artística de su padre, pero ya se verá con el tiempo.
—Marion... —dijo el hombre.
—Sí, tenemos que irnos. Muchas gracias...
Maryellen asintió, y regresó a su mesa en cuanto la pareja se marchó. Al cabo de unos segundos, se dio cuenta de que el nombre de la mujer le resultaba familiar. Si además tenía en cuenta el interés que habían mostrado en Jon... estaba convencida de que eran sus padres, Marion y Joseph Bowman, a los que había escrito poco antes de la boda. En la carta les había pedido que no contestaran, y habían respetado sus deseos... en vez de contestar, habían decidido ir en persona a Cedar Cove.
Se le formó un nudo en la garganta cuando se imaginó cómo reaccionaría Jon si se enterara de lo que había hecho.

CAPÍTULO 22

Roy McAffe se sorprendió mucho al enterarse de que Hannah Russell estaba viviendo en casa de los Beldon. No solía prestar atención a las habladurías, pero en ese caso confiaba plenamente en la persona que se lo había comentado... su mujer.

La última vez que había hablado con Hannah, la joven estaba viajando de un lado a otro para empezar desde cero; al parecer, había encontrado lo que buscaba en Cedar Cove.

Decidió comprobarlo por sí mismo, así que fue a visitar a los Beldon. Los únicos amigos que tenía eran unos cuantos policías de Seattle, pero durante los últimos años había entablado una buena amistad con Bob; además, Corrie y Peggy se llevaban muy bien. Era inusual encontrar a una pareja con la que ambos congeniaran.

Antes de que saliera del coche, Peggy ya había abierto la puerta de la casa. Lo esperó sonriente, y le dijo:

—Qué sorpresa tan agradable. Bob está jugando al golf con el reverendo Dave, pero no creo que tarde mucho en volver.

—Tendría que haber llamado antes.

—¿Puedo ayudarte en algo? —lo condujo hasta la cocina, y sacó una jarra de limonada de la nevera.

—Puede que sí —Roy se sentó junto a la mesa redonda de

roble. No pensaba rechazar un poco de limonada casera, ya que sabía que Peggy preparaba una jarra cada día.

–Dime –después de llenar dos vasos, se sentó enfrente de él.

Roy alargó los brazos, y entrelazó las manos sobre la mesa.

–Corrie me ha dicho que Hannah Russell está viviendo aquí.

–Sí, llegó en medio de la tormenta eléctrica que hubo hace un par de semanas. Nos dio un buen susto al aparecer de repente en el porche, empapada. Tendrías que haberla visto, Roy. Parecía un gatito en busca de un hogar.

–¿Dónde está ahora?

–Trabajando.

Al parecer, la joven no estaba sólo de visita. Se sacó un cuaderno y un bolígrafo del bolsillo de la camisa y dijo:

–¿Ha encontrado un empleo?

–Sí. Hoy es su primer día, y estaba un poco nerviosa. Va a lavar platos en el Pancake Palace –Peggy frunció un poco el ceño y comentó–: Esperaba que pudiera encontrar algo mejor, pero la pobre no tenía claro lo que quería hacer. Me parece que no tiene demasiada autoestima.

Roy recordó la conversación telefónica que había tenido con la joven. Lo cierto era que le había parecido bastante tímida.

–Llegará de un momento a otro, estoy deseando saber cómo le ha ido –añadió Peggy.

–Me gustaría hacerle unas cuantas preguntas, si no te importa.

–Como quieras, aunque a Bob le sabrá mal no haber podido verte –tomó un trago de limonada antes de añadir con una sonrisa–: ¿Te ha dicho que le han dado el papel principal en *Chicago*? Está eufórico, así que no te extrañes si lo ves pavoneándose –era obvio lo orgullosa que se sentía de su marido.

–Me alegro por él. Lo vi en diciembre, en *Cuento de Navidad*. La verdad es que me quedé impresionado.

—En esa obra tuvo cuatro papeles. Para el de Marley llevaba hasta las cadenas. El vestuario era tan bueno, que al principio me costó reconocerlo.

Roy soltó una carcajada, y en ese momento vio que un Honda azul bastante viejo aparcaba delante de la casa.

—Es Hannah —Peggy se levantó y fue hacia la puerta.

La joven entró al cabo de un momento, y al ver a Roy, lo saludó con una pequeña sonrisa.

—¿Qué tal te ha ido? —le preguntó Peggy, mientras le rodeaba los hombros con un brazo.

—Bien, supongo.

—¿Te acuerdas del señor McAfee?

—Es el investigador privado que me llamó, ¿verdad?

—Sí. Me gustaría hacerte unas cuantas preguntas más, si te parece bien.

—Vale, pero estoy un poco cansada.

Peggy le sirvió un vaso de limonada y comentó:

—Os dejaré a solas para que podáis hablar. Llamadme si necesitáis algo, estaré en el jardín.

Hannah la miró como si deseara que no la dejara sola, pero al final pareció hacer acopio del valor suficiente para hablar sola con Roy. Se sentó de inmediato, y posó las manos sobre la mesa. Entre la coleta que llevaba y la forma en que mantenía la cabeza gacha, parecía una niñita tímida.

—¿Qué quieres saber?

Roy tenía algunas preguntas sobre Samuels, porque algunos de los datos no acababan de encajar.

—¿Sabes si el coronel Samuels estuvo en California?

—¿Para ver a mi padre?

—Exacto. ¿Recuerdas si los viste juntos alguna vez?

Ella vaciló por un momento y al final dijo:

—Sí, ahora que lo dices, me acuerdo de que vino una vez a ver a mi padre.

Roy frunció el ceño y le echó un vistazo a sus notas.

—Tengo anotado que te lo había preguntado antes, y que me dijiste que no le conocías.

—No lo conocí en persona, pero lo vi con mi padre.
—¿Cuándo?
—Pues... me parece que poco antes de que papá viniera a Cedar Cove... sí, un par de días antes.
—¿Te pareció que tu padre estaba nervioso?
—No, la verdad es que no. ¿Por qué lo preguntas?
—Por nada en concreto.
—¿Quieres saber algo más?

Roy tuvo la sensación de que la joven estaba deseando que la conversación terminara.

—Por ahora no, tengo que atar algunos cabos. ¿Estarás aquí?
—Pienso quedarme una temporada, los Beldon me dijeron que podía vivir con ellos de momento. Supongo que debería marcharme, pero me lo ponen todo muy fácil. La verdad es que son muy amables.

Roy tuvo que darle la razón en eso.

—Gracias por colaborar conmigo, Hannah.
—De nada.

Justo cuando se levantaba para irse, Roy vio que Bob llegaba en su coche. Salió de la casa, y esperó mientras aparcaba en el garaje.

Bob sacó los palos de golf del maletero, y los puso en su sitio. Cuando lo vio esperándolo, se apresuró a salir del garaje y le dijo:

—Me alegro de verte, Roy; de hecho, me alegro de que estés aquí, porque tengo que pedirte un favor.
—Dime.
—Te mencioné que la semana que viene tengo que dejar el coche en el taller, ¿verdad? —cuando Roy asintió, añadió—: Peggy tiene que ir a una reunión de su club de jardinería el martes por la tarde, ¿puedo aceptar tu ofrecimiento y tomar prestado tu coche? Te lo devolveré a primera hora de la mañana.
—Claro, ningún problema —Corrie tenía su propio coche, pero como trabajaban juntos, apenas lo usaba.

—Te lo agradezco.
—Si quieres, puedo traértelo el lunes por la tarde.
—Perfecto, Corrie y tú podríais quedaros a cenar esa noche.
—Me parece bien, pero tengo que consultarlo con la jefa —Corrie se ocupaba de la agenda, y le daría una buena reprimenda si quedaba con alguien sin consultarlo antes con ella.
—Vale, ya me dirás algo.

Roy se marchó al cabo de unos minutos. Cuando llegó al despacho, recogió el correo y lo dejó encima de la mesa. Normalmente, era Corrie la que se ocupaba de la correspondencia antes de que él viera siquiera las cartas, pero tenía la tarde libre. Era un día bastante tranquilo, aún no habían recuperado el ritmo de trabajo después del cuatro de julio.

Empezó a ordenar las facturas, la publicidad y las cartas. Dejó las facturas en una bandeja, y las cartas personales sobre la mesa de Corrie. Una postal en concreto le llamó la atención. Era blanca, de las que vendían en cualquier oficina de Correos por el precio del sello. Le dio la vuelta, y leyó dos veces el mensaje: *Todo el mundo se arrepiente de alguna cosa. ¿Hay algo que desearías no haber hecho?, piensa en ello.* No había firma.

Dejó la postal sobre la mesa y se quedó mirándola durante un largo momento. En su línea de trabajo, siempre había arrepentimientos y dudas. Si alguien le pidiera que hiciera una lista, no sabría por dónde empezar.

CAPÍTULO 23

Ian Randall no tenía prisa por llegar a casa. Durante los seis meses que había pasado en alta mar, había contado los segundos que pasaba lejos de Cecilia, había ido tachando los días del calendario mientras esperaba ansioso a que llegara el momento de volver junto a ella; sin embargo, ya estaba en casa, y apenas podía soportar estar cerca de ella. Tenerla cerca y no poder hacer el amor con ella era una agonía insoportable.

Mientras se acercaba a la salida de la autopista, aminoró la marcha hasta ir a paso de tortuga. Tenía miedo de lo que le esperaba cuando llegara al dúplex. En cuanto Cecilia le había dicho que quería tener otro hijo, se había creado entre los dos una tensión que parecía acrecentarse día a día.

Ella intentaba comportarse como si no pasara nada, se esforzaba por fingir que no notaba lo malhumorado que estaba. Cada noche seguían la misma rutina: ella se ponía a preparar la cena en cuanto llegaba a casa, y hablaba de su jornada de trabajo mientras él se ocultaba detrás del periódico. Cecilia trabajaba en una importante gestoría de la ciudad, y le gustaba su trabajo tanto como a él el suyo. Se amaban de todo corazón, de eso no había ninguna duda, así que en teoría tendrían que ser felices.

Las noches eran lo peor. Él se inventaba excusas para no

acostarse al mismo tiempo que ella, y a pesar de que era obvio que se sentía dolida, no había hecho ningún comentario al respecto.

Quizás habría sido mejor que Cecilia hablara abiertamente del tema. Ella quería tener otro hijo, y le había dejado claro que era él el que iba a tener que encargarse de tomar medidas anticonceptivas. Después de la noche desastrosa en que lo había seducido, había decidido que era demasiado peligroso hacer el amor con ella, porque se olvidaba de todo cuando la tenía entre sus brazos. El riesgo de dejarla embarazada era demasiado grande.

Había cedido ante la tentación varias veces, y después siempre se había puesto furioso consigo mismo. Se había acostado creyendo que estaba dormida, y cuando se había dado cuenta de que estaba despierta, había acabado rindiéndose sin ofrecer ninguna resistencia. Antes de que se diera cuenta, habían hecho el amor, y en dos ocasiones por lo menos había sido sin protección alguna. Había intentado dormir en el sofá, pero Cecilia le había dicho que se iría a dormir con él.

La única solución era evitar estar cerca de ella, pero por desgracia no siempre conseguía aferrarse a su abstinencia voluntaria. Siempre había tenido mucho autocontrol, en la Armada le habían enseñado a tener autodisciplina desde que había puesto un pie en el campo de entrenamiento; sin embargo, con su mujer no tenía ninguna resistencia.

Cada vez que pensaba en las veces en que no habían usado protección... Cecilia corría el riesgo de quedarse embarazada, si no lo estaba ya.

No podía soportar la idea de perder otro hijo, la muerte de Allison había estado a punto de destruirlos a los dos. Estaba convencido de que lo superaría con el tiempo, y no quería que Cecilia siguiera presionándolo.

Después de tomar la salida de la autopista, giró a la izquierda en vez de a la derecha. Condujo por calles que no le resultaban familiares mientras iba sintiendo una aprensión creciente. En cuanto llegara a casa, se repetiría lo mismo de siempre... el mismo deseo, la misma frustración.

Había hecho acopio de toda su fuerza de voluntad, y llevaba tres noches sin tocar a Cecilia. Había sido una tortura, y no sabía si sería capaz de contenerse esa noche.

Al darse cuenta de que iba por la carretera que conducía al cementerio donde estaba enterrada su hija, aminoró la marcha y enfiló por el camino de entrada. Su hija había muerto a los pocos días de nacer, a causa de un problema cardíaco congénito que los médicos no habían podido curar. Él era submarinista, y en aquel entonces estaba bajo el hielo del casquete polar, así que no había podido estar junto a Cecilia; de hecho, ni siquiera sabía que su hija había nacido hasta que le habían notificado su muerte. Al volver, había pedido que le reasignaran a un portaaviones, y se lo habían concedido.

Después de aparcar, salió del coche y fue con las manos en los bolsillos hacia la tumba de Allison. Se quedó mirando la pequeña lápida que indicaba las fechas de su nacimiento y de su muerte. Era increíble que tan poca información almacenara tanto dolor.

Al cabo de varios minutos, susurró:

—Hola, Allison.

Hablaba con ella siempre que visitaba su tumba. Ni siquiera había llegado a verla, no había tenido la oportunidad de tenerla en brazos ni de darle un beso, y se sentía furioso porque se le había negado incluso aquel pequeño consuelo. La única foto de su hija se la habían tomado en el hospital, poco después de que naciera. Era tan pequeñita... su corta y traumática vida había estado llena de dolor, había tenido que luchar por poder respirar.

—Ya veo que tu madre ha venido a verte —comentó. La rosa que había sobre la tumba era un signo inequívoco de que Cecilia había estado allí recientemente. No sabía con cuánta frecuencia iba al cementerio, pero suponía que debía de ser cada tres o cuatro días—. ¿Te ha dicho que quiere tener otro hijo? —respiró hondo, y añadió—: No creo que sea una buena idea —no pudo evitar esbozar una pequeña sonrisa—. La verdad es que, cuando tu madre me dijo que estaba embarazada de ti, no estaba preparado. Me pillaste por sorpresa, no sabía que una mujer podía quedarse embarazada con tanta facilidad.

A pesar de todo, la noticia no le había desagradado; de hecho, se había sentido eufórico, porque así tenía una excusa para hacer lo que quería... casarse con Cecilia.

Su sonrisa se esfumó. A Cecilia no le había gustado demasiado la idea del matrimonio, ni siquiera cuando estaba embarazada, y había puesto toda clase de estipulaciones; al parecer, su madre se había casado con su padre porque estaba embarazada, y el matrimonio había sido un desastre desde el principio. Como Cecilia no quería cometer los mismo errores que ella, había insistido en que tuvieran un acuerdo prematrimonial. A él le había parecido una locura, pero habría firmado lo que fuera con tal de casarse con ella; al final, aquel acuerdo había acabado salvándolo, porque la juez Lockhart se había basado en él a la hora de denegarles el divorcio.

—Tu madre aún no lo sabe, pero puede que tenga que volver a embarcar.

Aunque aún no se lo había dicho a Cecilia, la noticia no tardaría en difundirse en cuanto llegaran las órdenes; teniendo en cuenta las circunstancias, era poco probable que pudiera disfrutar de mucho tiempo en tierra. Aquello tenía un lado positivo, y otro negativo; por una parte, no quería volver a estar alejado de Cecilia, pero por la otra sabía que acabaría dejándola embarazada si se quedaba mucho tiempo más en puerto.

—Cuida de tu madre mientras yo estoy fuera, cariño. Haz que se dé cuenta de cuánto la quiero.

Tragó con fuerza mientras lo recorría una pena avasalladora. Era increíble el amor que sentía por aquella niña. No había tenido el privilegio de darle un beso de buenas noches, no la había acunado en sus brazos, pero formaba parte de él, como su propio corazón.

Al cabo de diez minutos, regresó a casa. Pensaba que Cecilia comentaría que había vuelto un poco más tarde de lo normal, o que le preguntaría dónde había estado, pero ella estaba atareada en la cocina y apenas alzó la mirada al oírlo entrar.

—¿Qué tal te ha ido el día, Ian?

Después de echarle un vistazo al correo, agarró el periódico y se sentó en su silla preferida.

—Bien, supongo.

Abrió el periódico para no tener que verla. Le resultaba increíblemente sexy verla caminando descalza por la cocina, vestida con unos pantalones cortos y un top. Estaba convencido de que se vestía así a propósito; en cuanto llegaba a casa del trabajo, se cambiaba de ropa y se ponía algo seductor. Era incapaz de apartar los ojos de ella.

—Yo también he tenido un buen día —comentó, mientras colocaba en la mesa un recipiente bastante grande—. He preparado tacos con ensalada.

—Gracias.

—¿Tienes hambre?

—Más o menos —el hecho de que no tuviera demasiado apetito desde que estaba en casa era otro signo de la tensión que estaba soportando últimamente.

—La cena está lista —le dijo ella, mientras se sentaba en la mesa.

Dejó el periódico a un lado sin demasiado entusiasmo y fue a la mesa. No solía mostrarse demasiado hablador, así que era ella la que solía llevar el peso de la conversación. Como se sentía incluso más incómodo con los silencios que con su parloteo, de vez en cuando le preguntaba algo.

Sin embargo, aquella noche no parecía estar demasiado habladora, y se sintió aliviado al ver que terminaba de cenar y llevaba el plato al fregadero; al parecer, ella tampoco tenía demasiado apetito.

—Cecilia, ¿te encuentras bien?

—Sí.

La miró ceñudo, porque no sabía si estaba diciéndole la verdad, pero ella le sonrió con tanta dulzura, que fue incapaz de dudar de su sinceridad.

Pasaron la velada leyendo en silencio... ella una revista, y él una novela policiaca que le había prestado un compañero.

—Me voy a la cama —le dijo ella, con un bostezo, a eso de las nueve.

—Vale. Yo voy a quedarme a leer un poco más.

Ella aceptó su excusa sin protestar y fue al dormitorio.

Al ver que cerraba la puerta, se sintió más relajado de inmediato, pero a pesar de que se esforzó por seguir leyendo, no podía concentrarse. Cecilia no solía acostarse tan pronto, casi siempre se quedaba despierta hasta las diez.

A las nueve y media, apagó las luces y fue al dormitorio. Cuando sus ojos se adaptaron a la oscuridad, la vio acurrucada en la cama, y supo de inmediato que estaba despierta.

—¿Cecilia?

—¿Qué?

—¿Estás despierta?

—Sí.

—Pasa algo, ¿verdad? —al ver que no contestaba, se sentó en el borde de la cama—. Será mejor que me lo cuentes —le dijo, mientras sentía que se le aceleraba el corazón. Al ver que ella seguía en silencio, insistió—: ¿Cecilia?

—¿Vas a acostarte, o no?

Se dio cuenta de que ella no iba a contarle nada hasta que se acostara, así que se desnudó y se metió en la cama.

Ella se acercó un poco, pero no llegó a tocarlo. Al cabo de unos segundos, le susurró:

—Ian, ¿podrías abrazarme?

—Claro —se tumbó de espaldas y la rodeó con los brazos mientras ella apoyaba la cabeza sobre su pecho. Parecía más pequeña y delicada que de costumbre. Esperó a que hablara, y aunque ella siguió callada, en el fondo sabía lo que pasaba.

Supuso que tendría que haberlo sabido de inmediato, pero se había sentido más seguro fingiendo que no pasaba nada–. Estás embarazada, ¿verdad?

—Sí —admitió, con un sollozo—. ¿Estás enfadado?

—No, yo soy quien tiene la culpa.

—No quería que las cosas fueran como con Allison. Aquella vez también creía que te enfadarías, pero reaccionaste muy bien —al ver que no contestaba, añadió—: Tendríamos que sentirnos felices al saber que vamos a tener un hijo.

—¿Te sientes feliz, Cecilia?

Ella tardó unos segundos en contestar.

—Estaría dando saltos de felicidad, si tú te alegraras.

—Tengo miedo —admitió al fin.

—Yo también, pero estoy deseando tener a nuestro hijo en brazos. Te quiero, Ian. Llevas casi dos meses en casa, y ha sido horrible. Es como... como si me odiaras.

—Cecilia, no...

—¿Qué quieres que piense? Apenas me diriges la palabra, y te acuestas mucho después que yo. ¿Crees que no sé por qué lo haces? No quieres hacer el amor conmigo, y cuando caes en la tentación, te sientes mal contigo mismo.

—Te he dejado embarazada, ¿no? —al notar que asentía, añadió—: Sabías lo que yo sentía sobre este tema.

—¡Lo mismo digo! —era obvio que estaba luchando por no llorar—. Quiero a este bebé, quiero que mi marido me ame, se emocione y se sienta feliz... está destrozándome que reacciones tan mal.

Ian respiró hondo, y le dijo:

—Estoy intentándolo, ¿vale? Deja que me haga a la idea —al notar la humedad de sus lágrimas en el hombro, le suplicó—: Por favor, Cecilia, no llores.

—No puedo evitarlo.

Empezó a salpicarle el rostro de besos suaves y tiernos, hasta que al final la besó en los labios.

—Todo saldrá bien —le dijo. Para intentar tranquilizarla, siguió besándola una y otra vez.

—Es nuestro bebé —le susurró ella—. Quiero que te pongas contento... que quieras a nuestro hijo.
—Claro que lo querré —cerró los ojos, y luchó con sus emociones contrapuestas.
—Pero no estás seguro, ¿verdad?
—Estoy intentándolo, es lo único que puedo hacer.
Cecilia se apartó de él y le dio la espalda.
—Cariño, por favor... ¿quieres que te mienta?
—No.
—Entonces, dame tiempo —se apretó contra ella por detrás, y la rodeó con un brazo; por puro hábito, le cubrió un pecho con la mano. Muchas noches, cuando estaba en alta mar, soñaba con abrazarla así, con amarla y saborear el contacto de su cuerpo.
Ella soltó un suspiro, y movió un poco el trasero contra su erección creciente. Parecía encantarle moverse seductoramente contra él.
—¿Ian?
Él cerró los ojos y no respondió.
—El hecho de que esté embarazada tiene algo positivo.
Él habría querido preguntarle a qué se refería, pero en ese momento el flujo sanguíneo de su cuerpo no iba hacia su cabeza.
—No tienes que esperar a que me duerma para venir a la cama —le dijo ella.
No pudo evitar sonreír. Soltó un pequeño sonido gutural y la tumbó de espaldas. Ella le rodeó el cuello con los brazos y le instó a que bajara la cabeza hasta que sus bocas se tocaron.
—Todo va a salir bien, ya lo verás.
Ian deseó con todas sus fuerzas poder creerla, y le dijo:
—Ya lo sé —sin más, dejó que el abrazo de su mujer le ayudara a olvidar sus temores.

CAPÍTULO 24

Charlotte Jefferson no podía dejar de sonreír. Después de meter un pastel de cereza en el horno y de poner el temporizador, volvió a sentarse con su labor de punto.

—Borra esa sonrisita tonta de tu cara —le dijo a Harry, su gato negro, que estaba sentado en el brazo del sofá y la miraba atentamente—. Ya lo sé, ya lo sé, pero todo esto es tan maravilloso, que me cuesta creerlo.

Al oír que llamaban a la puerta, dejó a un lado la labor con mucho cuidado y se apresuró a ir a abrir. Echó un vistazo por la mirilla, y al ver que se trataba de su hija, descorrió los cerrojos y abrió la puerta.

—¿Por qué has tardado tanto? —le dijo Olivia, mientras entraba como una exhalación. Se paró al llegar a la cocina, dio media vuelta, regresó a la sala de estar, y se sentó en el sofá como si se hubiera quedado sin fuerzas.

—¿Se puede saber qué es lo que te pasa? —le preguntó con preocupación, al ver su extraño comportamiento.

Olivia se puso de pie y volvió a sentarse casi de inmediato. Se cubrió la cara con las manos y le dijo:

—Me parece que he metido la pata hasta el fondo.

—¿Por qué?

Olivia bajó las manos, y miró por la ventana con actitud derrotista. Daba la impresión de que estaba a punto de echarse a llorar.

—Se trata de Jack.

—¡Por el amor de Dios, si lleváis casados menos de tres meses!

—Ya lo sé, pero es que... últimamente, ni siquiera podemos hablar.

—¿Por qué?, ¿qué pasa?

—Mamá, me siento fatal. Somos muy diferentes, y nos enfadamos el uno con el otro, y...

—Tranquila, no pasa nada.

La situación debía de ser bastante crítica, si su hija se presentaba allí en aquellas condiciones. En todos los años que había estado casada con Stan, no había salido escopeteada de su casa ni una sola vez, ni había ido a verla para que la aconsejara.

—Le quiero mucho.

—Claro que sí.

Los sentimientos de Olivia eran obvios meses antes de que admitiera que estaba enamorada.

—Le quiero, pero es que... es muy dejado, y no lo soporto.

—Tienes que ceder un poco, cariño.

—¿Te crees que no lo he intentado? No me gusta tener que darle la lata para que recoja su ropa sucia, pero... ¿por qué tengo que ir detrás de él y limpiar lo que ensucia?

—Espera, voy a preparar un poco de té.

El té era necesario en las conversaciones más serias; por alguna razón, todo tenía más sentido cuando uno compartía un poco de té bien fuerte. Fuera lo que fuese lo que había ocurrido entre Olivia y Jack, parecía muy serio.

No tardó ni diez minutos en regresar a la sala de estar. Llevaba una bandeja con una tetera de cerámica, dos tazas y un plato de galletas caseras. Al ver a su hija sentada en el borde del sofá, con un pañuelo en la mano, le dijo:

—Empieza por el principio —le sirvió una taza de té y, después de dársela, se preparó la suya.

Olivia dejó la taza sobre la mesita baja. Era obvio que estaba intentando mantener la compostura.

—No... no sé cómo empezó todo este lío, pero cuando he llegado a casa y he visto el desorden que había en el cuarto de baño, he perdido los nervios. Puedo entender que Jack no sea tan ordenado y pulcro como yo, pero eso no implica que tenga que dejar las toallas mojadas tiradas por el suelo. Ni siquiera ha recogido su ropa interior sucia.

Charlotte se limitó a suspirar y dejó que continuara.

—A lo mejor no tendría que haberle dicho nada, pero lo he hecho, y entonces él me ha gritado, y... —empezó a temblarle el labio inferior, pero añadió—: Los dos hemos dicho cosas horribles. Él se ha ido, y yo también, y me siento tan mal...

—Es normal.

—Cuando volvimos de Hawai, se esforzó por mantener la casa ordenada, pero no ha tardado en volver a lo de siempre.

—Los hombres son así. Tu padre y yo discutíamos porque él nunca tiraba nada. Yo me enfadaba y tiraba facturas que tenían diez años, y entonces él se enfadaba también... —suspiró de nuevo al recordarlo. A posteriori, le parecían nimiedades.

—Ya sé que yo también tengo algunas costumbres que pueden molestar. Mamá, ¿crees que tengo un comportamiento compulsivo?

Charlotte no pensaba contestar a eso, pero en todo caso su hija siguió hablando sin darle tiempo ni a abrir la boca.

—El hecho de que insista en que el tubo de pasta de dientes tenga el tapón puesto, y en que las toallas estén colgadas de forma uniforme, no significa que esté obsesionada con el orden, ¿verdad?

—Todo el mundo tiene su nivel de bienestar —había leído esa expresión en una revista, y le pareció útil para no tener que contestar de forma directa.

—Es increíble que haya salido corriendo en busca de mi madre, pero es que la discusión ha sido tan... tan horrible.

—Todas las parejas discuten, Olivia. Es sano airear los problemas.

—Ya lo sé, pero es que... ninguno de los dos ha dado su

brazo a torcer, y me parece que Jack se arrepiente de haberse casado conmigo.

—Estoy segura de que no es así.

—Me ha dicho que está harto de la dieta que le he puesto, y que si ve otro trozo de tofu, lo tirará a la basura... ¡le encanta comer fatal! Cree que le doy la lata porque quiero que pierda unos cuantos kilos, pero sólo quiero que se acostumbre a la comida sana.

—Es comprensible, pero...

—Me ha dicho que nos llevábamos mucho mejor cuando vivíamos separados.

—Seguro que no lo ha dicho en serio.

Olivia volvió a cubrirse la cara con las manos y le dijo:

—Me parece que sí, porque se ha marchado justo después de decirlo. Como no estaba dispuesta a permitir que me dejara plantada, yo también me he ido. Es increíble, me he portado como una cría.

Charlotte tuvo que contener una sonrisa, porque la discusión debía de haber sido digna de ver. A Olivia nunca le había gustado discutir, y cuando lo hacía, se alteraba hasta el punto de enfermar.

—¿Qué voy a hacer?, ¿vuelvo a casa y me comporto como si no hubiera pasado nada?

—Bueno... primero de todo, estoy segura de que Jack se siente tan mal como tú. Los dos debéis tener en cuenta que habéis vivido solos durante muchos años, así que vais a tener que acostumbraros a vivir en pareja. A lo mejor deberías comprar dos tubos de pasta de dientes.

—Ya lo he hecho, pero él nunca se acuerda de cuál es el suyo, y usa el primero que encuentra —tomó un trago de té, y añadió—: y después se enfada si le digo algo; según él, no debería importarme.

—Ya veo.

—La otra noche, encontré un tarro de mantequilla de cacahuete encima de la encimera. Estaba abierto, y aún tenía el cuchillo dentro.

Charlotte abrió la boca, como si estuviera escandalizada.

—Al parecer, Jack se levantó en medio de la noche para hacerse un sándwich —añadió Olivia.

—Supongo que la mantequilla de cacahuete no entra dentro de su dieta, ¿no?

—No, y él lo sabe. Es por su propio bien.

—Cielos.

Olivia alzó la cabeza al oír que un coche se acercaba. Se levantó de golpe y se acercó a la ventana como una exhalación.

—Es Jack, acaba de aparcar delante de la casa —se puso rígida, y se volvió hacia su madre—. Dile que no estoy.

—No seas tonta, tu coche está ahí fuera. No pienso mentirle a tu marido.

—¡Mírame, mamá! ¡Mírame bien! Soy una adulta sensata... al menos, lo era hasta que me casé con Jack Griffin. Jamás en mi vida había salido corriendo en busca de mi madre, y ahora... mírame, estoy hecha un lío. Hablaré con él en cuanto me haya calmado —al oír que llamaban a la puerta, respiró hondo—. Tengo que retocarme el maquillaje, y no quiero que sepa... ¿qué más da?, dile lo que te dé la gana —sin más, salió de la sala de estar a toda prisa.

Charlotte fue a abrir de inmediato. Jack estaba esperando con las manos en los bolsillos de su gabardina, que estaba tan arrugada como siempre.

—Hola, Jack.

Él la miró ceñudo y asintió con rigidez.

—Hola, Charlotte.

—¿En qué puedo ayudarte?

—¿Tienes un minuto?

Ella vaciló por un instante antes de contestar.

—Claro, pasa.

Él entró en la casa y miró a su alrededor. Vio las dos tazas de té que había sobre la mesa, pero no hizo ningún comentario al respecto.

—Esta tarde me he enterado de un rumor y he venido a verificarlo.

—Siéntate —le dijo, mientras intentaba disimular la diversión que sentía.

Jack y Olivia estaban comportándose como niños... y su hija ni siquiera se había comportado así de pequeña. Pero a pesar de todo, la situación le parecía un poco preocupante, porque un comportamiento inmaduro podía desencadenar consecuencias drásticas. Aquel matrimonio era sólido en los aspectos más importantes, así que cabía esperar que tanto Jack como su hija se dieran una oportunidad.

Él se sentó en un sillón y empezó a acariciar al gato, que permanecía imperturbable ante tanto ajetreo.

—¿Qué es lo que has oído? —le preguntó, mientras se sentaba también. Agarró su labor, para ver si lograba calmarse un poco.

Jack se sacó del bolsillo una libreta y un bolígrafo, y le dijo:

—Dicen que Ben se ha reunido con los directivos del Centro Médico y Dental de Puget Sound.

—Ah, ¿ya te has enterado? Sí, ha ido con Louie Benson —mientras él tomaba notas, añadió—: El alcalde podrá darte todos los detalles.

—¿Es posible que todo esto tenga algo que ver con el solar de Heron Street que la familia Duncan donó a la ciudad hace poco?

Charlotte lo miró sonriente. A Jack Griffin no se le escapaba casi nada.

—Puede ser —murmuró. Bajó la mirada y se centró en la labor de punto, para que él no pudiera ver el entusiasmo que se reflejaba en sus ojos.

—Me parece que...

—No puedo decirte nada, Jack. El alcalde anunciará algo importante mañana por la mañana.

—Supongo que Cedar Cove va a tener por fin un centro de salud, ¿verdad?

Charlotte mantuvo la cabeza gacha, y le dijo:

—Es posible, pero yo no te he dicho nada. ¿Está claro?

—Clarísimo —le dijo él, con una carcajada.
—¿Sólo has venido por eso? —se preguntó quién había hablado de lo de la clínica. Se lo había contado a Bess, que había ido a verla horas antes... y lo cierto era que su amiga era incapaz de guardar un secreto.

Jack se levantó y fue hacia la cocina.

—No, la verdad es que lo del centro de salud ha sido una excusa. ¿Dónde está escondida Olivia?

—No estoy escondida —le dijo ella, desde la puerta de la cocina. Se cruzó de brazos, y añadió—: Estaba... sacando del horno el pastel de mamá.

—Cielos, se me había olvidado. Ni siquiera he oído el temporizador —estaba tan aturullada, que el pastel de cereza se le había olvidado por completo—. Voy a dejaros solos para que habléis —fue a la cocina para ver cómo estaba el pastel. Jamás había tardado tanto en tejer una vuelta. No pudo contener un suspiro, porque tenía la impresión de que en la última media hora había dado más vueltas que una peonza.

Al ver que su hija permanecía en la puerta de la cocina, tuvo que aguantar las ganas de darle un empujoncito. Si Olivia tenía dos dedos de frente, no tardaría en darse cuenta de que Jack no estaba en la sala de estar por gusto, sino que había ido a por ella.

La pareja se quedó mirándose en silencio durante unos segundos, y al final él susurró:

—Te prometo que no volveré a dejar la mantequilla de cacahuete fuera de la nevera.

Charlotte contuvo a duras penas las ganas de echarse a reír.

—Jack, no he dicho en serio todas esas cosas horribles... —le dijo Olivia.

—Yo tampoco.

—Es que... bueno, supongo que estoy obsesionada con la limpieza...

—Y yo soy muy dejado. Me esforzaré más, te lo prometo.

—Y yo también.

Olivia echó a correr hacia su marido. Charlotte se asomó por la puerta de la cocina a echar un vistazo y, al verlos abrazados, se dijo aliviada que todo iba a salir bien. Iban a tener que superar algunas dificultades, pero el amor y el compromiso que los unían eran lo bastante fuertes como para mantenerlos juntos.

—¿Nos vamos a casa? —dijo Olivia.

Jack asintió y le besó la coronilla antes de preguntarle:

—¿De verdad crees que soy un obseso sexual?

—¡Jack!

Cuando Olivia miró escandalizada hacia la puerta de la cocina, Charlotte fingió que no había oído nada.

—Es el mejor cumplido que me han hecho en años.

—Eres incorregible —le dijo Olivia, con una carcajada.

Salieron de la casa tomados del brazo.

Así que su yerno era un obseso sexual... su hija no sabía lo afortunada que era.

CAPÍTULO 25

Bob vio el todoterreno al doblar la esquina. Iba a interpretar el papel del abogado Billy Flynn en el musical *Chicago*, y se había pasado las últimas tres horas ensayando con el grupo de teatro. Eran más de las diez, y la calle estaba casi desierta. Al darse cuenta de que el todoterreno tomaba los mismos desvíos que él y se le acercaba peligrosamente, sintió que se le formaba un nudo en la garganta. Estaban siguiéndolo.

Giró a la izquierda en Heron Street, y el otro vehículo hizo lo mismo. Como a veces sacaba conclusiones precipitadas, decidió asegurarse y giró a la derecha de improviso. El todoterreno giró también, pero al menos se mantuvo a una distancia prudencial.

El corazón empezó a martillearle en el pecho, porque estaba convencido de que no eran imaginaciones suyas. Agarró el móvil y vaciló por un instante. Aquello no era una emergencia, pero a pesar de que el otro coche mantenía las distancias, era obvio que estaba siguiéndolo. Primero pensó en llamar a Peggy, pero no quería alarmarla sin necesidad. Tampoco podía avisar al sheriff, porque no se había cometido ningún crimen... aún.

Había hecho caso omiso de las advertencias que le habían hecho tanto el sheriff Davis como Roy. Se había negado a creer que había un peligro real, había creído que todo el mundo estaba exagerando, y sólo había accedido a no aceptar más huéspedes para tranquilizar a su mujer; sin embargo, en ese momento no estaba seguro de nada.

—Roy —murmuró con alivio. Seguro que su amigo sabía qué hacer. Intentó recordar su número de teléfono, pero fue incapaz. Sólo se acordaba del número de su despacho, pero seguro que a aquellas horas Roy ya no estaba allí—. Genial, fantástico. Venga, piensa. Seguro que se te ocurre algo.

De repente, recordó un artículo que había leído tiempo atrás sobre lo que había que hacer en caso de que surgiera alguna emergencia; al parecer, si uno se daba cuenta de que alguien lo seguía, lo mejor era ir a una comisaría.

Puso rumbo a la comisaría del sheriff, y cuando llegó, detuvo el coche delante de la entrada. Permaneció donde estaba y vio que el todoterreno azul aminoraba la marcha un poco, pasaba de largo y aceleraba de nuevo al alejarse.

Estaba tan tenso, que aferró con fuerza el volante. Respiró hondo y se obligó a calmarse poco a poco. Cuando estuvo seguro de que sus piernas podían sostenerlo, abrió la puerta del coche y salió.

—No puede dejar el coche ahí —le dijo un agente, en cuanto entró en la comisaría.

Estuvo a punto de explicarle lo que había pasado, pero decidió no hacerlo. No quería dramatizar demasiado.

—Lo quitaré de ahí dentro de un momento, necesito un listín telefónico.

—Va a quitarlo ahora mismo.

Quiso discutir, explicarse, pero al final se mordió la lengua; al fin y al cabo, no le costaba nada cambiar el coche de sitio. Después de aparcar en la calle, volvió a entrar en la comisaría y encontró un teléfono público cerca de los lavabos. Después de buscar el número de Roy McAfee, le llamó con su móvil.

—McAfee —dijo Roy, con un tono de voz firme.

—Alguien estaba siguiéndome —le dijo, sin andarse por las ramas.

—¿Cuándo?
—Ahora mismo.
—¿Dónde estás?
Bob apoyó el hombro contra la pared y le dijo:
—En la comisaría del sheriff.
—Perfecto. ¿Has visto la matrícula?
Cerró los ojos y negó con la cabeza.
—No. Me he puesto tan nervioso, que ni se me ha ocurrido mirar.
—¿Qué tipo de coche era?
—Un todoterreno azul... puede que un Chevy.
—No son demasiados datos. ¿Estás seguro de que no has visto la matrícula?
—Segurísimo. Lo siento.
—¿Estás bien?
—Claro que sí —intentó que su voz no reflejara lo nervioso que estaba—. ¿Qué hago?
—Ven a mi casa. Cuando llegues, te seguiré en mi coche hasta la tuya. Allí podremos hablar.
—De acuerdo —regresó a su coche y lo puso en marcha con manos temblorosas.

Miró una y otra vez por el retrovisor durante el trayecto. Le pareció ver un todoterreno parecido en una ocasión, pero como se mantuvo a bastante distancia, no alcanzó a ver la matrícula. Aunque estaba tan nervioso, que habría sospechado de cualquier vehículo que viera.

Cuando llegó a casa de los McAfee, Roy ya estaba en su coche y lo siguió por Heron Street hasta Cranberry Point.

Peggy estaba esperándolo en la puerta trasera como si supiera que pasaba algo malo, a pesar de que sólo se había retrasado unos minutos.

—¿Qué pasa? —preguntó, al verlo salir del garaje junto a Roy.

A veces, tenía la impresión de que su mujer tenía un sexto sentido.

—Me han seguido.

Ella lo miró alarmada.

—¿Ahora?

—Sí. He llamado a Roy desde la comisaría, y él me ha seguido hasta casa por si las moscas.

En ese momento, Hannah entró en la cocina y preguntó con cautela:

—¿Qué pasa?

—Me parece que tendríamos que sentarnos todos —dijo Peggy.

Roy y Bob entraron en la casa, y los cuatro fueron a la sala de estar. Hannah llevaba puesto el pijama, parecía una niñita perdida con el pelo enmarcándole el rostro y unos ojos enormes y asustados.

—Cuéntanoslo todo desde el principio, Bob —le dijo Roy.

No había gran cosa que contar. Les explicó que el todoterreno se le había acercado mucho en una ocasión, pero que después había retrocedido y se había mantenido a cierta distancia mientras él tomaba varios desvíos para asegurarse de que estaba siguiéndolo.

—Fuera quien fuese, no quería que lo identificaras —comentó Roy.

—¿Reconociste al conductor? —le preguntó Peggy.

—No, ni siquiera se me ocurrió mirarle. Cuando el coche se me acercó, sólo pensé en que estaba demasiado cerca.

—¿Pudiste ver si era un hombre o una mujer?, ¿si había más de una persona? —le preguntó Roy.

Bob se sintió como un auténtico fracaso. Tendría que haberse fijado, pero no lo había hecho.

—Me parece que sólo había una persona, y que era un hombre... pero no estoy seguro —sacudió la cabeza, y añadió—: No sé, no me he fijado.

Peggy le tomó la mano y no pareció darse cuenta de la fuerza con la que estaba aferrándose a él.

—¿Te acuerdas de algo más? —dijo Roy.

—No, pero si vuelve a pasar, me acordaré de fijarme.

—¿Cómo que si vuelve a pasar? —Peggy lo miró horrorizada.

Era obvio que estaba muy afectada, pero a Bob no se le ocurrió nada para tranquilizarla. Se volvió hacia Roy, y le preguntó:

—¿Quién crees que puede ser?

—Sea quien sea, quería que te dieras cuenta de que te seguía. Si no, no lo habría hecho de forma tan obvia.

—¿Por qué?

—¡Pues porque está intentando asustarnos! —exclamó Peggy.

Bob contuvo las ganas de decirle que el tipo había conseguido su propósito.

—Pero... ¿quién ha podido hacer algo así? —dijo Hannah.

—A lo mejor esto no tiene nada que ver con lo del asesinato —comentó Roy.

—¿Por qué otra cosa querría seguirme alguien?

—No lo sé.

Si Roy pensaba que así le tranquilizaba, estaba muy equivocado.

—Voy a acostarme —dijo Hannah—. No necesitáis que me quede, ¿verdad?

—No, acuéstate. ¿Quieres que te despierte por la mañana? —le dijo Peggy.

—Sí, por favor. Hoy me he quedado dormida y he llegado tarde al trabajo.

—Ya lo sé, tendrías que procurar que no vuelva a pasar.

—Sí, necesito conservar este empleo.

Los habían llamado desde el Pancake Palace, porque Hannah ya llevaba dos horas de retraso. Peggy había conseguido despertarla y hacer que se vistiera, pero no le había resultado nada fácil. Para cuando la joven había llegado al restaurante, apenas les quedaban platos limpios. Al menos había tenido la delicadeza de salir dos horas más tarde de lo previsto, para compensar su impuntualidad.

—Si estáis bien, será mejor que me vaya —les dijo Roy, mientras se ponía de pie.

—Estamos perfectamente bien —le dijo Bob, a pesar de que no era cierto—. Vete a casa, muchas gracias por todo

—apreciaba de corazón la amistad y la preocupación de Roy, que iban más allá de la relación profesional que los unía.

Lo acompañó hasta la puerta y esperó a que se alejara con el coche antes de regresar a la cocina. Al ver a Peggy inmóvil, como con miedo de dar un paso, le preguntó:

—¿Estás cansada?

—No pretenderás subir y acostarte, ¿verdad? —al ver que no contestaba, añadió—: ¿De verdad crees que vas a poder conciliar el sueño?

—No, pero ésa no es la cuestión.

Ella esbozó una sonrisa y comentó:

—Me parece que yo tampoco voy a poder dormir, ¿quieres que veamos un rato la tele?

Los dos sabían que les esperaba una larga noche de insomnio.

CAPÍTULO 26

Grace Sherman había estado esperando a que llegara el día de la subasta con una mezcla de anticipación e inquietud. Como la idea la habían tenido Mary y ella, quería que la fiesta fuera todo un éxito, pero era más que consciente de que iba a tener que presenciar cómo subastaban al hombre al que amaba. Como no tenía bastante dinero y además sabía lo que Cliff pensaba de ella, no iba a poder pujar, y él acabaría marchándose de la subasta del brazo de otra mujer.

El diez de julio por la noche, el aparcamiento del Lighthouse empezó a llenarse rápidamente. Las mujeres que estaban haciendo cola en la puerta no habían ido por la cena, aunque seguro que la comida del restaurante estaría tan deliciosa como siempre. Lo que todas ellas querían era conseguir los mejores asientos, para poder ver de cerca a los perros... y a los solteros, claro. Antes de que la subasta empezara, todo el mundo sabía que iba a ser un éxito.

—Es fantástico —comentó Mary Sánchez, que estaba en la entrada del restaurante junto a Margaret White.

En cuanto las puertas se abrieran, iban a ser las encargadas de recoger las entradas que ya se habían vendido. Las mujeres que habían ido a pujar esperaban con impaciencia, charlando y riendo, y alguna que otra echaba un vistazo a través de las ventanas. Había un ambiente jovial y festivo.

—La gente está deseando entrar —le gritó Margaret a Janet Webb, para que pudiera oírla entre tanto bullicio.

Janet estaba organizando a los cajeros, que estaban colocados en el fondo del restaurante, cerca de la zona del bar.

—¿Puedo ayudar en algo? —preguntó Grace. Había ido a echar una mano antes de que empezara la subasta, aunque semanas antes ya había acabado las tareas que le habían encomendado.

—Sí, quiero que disfrutes de la velada —le dijo Janet con firmeza—. Has trabajado duro, y la protectora te agradece el esfuerzo.

—Ha sido un placer —sabía que iba a resultarle imposible disfrutar de la subasta, pero estaba decidida a intentarlo. Al menos, esperaba que la mujer que ganara a Cliff se diera cuenta de lo maravilloso que era.

Janet, que era la directora de la protectora de animales, fue al vestíbulo del local y dio la señal para que se abrieran las puertas. Mientras el gentío empezaba a entrar, Grace se quedó sorprendida al ver la cantidad de mujeres solteras que había en Cedar Cove. Creía que conocería a todo el mundo, pero vio a varias desconocidas. Mujeres de todas las edades, e incluso algunos hombres que habían ido de espectadores, entraron en el restaurante como una ola incontenible, y empezaron a ocupar las mesas.

Grace había podido reservar una mesa para sus amistades. Olivia y Jack llegaron al cabo de unos minutos de que se abrieran las puertas, seguidos de Charlotte y Ben. Había animado a sus hijas a que fueran para pasar un buen rato, pero le había parecido comprensible que Maryellen y Kelly decidieran quedarse en casa con sus respectivas familias.

—Es increíble cuánta gente ha venido —le dijo a Olivia, mientras miraba a su alrededor.

Había tanto jaleo, que resultaba difícil mantener una conversación. La alegría y el entusiasmo eran tan palpables como el olor a perfume que imperaba en el ambiente.

Grace se imaginó lo que debía de estar pasando en ese

momento en la zona donde estaban esperando los perros y los solteros. Leyó de nuevo la lista de quince voluntarios... Janet se había encargado de emparejarlos con los animales, y no había sido una tarea nada fácil. Se preguntó qué raza habría escogido ella para acompañar a Cliff... algún tipo de perro pastor, uno que fuera grande, cariñoso, y con un buen porte...

Habían preparado un escenario temporal con una pasarela que llegaba a mitad del restaurante, y las mesas y las sillas estaban a ambos lados. La idea consistía en que el soltero avanzara por la pasarela, llevando al perro con la correa.

La ganadora podía elegir al perro, al soltero, o a los dos. Si sólo quería a uno, el que quedaba se subastaba de nuevo, ya fuera el hombre o el animal. Con un poco de suerte, gracias a aquella iniciativa tan novedosa lograrían recaudar los fondos que necesitaba la protectora.

—Si yo hubiera sido uno de los solteros, seguro que habrían pagado un montón de pasta por mí —dijo Jack, con una sonrisita chulesca—. Por desgracia, Olivia me atrapó antes.

Su mujer lo miró con una ceja enarcada.

—¿Cómo que por desgracia? ¿Tienes alguna queja, Jack Griffin?

Él la miró con un brillo tierno en los ojos, y le dijo:

—Claro que no. Lo que quería decir es que es por desgracia para todas estas damas —al ver que ella hacía una mueca, añadió—: La verdad es que, de los dos, he sido el que ha salido ganando más.

—Yo no estoy tan segura de eso —Olivia apoyó la cabeza en su hombro y él la rodeó con el brazo.

El gesto era tan romántico, que Grace tuvo que apartar la mirada. Jamás se había sentido tan sola, pero estaba decidida a dejar a un lado las recriminaciones. La vida seguía adelante, al igual que ella.

—Vaya, Stanley es uno de los solteros. Ni siquiera vive en Cedar Cove —comentó Charlotte con desaprobación.

—Sí, ya lo sé, pero como es una obra de caridad, ha querido echar una mano —le dijo Grace.

—¿Le has dicho que la caridad bien entendida empieza por uno mismo? —le preguntó Charlotte.

—¡Mamá! —exclamó Olivia.

—Espero que, por una vez, no se deje arrastrar por su ego —insistió Charlotte.

Grace creía que eso era poco probable, porque sabía que Stan se había presentado voluntario creyendo que un montón de mujeres iban a pujar por él.

—Estoy deseando ver el perro con el que lo ha emparejado Janet —le dijo a Olivia, mientras los camareros empezaban a servir las ensaladas.

—¿No lo sabes?

—No, Janet quería charlar un poco con los solteros antes de tomar una decisión.

—Esto se pone interesante.

Cuando todo el mundo estuvo acomodado, los camareros sirvieron el plato principal mientras Justine los dirigía desde la cocina. Janet subió al podio que había a un lado del escenario, y después de leer las normas, presentó a Barry Stokes, el subastador.

Barry ocupó su lugar, le dio la bienvenida a todos con una sonrisa y a continuación hizo varios comentarios ocurrentes sobre solteros. Consiguió avivar aún más el entusiasmo reinante, y de vez en cuando recordó que la protectora de animales jugaba un papel muy importante dentro de la comunidad. Recordó que el precio final de puja sería por el hombre y por el perro por separado, y que si la interesada los quería a los dos, la cantidad se doblaría. De modo que, si la interesada se quedaba sólo con uno de los dos, la subasta seguiría con el que había quedado suelto. Al final de la presentación, dijo que los perros eran unas mascotas maravillosas... al igual que los solteros. El comentario hizo que todo el mundo se echara a reír.

El primer soltero que salió al escenario fue Bruce Peyton. Grace lo conocía de verlo en la biblioteca, ya que él solía ir allí con su hija. También se acordaba de su difunta esposa, Stephanie, y sabía que él aún no había superado la pérdida.

A Bruce lo habían emparejado con un basset hound. Era obvio que estaba muy nervioso, ya que no dejaba de mirar de un lado a otro. El orden de salida de los solteros se había establecido por sorteo, y Bruce había tenido la mala suerte de que le tocara ser el primero.

Los murmullos ganaron intensidad conforme Bruce fue avanzando por la pasarela junto al perro. Era obvio que al pobre le habría gustado acelerar el paso, pero que no podía por culpa de la lentitud del animal.

La primera en hacer una oferta fue una de las trabajadoras del salón de belleza Get Nailed, y una farmacéutica ofreció más dinero de inmediato. Siguieron pujando entre ellas hasta el último momento, pero cuando parecía que Bruce y el perro iban a ser adjudicados por doscientos treinta y cinco dólares, Lois Habbersmith, que trabajaba con Maryellen en la galería de arte, los dejó boquiabiertos a todos al decir:

—¡Trescientos cincuenta dólares!

Las dos mujeres que habían estado pujando se miraron, y acabaron sentándose.

—Trescientos cincuenta dólares a la una, a las dos... —Barry miró a la empleada del salón de belleza, y le dijo—: ¿Estás segura de que quieres darte por vencida tan pronto? Incluso el perro es una ganga a ese precio —como tanto ella como la otra mujer que había estado pujando negaron con la cabeza, añadió—: Adjudicado por trescientos cincuenta dólares. ¿Quieres el perro, o a Bruce?

—¡Los dos!

—Son trescientos cincuenta dólares por cada uno —le recordó él.

—Sí, ya lo sé —Lois se sacó la chequera del bolsillo y fue hacia el fondo del local.

Barry soltó una carcajada y le dijo:

—Estás casada, Lois. ¿Qué pensará Don cuando lleves a casa un perro y un soltero?

—Le parecerá bien.

Se oyeron varias carcajadas, y algún que otro comentario jocoso.

—Don y yo ya habíamos decidido tener un perro; además, le he prometido que pujaría por alguien alto, que llegue con la escalera a las ventanas de la segunda planta. Hay que limpiarlas, y Bruce parece lo bastante alto para hacerlo y lo bastante joven para no protestar.

—En otras palabras, has comprado a tu soltero para que Don no tenga que limpiar unas ventanas, ¿verdad?

—Exacto, hace tres años que no las limpiamos. Don me ha dicho que le parecía buena idea que viniera, y aquí estoy.

—¿Quieres que te limpie unas ventanas? —dijo Bruce, que estaba visiblemente decepcionado—. ¿Eso es legal?

—Claro que sí —Barry soltó una carcajada—. Te presentaste voluntario, y la dama ha pagado una buena suma por ti.

A Bruce no parecía hacerle ninguna gracia la situación. Después de mirar enfurruñado a Barry, se fue del escenario.

El bullicio empezó a acallarse cuando anunciaron a Cal Bashburn, el segundo soltero. Trabajaba de adiestrador de caballos en el rancho de Cliff, y estaba emparejado con un pastor australiano gris y negro. Formaban una buena pareja. Cal era un hombre callado, que tenía muy buena mano con los caballos.

A juzgar por los murmullos que recorrieron la sala, estaba claro que había despertado mucho interés. Grace se dio cuenta de que el perro estaba temblando y parecía muy nervioso, pero se calmó cuando Cal se agachó y le susurró algo al oído. Los contempló sorprendida mientras avanzaban por la pasarela. La puja fue encarnizada, sobre todo entre las empleadas de Get Nailed y Corrie McAfee, que fue al final la que ganó.

—¿Quieres el perro, o al soltero? —le preguntó Barry.

Mientras Roy permanecía sentado con los Beldon, Corrie se puso de pie y dijo:

—Los dos.

—¿No es ése tu marido? —Barry fingió estar escandalizado—. ¿Adónde vamos a ir a parar?, ¿qué está pasando en nuestra sociedad, para que las mujeres casadas se lleven a los solteros porque necesitan que les limpien las ventanas?

Corrie sonrió de oreja a oreja y le contestó:

—Estás muy equivocado. El perro es para mi hijo, y el soltero para mi hija.

La gente la ovacionó mientras iba a pagar con la chequera en la mano.

El tercer soltero era Stan Lockhart, que estaba emparejado con un caniche blanco bastante excitable. Al contrario que sus predecesores, parecía en su salsa en el escenario; al parecer, había estado practicando, porque se metió una mano en el bolsillo y avanzó por la pasarela como un modelo. Era obvio que esperaba despertar el mismo entusiasmo que los demás, y no pudo ocultar su decepción cuando la ganadora, una joven rubia, optó por quedarse sólo con el perro. La subasta se reanudó, y al final dieron por Stan menos que por el perro.

Grace le dio un pequeño codazo a Olivia, que al parecer no sabía cómo reaccionar. Su expresión era una mezcla de desconcierto, vergüenza y diversión. Para sorpresa de todos, fue Bess Ferryman, una buena amiga de Charlotte, quien ganó a Stan. Cuando la señora mayor se levantó con orgullo para reclamar su premio, el subastador le dijo:

—Por favor, no me diga que usted también está casada.

—No, y tampoco tengo ventanas sucias. Lo que quiero es una cita.

—Perfecto —le dijo Barry.

—Va a invitarme a cenar y después iremos a bailar —dijo ella, antes de ir a pagar con paso decidido.

Por un momento, dio la impresión de que Stan iba a echarse atrás, pero al final se fue del escenario sin protestar.

—Apuesto a que no vuelve a presentarse voluntario en su vida —susurró Jack.

Grace estaba charlando con Olivia y Charlotte cuando anunciaron el nombre del siguiente soltero: Cliff Harding. Llevaba toda la noche temiendo que llegara aquel momento. Para intentar demostrar que la situación le resultaba indiferente, se obligó a sonreír y fijó la mirada hacia delante. No quería que nadie se diera cuenta de lo mal que estaba pasándolo.

Cliff estaba emparejado con una preciosa golden retriever, y en cuanto salió al escenario, las mujeres reaccionaron con aplausos y gritos de entusiasmo. Tal y como Grace esperaba, él era uno de los solteros de oro de la subasta.

Margaret White ofreció doscientos dólares de inmediato, y la mujer que trabajaba en la inmobiliaria de John L. Scott ofreció cincuenta más.

—¿Y tú qué, Grace? —le dijo Olivia, mientras le daba un codazo.

—No puedo.

—¿Por qué no?

Era demasiado complicado para explicárselo. Como no era el momento de intentarlo siquiera, se limitó a negar con la cabeza.

—Grace, no puedes quedarte aquí sentada y dejar que otra mujer se largue con Cliff. Tienes que pujar por él.

Ella estaba deseando hacerlo, pero no podía. Se mordió la lengua mientras Margaret y la otra mujer seguían pujando con incrementos de cincuenta dólares. El corazón le martilleaba en el pecho y tenía la boca seca. Al final, no pudo seguir soportándolo y decidió pujar también.

—Quinientos dólares a la una, a las dos...

—¡Setecientos dólares! —gritó de repente, mientras se ponía de pie de un salto. Esperaba que la protectora accediera a que pagara a plazos, porque no tenía tanto dinero en su cuenta corriente. No podía ofrecer ni un penique más, porque con los setecientos iba a llegar al límite de su tarjeta de crédito.

—Setecientos dólares. ¿Alguien ofrece setecientos cincuenta?

Grace no se atrevió a mirar a Cliff.

—¡Setecientos cincuenta! —dijo Margaret White. Le temblaba un poco la voz, como si estuviera ofreciendo una cifra mucho más alta de lo que había planeado.

—Ofrece ochocientos, Grace —le dijo Olivia.

Grace se sentó y comentó:

—No, ni siquiera tendría que haber pujado. No tengo setecientos dólares, y mucho menos ochocientos.

—Setecientos cincuenta dólares a la una, a las dos, a las...

—¡Ochocientos dólares! —gritó Olivia de repente.

Barry miró a Margaret White, y al ver que negaba con la cabeza, dijo:

—Vendido por ochocientos dólares —entornó los ojos mientras miraba hacia el público, apoyó las manos a ambos lados del atril y se inclinó hacia delante—. ¿Es usted, juez Lockhart? Que yo sepa, acaba de casarse con Jack Griffin... ¡no me diga que ya tienen problemas!

—Claro que no. Quiero la perra para mi hija, Justine, y a Cliff como regalo de cumpleaños anticipado para mi mejor amiga, Grace Sherman.

—No puedo permitírtelo, Olivia —le susurró ella.

—Claro que puedes, y vas a hacerlo —le dijo Olivia en voz baja—. Además, Maryellen y Kelly colaboran conmigo. Mis órdenes eran pujar por Cliff si tú no lo hacías, o si alguien superaba tu oferta. Y también tenía que pujar por la perra, porque Justine la ha visto y se ha enamorado de ella.

—¿Maryellen y Kelly?

—Y yo también —susurró Charlotte—. Lo he hecho tanto por Cliff como por ti. Está claro que estáis hechos el uno para el otro.

Grace miró a Cliff, pero a pesar de que lo tenía relativamente cerca, no habría sabido decir cómo había reaccionado. Sólo cabía esperar que él opinara lo mismo que Charlotte.

CAPÍTULO 27

Rachel Pendergast estaba barriendo su zona de trabajo en Get Nailed. Su jornada había acabado y estaba a punto de volver a casa. Al oír que sonaba el teléfono, alzó la mirada para ver si Valerie, la recepcionista, estaba cerca para poder contestar. No lo estaba, pero Tracey contestó y al cabo de unos segundos se volvió hacia ella.

—Es aquella niña... le cortaste el pelo hace poco.

—¿Jolene?

—Dice que tiene que hablar contigo.

—Vale —Rachel se acercó al mostrador de recepción. Hacía días que quería llamar a la niña—. ¿Diga?

—No pujaste por mi papá —Jolene parecía estar a punto de echarse a llorar—. Creía que ibas a pujar por él en la subasta.

—Hola, Jolene.

—Hola —le dijo la niña, con una vocecita tristona.

—Tu papá me cae muy bien, pero me parece que no está listo para tener otra relación. ¿Te acuerdas de cuando hablamos de eso? Me dijiste que querías tener otra mamá, y yo te pregunté si podía ser sólo tu amiga.

—Sí, me acuerdo.

—¿Está tu padre ahí?

—Sí, pero está en la otra habitación. No sabe que te he llamado.

—Deja que hable con él, ¿vale?
—Vale... pero quiero que me digas si te quedaste con un perro y con un soltero de la subasta.
—Sí. Mi amiga Karen se ha quedado con el perro, y yo tengo una cita con el soltero el viernes por la noche.
—¿Quién es?
—Bueno, lo único que sé es que se llama Nathan Olsen, y que está en la Armada.
—¿Está enamorado de ti?
—No, apenas pudimos hablar.
El restaurante había sido un caos después de la subasta, y sólo había podido hablar con Nathan durante un par de minutos.
—Ah.
—¿Qué te parece si quedamos la semana que viene?
—¿Volverás a pintarme las uñas?
—Si quieres, sí.
—¿Podremos hablar de cosas de chicas?
—Claro.
—Voy a por mi padre.
Al cabo de un momento, Bruce se puso al teléfono.
—¿Jolene te ha llamado? —le preguntó, con cierta sequedad.
—Sí, pero la verdad es que pensaba llamarla yo, así que me ha ahorrado el trabajo. Me gustaría pasar una tarde con ella, me pareció que el tiempo que pasamos juntas le sentó bien... y a mí también.
Él vaciló por un segundo antes de decir:
—Creía que pujarías por mí.
—Me dijiste que no estabas interesado en salir con nadie —le dijo con calma.
—Y no lo estoy... olvídalo, ¿vale?
Rachel se preguntó a qué venía todo aquello. Él le había dejado muy claro que no quería tener una relación, y a ella le parecía bien.
—¿Puedo quedar con Jolene?

—Sí, claro. Sería genial.

Colgó después de acordar con él el día y la hora. La confusión que sentía debía de reflejarse en su rostro, porque Terri se le acercó y le preguntó:

—¿Qué te pasa?, parece que te has quedado atontada.

—Bruce Peyton me ha preguntado por qué no pujé por él —aún no podía creerse que él hubiera mencionado el tema.

—No te preocupes, eres libre de elegir con quién quieres salir.

Rachel intentó no pensar en él. Aquel hombre le parecía una causa perdida, y estaba harta de desperdiciar su vida con relaciones que no iban a ningún sitio.

El viernes por la noche, llegó al Lighthouse con diez minutos de antelación, y se sentó en el banco del vestíbulo mientras esperaba a Nate con nerviosismo.

No estaba segura de por qué se había gastado en él el dinero que había ganado a base de propinas, quizás era porque ya se acercaba el final de la subasta y no había hecho ni una sola oferta. Tanto Terri como Jane habían pujado, pero habían acabado perdiendo.

Quería que al menos una de las empleadas del Get Nailed consiguiera un soltero, pero hacia el final de la velada, Terri estaba más interesada en beber cócteles que en pujar, Jane había decidido ahorrarse el dinero, y Karen Redfern, una amiga casada a la que conocía desde el instituto, sólo estaba interesada en conseguir un perro.

Pero entonces Nate Olsen había salido al escenario con un pequeño spaniel que al final había acabado en manos de Karen. Sabía que Nate estaba en la Armada, y que al parecer era contramaestre... no tenía ni idea de lo que significaba eso, porque a pesar de que Cedar Cove estaba muy cerca del astillero de Bremerton, no estaba demasiado familiarizada con la vida militar.

Intentó recordar la breve conversación que habían mantenido la noche de la subasta. Era un hombre guapo, alto, delgado, tenía el pelo oscuro y unos penetrantes ojos azules que llamaban mucho la atención.

De repente, alzó la mirada y lo vio entrar en el restaurante. Estaba vestido de forma informal, con unos pantalones deportivos y una camisa de manga corta, pero era muy diferente a como lo recordaba. Sí, era alto, pero no era moreno, sino rubio. Había acertado en lo de los ojos, los tenía azules, y también en lo de que era guapo. Pero no recordaba que fuera tan atractivo... ni tan joven. Parecía recién salido del instituto, ¡había pujado por un crío!

Se tragó la decepción que sentía, se puso de pie y se acercó a él.

—Hola. No sé si te acuerdas de mi nombre, soy Rachel Pendergast —le dijo, mientras le estrechaba la mano. A algunas personas les costaba pronunciar bien su apellido.

—Hola, Rachel —le dijo él, con una sonrisa deslumbrante.

Al mirarlo de cerca, le pareció incluso más joven, y tuvo ganas de preguntarle si era mayor de edad. ¿En qué lío se había metido?

—Tengo una mesa para dos. Síganme, por favor —les dijo la jefa de sala, antes de darles un menú a cada uno.

Estaba convencida de que todo el mundo estaba mirándola. ¿Cómo era posible que no se hubiera dado cuenta en la subasta de lo joven que era Nate? A lo mejor era porque había poca luz, o porque los margaritas que se había tomado le habían afectado a la visión. Tenía treinta años, así que no era una anciana, pero se sentía lo bastante mayor como para ser la madre de aquel muchacho.

Los sentaron junto a una ventana que tenía unas vistas fantásticas. El agua parecía destellar bajo la luz del atardecer, y formaba una estampa muy romántica junto al faro, que se alzaba en la distancia.

Ella intentó encontrar algún tema de conversación mientras le echaba un vistazo al menú. Trabajaba de cara al público, y nunca había tenido problemas para relacionarse, pero tenía la impresión de que se había convertido en el centro de atención del local. Se sentía muy incómoda allí sentada con aquel chico tan joven, al que encima había ganado en una subasta.

Cuando no pudo seguir soportando la incertidumbre, bajó el menú y le dijo:

—Perdona la indiscreción, pero tengo que preguntarte algo. ¿Cuántos años tienes?

—Veinticinco —le dijo él, con una sonrisa encantadora.

Se sintió mejor de inmediato. Entre ellos sólo había cinco años de diferencia.

—¿Y tú? —le preguntó él.

—Treinta. Nunca he estado casada, no tengo hijos, y soy manicura y peluquera.

—Tampoco he estado casado, ni tengo hijos —vaciló por un instante antes de añadir—: La verdad es que debería decirte que estoy saliendo con alguien.

Vale, se había gastado trescientos pavos en el novio de otra mujer, pero al menos podía disfrutar de la velada. Se preguntó por qué se había presentado voluntario en la subasta si tenía una relación seria con alguien.

—¿Y tú?, ¿tienes novio?

Ella negó con la cabeza. No había ido a la subasta sólo por contribuir con una buena causa... sí, le gustaban los animales, pero ésa no había sido su razón principal.

—Perdona si te he inducido a error —le dijo él.

—No lo has hecho.

Él había sido muy sincero, ya que le había dicho de inmediato que estaba saliendo con otra persona. Charlaron durante un rato sobre la mujer en cuestión, que al parecer vivía en Fresno, la ciudad natal de Nate.

Los dos pidieron el especial de la noche, salmón al horno, que estaba delicioso. A pesar de que en teoría era ella la que tenía que pagar, Nate insistió en hacerlo. La acompañó al coche y la sorprendió al preguntarle:

—¿Quieres que demos un paseo?

Ella accedió y echaron a andar hacia el paseo marítimo.

—¿Qué está pasando ahí? —dijo él de pronto, mientras señalaba hacia el parque.
—No lo sé. ¿Quieres que vayamos a echar un vistazo?
—Vale.

No tardaron en darse cuenta de que se trataba de una boda. Se quedaron a cierta distancia mientras los novios pronunciaban sus votos matrimoniales. El sol había empezado a ocultarse tras el horizonte y la superficie del agua relucía bajo la luz del ocaso.

Rachel sintió que los ojos se le llenaban de lágrimas, aunque no habría sabido decir por qué tenía ganas de llorar. Si Nate se daba cuenta, se sentiría mortificada. Apenas lo conocía, y lo más probable era que no volviera a verlo en su vida. No había razón alguna para que volvieran a salir juntos. Él estaba saliendo con otra mujer, y ella tenía cinco años más que él. Aquella velada había sido el principio y el fin de su relación.

—¿Rachel?

La agarró de los hombros con delicadeza y la giró hasta que estuvieron cara a cara. La miró ceñudo, con una mezcla de confusión y de preocupación, y le preguntó:

—¿Qué te pasa?
—Nada, siempre lloro en las bodas —le dijo, para intentar quitarle hierro al asunto, mientras las lágrimas le caían por las mejillas. No era una mujer llorona... al menos, hasta ese momento. Agachó la cabeza y se secó las mejillas. Estaba muy enfadada consigo misma—. Lo siento.

Él la abrazó sin decir ni una palabra, sin hacer sonido alguno. Hacía tanto que un hombre no la tocaba con tanta ternura, con tanto cuidado, que no supo cómo reaccionar.

Alzar la mirada hacia él fue un error, porque se dio cuenta de que él estaba contemplándola. De repente, empezaron a besarse. No sabía quién había dado el primer paso, pero una cosa estaba clara: a pesar de lo joven que era, Nate sabía cómo besar. Se le puso la carne de gallina mientras él la besaba seductoramente, saboreándola, como si ella fuera lo más dulce que había probado en su vida.

Sintió que le flaqueaban las rodillas cuando él se apartó. El beso había sido tan maravilloso, que permaneció con los ojos cerrados durante unos segundos; afortunadamente, él no se disculpó ni intentó darle explicaciones. Cuando logró recuperar la compostura, abrió los ojos por fin y le dijo:
—Ha sido muy... agradable.
—Sí, es verdad —le dijo él, en voz baja. Carraspeó un poco, y añadió—: Vamos, te acompaño a tu coche.
Rachel asintió, y se dio cuenta de que se había equivocado una vez más. No había malgastado su dinero, aquel beso valía hasta el último penique de los trescientos dólares que había pagado por aquella velada.
Él permaneció en silencio mientras regresaban al restaurante, y ella tampoco pronunció ni una sola palabra; de hecho, no sabía qué decir.
Lo condujo hasta su coche y, después de sacar las llaves, le dijo:
—Me lo he pasado muy bien, Nate. Gracias.
Él posó una mano en su mejilla y le dijo:
—Yo también me lo he pasado muy bien, pero me parece que será mejor que no volvamos a vernos.
—Lo entiendo.
—La cuestión es que... quiero volver a quedar contigo, pero no puede ser.
Rachel no lo miró a los ojos, porque no quería que él se diera cuenta de lo mucho que le habría gustado volver a verlo.
—La vida es así —comentó.
—Sí, ya lo sé —le dijo él con pesar.
Entró en el coche, y salió de la plaza de aparcamiento. Tenía las manos un poco temblorosas. Al mirar por el retrovisor, vio que Nate permanecía inmóvil, y que la seguía con la mirada. Mientras ponía rumbo a casa y se alejaba de él, sintió una profunda melancolía; al parecer, el amor no estaba hecho para ella.

CAPÍTULO 28

Cuando Lois Habbersmith, su asistente, llegó a la galería de arte poco después del mediodía, Maryellen aprovechó la oportunidad de poder escapar y se metió en el bolsillo la carta que aún no había abierto.

—Lois, voy a dar un paseo.

Lois la miró sorprendida, porque Maryellen casi siempre comía en la galería; por regla general, iba aprovechando para dar algún que otro bocado entre cliente y cliente. Como estaban a mediados de verano, el flujo de turistas estaba en pleno apogeo, y a veces el personal de la galería apenas podía dar abasto.

—Enseguida vuelvo.

Sólo necesitaba unos minutos de tranquilidad para poder leer la carta. En el momento en que había visto el remitente, sus sospechas se habían confirmado: el hombre y la mujer que habían estado en la galería dos semanas atrás, y que le habían hecho tantas preguntas, eran el padre y la madrastra de Jon.

En cuanto pudo, salió de la galería y fue al parque. Después de sentarse en uno de los bancos de la pérgola, se sacó el sobre del bolsillo y se quedó mirándolo durante un largo momento. La escritura tenía una fuerte inclinación, y parecía más propia de un hombre que de una mujer.

Abrió el sobre con manos temblorosas y sacó de dentro una única hoja de papel. En cuanto leyó el primer párrafo, supo que había acertado: la carta la había escrito el padre de Jon.

Querida Maryellen,
Supongo que te sorprenderá recibir esta carta. Cuando Marion y yo recibimos el mensaje en el que nos informabas de tu matrimonio con Jon, nos sentimos felices al tener por fin alguna forma de saber de él. Jon es lo único importante que me queda en este mundo. Mi esposa y yo cometimos un error, un error terrible, y hemos pagado con creces por nuestros pecados. Nos sentimos esperanzados cuando recibimos la carta en la que nos informabas del matrimonio y también del hecho de que tenemos una nieta. En todos estos años, Jon no ha contestado a ninguna de nuestras cartas. Ha dejado muy claro que no quiere tener nada que ver con su familia.

Cuando nos enteramos de que se había ido a vivir a la finca que le había legado su abuelo, fui a Cedar Cove con la esperanza de hablar con él. Marion no lo sabe, pero mi hijo me echó de su propiedad y se negó a hablar conmigo. Me quedé destrozado al ver cuánto me odiaba, y decidí darle tiempo y esperar a que llegara el momento adecuado. Recé para que él llegara a perdonarme algún día, y ya casi había perdido la esperanza hasta que recibí tu carta.

Supongo que ya habrás adivinado que Marion y yo somos la pareja que estuvo en la galería de arte hace un par de semanas. Fue toda una suerte que pudiéramos hablar contigo, en la carta que nos enviaste no mencionabas que trabajabas allí.

Es obvio lo mucho que quieres a mi hijo. Le damos gracias a Dios por el hecho de que Jon te encontrara, y también porque tuviste el detalle de contactar con nosotros.

Marion y yo hemos hablado de esto muchas veces, y no sabemos qué hacer. Hemos intentado todo lo que se nos ha ocurrido para conseguir que Jon nos escuche, para poder suplicarle que nos perdone y superar este abismo de dolor y amargura. Eres nuestra única esperanza, ¿puedes hacer de mediadora? Si hablaras con Jon e intercedieras en nuestro favor, te lo agradeceríamos toda la vida. A nosotros no quiere ni vernos, pero a ti sí que te escucharía.

Gracias,
Joseph Bowman.

P. D.: Marion y yo fuimos al restaurante que nos mencionaste, y nos quedamos impresionados con el trabajo de Jon. No sabía que mi hijo tenía tanto talento, y lo he descubierto gracias a ti.

Maryellen releyó la carta. Estaban pidiéndole algo imposible, porque su marido no quería tener nada que ver con sus padres; de hecho, Jon consideraba que ya no formaban parte de su vida.

Mientras conducía hacia casa con Katie al final de la jornada, seguía pensando en el tema. A pesar de que sabía lo que opinaba Jon sobre su familia, había actuado a sus espaldas; de hecho, había ido en contra de sus deseos. Se arrepentía de haber empezado su vida de casada con una artimaña solapada; si Jon llegara a enterarse de que había contactado con sus padres y les había mandado una foto de Katie, era posible que no la perdonara jamás.

Había corrido un riesgo muy grande, y los padres de su marido estaban pidiéndole que corriera otro que podía llegar a tener consecuencias incluso más desastrosas. Quería ayudarlos, pero tenía miedo del efecto que todo aquello podía tener en su matrimonio.

Cuando llegó a casa, Jon salió a recibirla y abrió sonriente la puerta trasera para sacar a Katie. La niña estaba deseando escapar de la silla, y se abrazó a su padre mientras balbuceaba encantada.

—Hola, cariño —le dijo a Maryellen, antes de darle un beso.
—Hola.

Intentó aparentar normalidad, pero su voz debió de revelar su nerviosismo, porque Jon la miró y le dijo:

—¿Te pasa algo?

Ella esbozó una sonrisa, y negó con la cabeza. Cuando él fue hacia la casa con Katie, lo siguió con la bolsa de los pañales, y en ese momento se dio cuenta de que no podía poner en peligro el mundo seguro y tranquilo en el que vivían. No podía arriesgar la felicidad de Jon, ni la de Katie, ni la suya misma.

Aquella noche cenaron en el jardín. Jon había preparado mero al vino y al limón, aderezado con una salsa de tomate y albahaca. Tener un marido que era un chef fantástico tenía muchas ventajas.

—Ya es hora de que lo hagas, Maryellen —le dijo él.

—¿A qué te refieres? —le preguntó, desconcertada.

—A lo de dejar el trabajo. Dales ya las dos semanas de preaviso.

—Jon...

—Está claro que quieres estar en casa.

—No puedo, aún no.

Era cierto que quería quedarse en casa con Katie y empezar a trabajar como representante de su marido, pero no podía dejar la galería de arte sin más. Los dueños siempre se habían portado muy bien con ella, y además, no podía dejar a Lois en medio de la época de más faena del año.

—Estás agotada —Jon agarró su vaso de vino y la miró ceñudo.

Ella esbozó una sonrisa tranquilizadora, y le dijo:

—Esta tarde ha habido mucho trabajo, apenas he tenido un minuto libre. Son gajes del oficio. Lois no está preparada para ocuparse de la gestión de la galería, aún está aprendiendo.

—Duermes muy poco.

—¿Quieres dejar de intentar arreglarlo todo? —aunque intentó decirlo en tono de broma, el comentario sonó bastante seco y lleno de impaciencia.

—Creía que era mi obligación hacerlo, soy tu marido.

—Lo siento... —no se atrevió a mencionar la razón por la

que estaba tan malhumorada. Se puso de pie y empezó a recoger los platos sucios–. Estoy bastante susceptible.

Jon sonrió de repente y le dijo con tono esperanzado:

—¿Significa eso lo que creo?

Ella negó con la cabeza. Se había quedado embarazada de Katie con facilidad, pero a pesar de que no utilizaban ningún método anticonceptivo, aún no estaba esperando un segundo hijo.

—Bueno, supongo que tendremos que intentarlo con más ahínco –le dijo él–. Quiero vivir este embarazo desde el principio.

—Sí, será fantástico.

Mientras él se encargaba de las facturas y el papeleo en la planta baja, ella bañó a Katie y le dio de comer. Le acarició con ternura el pelo mientras le daba el biberón. Hacía un mes que había dejado de darle el pecho de forma gradual, y había pasado a darle el biberón a primera hora de la mañana y antes de dormirla por la noche.

Cuando Katie terminó de comer, la acunó mientras esperaba a que se durmiera, y sintió una profunda satisfacción al recorrer la habitación de la niña con la mirada. Jon había pintado unos murales en las paredes, en los que aparecían distintos animales salvajes en sus hábitats naturales.

Al pensar en el hecho de que sus suegros jamás llegarían a ver aquellos dibujos, cerró los ojos con desaliento.

—Es ella la que tiene que dormirse, no tú.

Abrió los ojos, y lo vio en la puerta con los brazos cruzados. No era un hombre guapo desde un punto de vista convencional, pero sólo con verlo se quedaba sin aliento.

—Ha sido un día muy largo.

—Date un baño largo y relajante, y acuéstate –le dijo él.

—Tengo que lavar los platos.

—Ya lo he hecho yo.

—Pero... me mimas demasiado –habían acordado que, cuando él cocinara, ella se encargaría de los platos sucios.

Él la miró sonriente y le dijo:

—Quiero hacerlo. Te quiero, Maryellen. Katie y tú sois mi familia, lo sois todo para mí.

En vez de animarla, sus palabras hicieron que se sintiera fatal. Se sentía culpable, porque había interferido en un asunto que no le incumbía y les había dado falsas esperanzas a sus suegros.

—Me parece que me voy a acostar temprano —acostó a Katie en la cuna, la tapó con una manta y, después de esperar durante unos segundos para asegurarse de que estaba dormida, salió de la habitación.

Jon llevó el biberón vacío a la cocina mientras ella llenaba de agua la bañera. Añadió sales de baño con olor a lavanda y se metió dentro.

La decisión estaba tomada, no le quedaba otra opción. Al día siguiente, iba a enviarle una carta a Joseph Bowman para decirle que no podía hacer lo que le pedía. Estaba dispuesta a enviarle fotos de Katie de vez en cuando para mantenerlo al día, pero no podía prometerle nada más. Y también pensaba pedirle que no volviera a contactar con ella.

Para cuando salió de la bañera, el agua ya se había enfriado. Después de ponerse un camisón de algodón y una bata corta, fue a la sala de estar y se acurrucó junto a Jon en el sofá.

—¿Estás mejor? —le preguntó él, antes de besarla en la coronilla.

—Sí.

—Perfecto.

—¿Te acuerdas de lo que has dicho antes? —murmuró, mientras empezaba a besarle el cuello.

—¿Sobre qué?

—Sobre lo de un segundo embarazo.

—Sí, claro que me acuerdo.

Ella lanzó una mirada a la tele y comentó:

—¿Te interesa mucho ese programa?

—Ya lo veré cuando lo repitan —apagó la tele con el mando, y la besó como si llevara todo el día esperando aquel momento.

Cuando ella le rodeó el cuello con los brazos y abrió la boca para profundizar el beso, él deslizó la mano por debajo de la bata con un gemido y empezó a acariciarle el pecho. Mientras los besos tiernos se entremezclaban con los largos y profundos, Maryellen apagó la lámpara. Se levantaron del sofá y echaron a andar hacia la escalera, pero antes de que llegaran al primer escalón, él la abrazó y volvió a besarla.

—Nunca me cansaré de hacerte el amor, Maryellen —susurró, antes de besarla en el cuello.

—Eso espero.

Maryellen soltó una carcajada, y subió un peldaño de espaldas mientras le acariciaba una oreja con la lengua. Él soltó un gemido, y cuando ella subió otro peldaño más, la siguió y volvió a acariciarle los pechos; en esa ocasión, fue ella la que suspiró de placer. Los dos sabían que, si no subían cuanto antes, no iban a llegar al dormitorio.

Mientras se besaban, ella le quitó la camisa y él hizo lo propio con su bata.

—Jon... —susurró, con voz ronca. Estaban a mitad de la escalera, medio desnudos.

Él seguía un escalón por debajo de ella, y de repente la abrazó por la cintura y hundió el rostro entre sus senos.

Maryellen sintió que le flaqueaban las rodillas. Enmarcó su cara entre las manos, y lo miró a los ojos antes de decirle:

—Vamos, me parece que hay un sitio más cómodo en el que podremos hacerlo... se llama cama.

Él sonrió de oreja a oreja, la levantó en brazos y la llevó al dormitorio. Mientras reían como adolescentes, cayeron sobre la cama y dieron rienda suelta a la pasión que sentían el uno por el otro.

CAPÍTULO 29

—¿Quién se dejó la leche fuera de la nevera anoche? —dijo Bob, cuando Peggy entró en la cocina el martes por la mañana.

—Buenos días, cariño —le contestó ella, mientras se servía café en su taza favorita.

Los dos se dieron cuenta de que debía de haber sido Hannah. Peggy no sabía a qué se debía la actitud negativa que su marido tenía con la joven. Bob se exasperaba por cualquier cosa, y el caso del paquete de leche era un buen ejemplo de ello. Hannah había trabajado hasta tarde en el Pancake Palace, y había llegado a casa cuando ellos ya estaban durmiendo; al parecer, se había preparado un vaso de leche antes de acostarse, y se le había olvidado volver a meter el paquete en la nevera. Sí, había sido un despiste, pero tampoco era una catástrofe. Bob había aprovechado para reaccionar con una indignación desmedida, así que iba a tener que pararle los pies.

—Cálmate, Bob —le dijo con calma, después de tomar un trago de café—. Se lo comentaré a Hannah, pero no quiero que la regañes —la joven era muy tímida, y se quedaría muy afectada si Bob la trataba con enfado.

—¿Acaso cree que...?

—Bob —le cortó en seco, porque no quería que despertara

a Hannah con sus protestas–. ¿No habías quedado con el reverendo Dave? –iban a jugar a golf cada martes. Quedaban por la mañana o por la tarde, dependiendo de la agenda del reverendo.

Su marido miró ceñudo su reloj y asintió antes de decir:

–Volveré antes del mediodía.

–De acuerdo –murmuró, mientras iba a sentarse a la sala de estar.

Cada mañana meditaba durante un rato antes de empezar la jornada, se organizaba las ideas y planeaba lo que iba a hacer. Bob solía ponerse a leer el Gran Libro de Alcohólicos Anónimos, y ella se había acostumbrado a disfrutar de algo de paz y tranquilidad para empezar el día con buen pie.

Bob se detuvo al llegar a la puerta y le dijo:

–Hablarás con Hannah sobre lo de la leche, ¿no?

–Sí, querido.

–No me vengas con ésas, Peggy –le dijo él con sequedad.

Ella no sabía por qué estaba tan malhumorado, pero supuso que se tranquilizaría jugando a golf. Seguro que, cuando regresara a casa, se mostraría arrepentido y contrito.

Al cabo de unos minutos, vio que Hannah entraba en la sala de estar. Al ver que la joven estaba un poco macilenta y que se mordía el labio con indecisión, le dijo con voz suave:

–¿Has oído a Bob?

–Sí. Lo siento mucho, me dejé la leche fuera de la nevera sin querer.

–Ya lo sé –le dijo, con una sonrisa tranquilizadora.

–Compraré otro paquete antes de entrar a trabajar esta tarde.

–No te preocupes –le indicó que se sentara. Quería reconfortarla, porque parecía bastante afectada–. ¿Has dormido bien?

La joven asintió con actitud vacilante y le dijo:

–Mi padre también gritaba mucho.

–Bob no lo ha hecho con mala intención.

–Ya... ya lo sé, pero es que cuando oigo gritar a un hombre, sobre todo uno con una edad parecida a la de mi padre, me... me siento mal.

—Es normal —Peggy estaba cada vez más irritada con Bob.

—Mi padre fue infeliz durante gran parte de su vida.

La joven apenas mencionaba a su padre. Peggy no sabía si era por el dolor que le había causado su muerte o porque le resultaba demasiado doloroso hablar de él.

—A veces, cuando era pequeña, me despertaban sus gritos.

Peggy la miró atónita, y sintió una pena inmensa por ella. Se preguntó si Max Russell había tenido problemas con el alcohol, al igual que Bob.

—¿Tu padre tenía problemas con la bebida?

—No. A veces bebía demasiado, pero eso no era un problema de los grandes. A veces era malo sin razón alguna, y nos gritaba a mi madre y a mí por cualquier tontería.

—Lo siento.

—No era una persona mala, yo le quería mucho.

—Por supuesto —se preguntó si Hannah entendía de verdad lo que su padre había pasado durante la guerra.

—Mi madre permaneció siempre a su lado, a pesar de las peleas y de todas las veces que tuvimos que mudarnos —se le llenaron los ojos de lágrimas—. No es justo que ella también muriera.

—¿Os mudasteis muchas veces?

Hannah tardó unos segundos en recuperar la compostura. Tragó de forma visible y le dijo:

—Sí. Papá nunca duraba mucho tiempo en un mismo trabajo. Estaba bien durante una temporada, pero no tardaba en volver a hundirse en su... pozo oscuro.

—¿Pozo oscuro?

—Así lo llamaba mamá. Él estaba bien y, de repente, era como si alguien hubiera apagado las luces. Mamá y yo nos dábamos cuenta enseguida. Ella me decía que me fuera a mi habitación, y yo lo hacía porque sabía lo que se avecinaba.

—¿El qué?

Hannah tardó unos segundos en contestar.

—Nada le parecía bien. Si las servilletas no estaban colocadas como él quería, las tiraba al suelo. Las cenas eran una pesadilla, porque según él mamá siempre hacía algo mal. La carne estaba dura, la verdura demasiado cocida, la leche muy fría... los cubiertos no estaban bien puestos, o el salero no estaba lo bastante lleno. Papá quería que todo estuviera perfecto, y mamá no conseguía satisfacerle por mucho que lo intentara. Él encontraba defectos en todo.

Aquello era mucho peor de lo que Peggy había imaginado.

—Nos mudábamos una vez al año, por lo menos. A veces, papá usaba otros nombres, y yo tenía que acordarme de cómo se suponía que me llamaba.

—¿Cambiaba de nombre?

Hannah la miró con los ojos como platos y comentó:

—No se lo comenté al sheriff... por favor, no se lo digas. Hacía mucho que mi padre no usaba ese truco, y me dio miedo que el sheriff Davis creyera que era un criminal o algo parecido.

Peggy suspiró, pero consiguió tragarse la exasperada respuesta que tenía en la punta de la lengua. Habría sido útil que Hannah hubiera mencionado antes aquel detalle; al parecer, aún seguían sin saber muchas cosas sobre Maxwell Russell... por ejemplo, por qué había ido a Cedar Cove. Sintió que un escalofrío le recorría la espalda. Estaban bastante nerviosos desde la noche en que alguien había seguido a Bob, aunque no había pasado nada desde entonces.

—Mi madre era una santa —le dijo Hannah en voz baja.

—¿Aguantó los cambios de humor de tu padre durante todos esos años?

—Sí. A veces me la encontraba sentada en la cama, leyendo las cartas que él le había escrito tiempo atrás. Decía que la ayudaban a recordar al hombre que había sido antes de la guerra.

Peggy entendía la actitud de Tammy Russell... entendía por qué había mantenido las esperanzas, por qué había seguido apoyando a su marido, y por qué había soportado su violencia verbal. Era obvio que la madre de Hannah seguía amando a su marido, y que quería que volviera a ser la misma persona de antes... a pesar de que era un deseo imposible.

Sí, la entendía, porque ella misma había tenido una actitud muy parecida. También se había aferrado a los recuerdos del pasado, ya que le habían dado esperanzas de futuro. Antes de entrar en Alcohólicos Anónimos, había hecho todo lo posible para lograr que Bob dejara de beber. Había recurrido a la presión, a la culpabilidad, al castigo, a la furia... pero nada había funcionado, hasta que había decidido quedarse quieta y obligar a Bob a que se enfrentara a las consecuencias de su problema con la bebida; aun así, había permanecido junto a su marido, igual que la madre de Hannah.

—Papá estaba en una de sus rachas malas cuando tuvo el accidente de coche —le dijo Hannah en voz baja—. Yo quería que mamá le abandonara, pero ella no me hacía caso. Yo tenía un trabajo y ganaba bastante para mantenernos a las dos, pero ella se negaba a dejarlo.

—Lo siento mucho...

—Sí, yo también. Mamá no tenía que ir con él en el coche aquel día, pero estaba tan irracional, tan furioso... le exigió que fuera con él, y tuvieron el accidente, y ella murió... —se echó a llorar y se cubrió la cara con las manos.

Peggy fue hacia ella, la abrazó y empezó a susurrarle palabras de consuelo.

—Si mamá no hubiera ido en el coche con él, estaría viva.

—Ya lo sé, ya lo sé.

—Él quedó muy grave por culpa del fuego, pero mamá... los médicos no pudieron hacer nada por ella. Yo también quise morirme, pero papá cambió después del accidente.

—¿En qué sentido?

Hannah alzó la cabeza y se secó los ojos con la manga de la bata.

—Parecía más calmado, menos enfadado.
—Entonces, ¿te resultaba más fácil tratar con él?
—Sí. Creo que cambió por la muerte de mamá, se quedó perdido sin ella. Sufrió mucho y tuvo que soportar lo de la operación, y... por primera vez en mi vida, sentía que tenía un padre. Hablaba conmigo, me decía que era su niñita y que me quería, y entonces... entonces, le asesinaron.

A Peggy no le costó imaginar cómo había sido la vida de la joven. Hasta que había tenido el accidente, Maxwell Russell había sido un hombre duro y amargado que pagaba la rabia que sentía con su mujer y su hija. Era normal que Hannah se debatiera entre el dolor y la culpa en lo concerniente a la muerte de su padre.

CAPÍTULO 30

Grace miró su reloj de pulsera por tercera vez en los últimos dos minutos, y respiró hondo para intentar calmar su corazón acelerado. Estaba esperando a Cliff en el Lighthouse y se sentía tan nerviosa como una adolescente en su primera cita.

Jack, Olivia, Charlotte, Maryellen, Jon, Kelly y Paul habían pagado ochocientos dólares en la subasta de perros y solteros para que ella pudiera tener aquella cita con él, y estaba decidida a disfrutar de la velada. El problema era que estaba muy nerviosa.

Sonrió al pensar en la perra de Justine, que también había costado ochocientos dólares. Sadie era una golden retriever, al igual que Buttercup, y según Olivia, todo el mundo la adoraba.

Y hablando de Olivia... Grace había llegado al restaurante con un cuarto de hora de adelanto para escapar de ella. Su mejor amiga se había pasado media tarde dándole la lata sobre la ropa, el peinado, el maquillaje... cualquiera diría que iba a presentarse a un concurso de belleza, o que tenía que asistir a una cena de gala. Olivia tenía buenas intenciones, pero había llegado un punto en que no había podido aguantarla más y había decidido ir al restaurante antes de tiempo.

Cuando vio llegar a Cliff, tuvo que controlar el impulso

de levantarse de golpe; de repente, le costó tragar saliva. Él fue hacia ella con pasos lentos y mesurados, como si estuviera resignado en contra de su voluntad a tener que aguantar aquella velada.

Lo miró con una sonrisa tensa y le estrechó la mano con un gesto formal de bienvenida antes de decir:

—Gracias por acceder a cenar conmigo.

—Soy yo el que tendría que agradecértelo, es bueno para mi ego —comentó él, mientras se sentaba—. Aunque la verdad es que fue Olivia la que ganó la puja, ¿verdad?

Grace asintió. Cliff debería sentirse halagado, porque era el soltero que había conseguido la oferta más alta.

—Justine y Seth están encantados con la perra, y Leif la adora.

Al verle sonreír, Grace le devolvió el gesto y se sintió un poco más relajada. Se le aceleró el corazón al darse cuenta de que él parecía incapaz de dejar de mirarla. Estaba más guapo que nunca y lo devoró con la mirada. Apenas coincidía con él, y cuando lo veía, pensaba con amargura en la relación que podrían haber tenido.

—¿Cómo estás? —le preguntó él.

Ella supo de inmediato que no estaba preguntándoselo por pura cortesía, sino que quería que le dijera la verdad.

—Muy sola.

Aunque él bajó la mirada, Grace alcanzó a ver su expresión de preocupación. Cuando no pudo seguir soportando aquel momento de silencio, comentó:

—Tengo un gato desde hace un mes —se lo dijo para que dejara de preocuparse por ella, y porque sabía que el tema le interesaría—. Lo vi en el puesto que la protectora monta en el mercado, era el único que quedaba. Le he llamado Sherlock, porque siempre está curioseando.

Cliff la miró sonriente y su preocupación pareció desvanecerse.

—¿Y cómo se lleva con Buttercup?

—A ella le encanta estar acompañada. Duermen juntos,

tengo fotos —agarró su bolso y sacó fotos tanto de sus mascotas como de sus nietos.

—Sherlock... el nombre le queda bien —comentó Cliff, mientras contemplaba la primera imagen.

—Sí, es verdad. Las otras son de Tyler y Katie, no vas a escaparte sin que te enseñe cómo están mis nietos.

—Qué casualidad, yo he traído una foto de April —le dijo él, mientras se metía la mano en el bolsillo.

Cuando la camarera se les acercó para preguntarles qué querían para beber, Cliff sugirió una botella de Chardonnay del estado de Washington, y Grace asintió.

Contempló durante unos segundos la foto que le había dado Cliff, en la que aparecían su hija, Lisa, y su nieta. Había conocido a Lisa en Acción de Gracias, ya que había pasado aquellas fiestas en Maryland, con Cliff y su familia. Lisa y él estaban muy unidos.

Cuando acabaron de mirar las fotos, le dijo:

—¿Y tú, Cliff? ¿Cómo estás?

—Ocupado —fue una respuesta frívola, que contrastó con la seriedad con la que ella le había respondido antes.

Grace bajó la mirada mientras intentaba mantener la compostura. Él estaba dejándole muy claro que no quería que ella tuviera acceso a su mundo. A pesar de lo sincero que se había mostrado antes, de aquella breve muestra de preocupación por ella, era obvio que aquella cena no iba a cambiar nada. Sus hijas y Olivia podrían haberse ahorrado el dinero.

Sintió que se le caía el alma a los pies.

En ese momento, la camarera llegó con el vino, abrió la botella y le sirvió un poco a Cliff para que lo probara. Cuando él dio su aprobación, les sirvió a los dos y se marchó.

—La semana que viene voy a Texas para comprar un caballo —le dijo él—. Al menos, eso espero. Hace algún tiempo que le tengo echado el ojo a un semental en particular.

Siguió hablando de las cualidades de aquel caballo, y aunque lo que ella sabía sobre la cría de caballos era bastante limitado, lo escuchó con atención. Cuando él acabó de hablar, le dijo:

—Espero que el viaje sea todo un éxito.

Los dos volvieron a quedarse callados; al parecer, aquella velada estaba destinada a avanzar lentamente de silencio en silencio.

—Ahora tengo a Cal, así que me siento tranquilo dejando el rancho en sus manos —le dijo él.

—¿Qué tal está?

Las conversaciones nunca habían sido así entre ellos, antes siempre tenían un millón de cosas que decirse. Habían hablado de sus respectivas vidas, pero ella le había ocultado el lío cibernético que había tenido con Will Jefferson. Se preguntó si Cliff llegaría a perdonarla algún día.

Al oír que él se echaba a reír, alzó la mirada y le preguntó:

—¿Qué pasa? —no pudo evitar sonreír, a pesar de que no tenía ni idea de lo que pasaba.

—Estaba acordándome de la subasta... ¿te acuerdas de que Corrie McAfee pujó por Cal para que tuviera una cita con su hija?

—Ah, sí, es verdad.

Le costaba un poco acordarse de quién se había quedado con quién, aunque se alegraba de lo que le había pasado al ex marido de Olivia. Había notado con satisfacción que Stan ya no iba a Cedar Cove tan a menudo.

—He leído en el periódico que, gracias a Charlotte y a Ben, el ayuntamiento ha llegado a un acuerdo con el Centro Médico y Dental de Puget Sound, para abrir una clínica aquí —comentó Cliff.

—Hablando de Ben... —Grace cerró la boca de inmediato.

—¿Qué?

Ella se sintió molesta consigo misma y negó con la cabeza antes de decir:

—Nada, es que... Olivia está preocupada por la relación que su madre tiene con él.

—¿Por qué?
—Porque nadie de aquí le conocía hasta que se mudó a la zona.
—A mí tampoco.
—Ya, pero tú no estás saliendo con la madre de una juez. Teniendo en cuenta a qué se dedica, es normal que Olivia sea bastante cauta, pero seguro que al final no descubren nada malo.
—¿Qué quieres decir? —le preguntó él, mientras agarraba su vaso de agua.
Grace sabía que ya había hablado más de la cuenta, así que se apresuró a decirle:
—Da igual, olvídalo.
—¿Estás diciendo que Olivia ha hecho que investiguen a Ben?
Ella se sintió fatal por haberse ido de la lengua, pero como no podía volver a mentirle, admitió:
—Sí. Por favor, no lo comentes con nadie.
—¿Crees que sería capaz de decirle algo así a Charlotte?
Se sintió incluso peor, porque sabía que Cliff mantenía una buena amistad con la madre de Olivia.
—No... por favor, Cliff... no tendría que haberte dicho nada.
—De acuerdo —le dijo él, tras una ligera vacilación.
—Tengo entendido que han contratado a Linnette McAfee para que se ocupe de la nueva clínica —le dijo ella, para intentar cambiar de tema.
—Sí, eso creo.
—Linnette va a venirse a vivir a la ciudad... puede que Cal y ella lleguen a conocerse mejor, seguro que con una única cita no tienen demasiado tiempo para hablar.
—Cal es un buen hombre, seguro que le sienta bien salir más.
—La verdad es que me cae bien —comentó, a pesar de que sólo había mantenido un par de conversaciones con él.
La timidez y el tartamudeo de Cal dificultaban la comu-

nicación y, en las contadas ocasiones en que habían hablado, ella había tenido ganas de acabar las frases por él para que no se sintiera incómodo; sin embargo, y para ser sincera, debía admitir que el impulso de ayudarle se debía en gran parte a la incomodidad que ella misma había sentido al verle tartamudear.

—Tú también le caes bien a él.

Grace se sintió mejor de inmediato.

En ese momento, la camarera se acercó con el primer plato... sopa de gambas para ella, y ensalada César para él.

—¿Cómo están Maryellen y Jon? —le preguntó Cliff, después de tomar un trago de vino.

—Felices y enamorados —en cuanto las palabras salieron de su boca, deseó haberse mordido la lengua. Le resultaba doloroso hablar de amor, porque en otras circunstancias Cliff y ella podrían haber sido tan dichosos como Maryellen y Jon—. Quieren tener otro hijo.

—¿Y Kelly y Paul?

—Ella sigue sin quedarse embarazada, y está empezando a preocuparse.

—Seguro que al final lo consigue.

Grace asintió y volvieron a quedarse callados.

La camarera fue a retirarles los platos sucios y después les sirvió el segundo plato y les llenó las copas. Grace había pedido lenguado con salsa de gambas, y Cliff costillas. Los dos se dedicaron a comer y a hacer algún que otro comentario sobre lo buena que estaba la comida.

Para cuando acabaron, ella ya se había resignado al hecho de que no iba a conseguir que él la perdonara, así que dejó de intentarlo. Le pareció una pérdida de tiempo charlar sobre naderías relacionadas con la ciudad, la biblioteca, o el rancho, así que no les quedaba gran cosa por decirse.

Mientras regresaba a casa después de la cena, se sintió incluso más sola y deprimida. Estaba luchando por contener las lágrimas y la culpabilidad que sentía, y le resultaba muy duro tener que admitir que había vuelto a fracasar. Sus hijas y Olivia habían pagado en la subasta con la esperanza de que Cliff cambiara de opinión, pero él se había mantenido inflexible.

El teléfono empezó a sonar a las ocho de la mañana del sábado, mientras estaba dándoles de comer a los animales. Descolgó de inmediato, y sostuvo el auricular contra la oreja mientras seguía llenando los comederos.

—¿Qué tal te fue? —le preguntó Olivia.

Grace contuvo a duras penas las ganas de echarse a llorar, y le contestó:

—Disfrutamos de una buena cena, pero ya está.

—Yo no estaría tan segura de eso.

—Olivia, las cosas quedaron muy claras. Me sentí como si estuviera cenando con una estatua —se cambió de oreja el auricular, y añadió—: Sólo alcancé a ver al Cliff de siempre cuando me enseñó una foto de su hija y su nieta.

—Dale tiempo.

—No —a ella misma le sorprendió la fuerza de la convicción que sentía—. Me niego a suplicar. Cometí un error, y lo siento. Si Cliff Harding no puede perdonarme, es problema suyo, no mío.

Olivia permaneció en silencio durante un largo momento y al final le dijo:

—Grace, pareces otra.

—¿Por qué?

—Porque pareces muy... segura, desde un punto de vista emocional.

—Gracias.

—Es la verdad.

Era obvio que Cliff había decidido seguir adelante con su vida sin ella, así que iba a dejarle en paz y a seguir adelante con la suya.

Se sintió revitalizada tras tomar su decisión y salió a regar el jardín. Al ver que la furgoneta de una floristería se detenía delante de la casa a eso del mediodía, se quitó los guantes y se acercó al vehículo mientras se preguntaba si se habrían equivocado de dirección.

—¿Grace Sherman? —le preguntó el repartidor, que llevaba en la mano un precioso ramo de rosas, claveles y lirios en tonos pastel.

—Sí, soy yo —el joven le resultó familiar, pero no alcanzó a ubicarle.

—Tenga, es para usted —le dio el ramo y regresó a la furgoneta.

Grace entró en la casa y los ojos se le llenaron de lágrimas cuando leyó la tarjeta: *Uno nunca sabe lo que le depara la vida, ¿verdad? Gracias por la cena. Cliff.*

No supo cómo interpretarlo, pero tuvo la impresión de que aquel mensaje era una buena señal.

CAPÍTULO 31

Ben iba empujando el carro de la compra mientras Charlotte examinaba los apios. Quería comprar unos cuantos y sabía que en la tienda solían poner los más frescos detrás.

—¿Quieres plátanos? —le preguntó él.

—Sí, por favor —Charlotte consideraba que era una fruta ideal para la gente de su edad.

Ben puso unos cuantos en el carro. La ayudaba tanto... a Clyde, su difunto marido, no le gustaba ir de compras, pero Ben se mostraba mucho más paciente a la hora de hacer recados. Daba la impresión de que le gustaba pasar tiempo con ella. Cuando tenía hora en la peluquería, él la llevaba en coche y luego se quedaba esperándola allí mismo, o dando un paseo por el centro comercial. Después de pasar tantos años sola, ya no estaba acostumbrada a aquellas muestras tan abiertas de afecto, a aquellos gestos románticos. Cuando estaba con él, se sentía... querida; de hecho, le había costado un poco acostumbrarse a todo aquello.

Mientras él charlaba con el frutero, avanzó un poco con el carro, pero se detuvo al oír que alguien la llamaba.

—¡Charlotte!

Al girarse y ver que su yerno se acercaba a ella muy sonriente, le dijo:

—No me digas que Olivia te ha mandado a comprar.

Jack soltó una carcajada, y comentó:

—No, he venido a por un par de cosas que ella no quiere comprar. En una casa tiene que haber patatas fritas y galletas saladas. Olivia me dijo que, si quería comer carbohidratos y grasas, tendría que comprármelos yo, así que aquí estoy —miró por encima del hombro, como si esperara que su mujer apareciera de un momento a otro para regañarle, y añadió—: ¿Sabes dónde están las palomitas para el microondas?

—Pasillo cinco. A mí me gustan las que llevan más mantequilla.

—Y a mí. No sé qué es lo que le pasa a Olivia últimamente.

—¿A qué te refieres?

—Está obsesionada con lo de comer sano. Vale, admito que me iría bien perder unos cuantos kilos, pero ya estaba así cuando me casé con ella, y no parecía importarle.

Charlotte sabía que su hija y su yerno habían tenido problemas por el tema de la comida, pero como Olivia llevaba semanas sin quejarse, había dado por supuesto que la situación había mejorado.

—Y también está lo de Ben, es ridículo —añadió Jack, ceñudo.

Ella se quedó mirándolo desconcertada y le preguntó:

—¿Qué pasa con Ben?

Jack parecía un hombre que acabara de meterse en un pantano infestado de cocodrilos.

—Eh... me he ido de la lengua, olvídalo.

—De eso ni hablar —Charlotte metió una rama de apio en el carro con brusquedad y dijo con firmeza—: Será mejor que me lo cuentes todo ahora mismo.

—Pues... eh... —Jack soltó un suspiro de resignación—. Olivia le ha pedido a Roy que investigue el pasado de Ben.

—¿Qué? —se sintió cada vez más indignada.

—¿Charlotte? —Ben se acercó a ellos y miró a Jack—. ¿Pasa algo?

—No, nada —le dijo ella, mientras lo miraba con una sonrisa. Ben siempre se había comportado como un verdadero caballero con ella.

Olivia había actuado a sus espaldas, y había hecho que investigaran al hombre al que amaba... era obvio que su hija no tenía ninguna fe en ella, que la creía carente de inteligencia y discernimiento. Cualquiera que conociera un poco a Ben se daría cuenta de que era el hombre más amable, dulce y maravilloso del mundo. Olivia había hablado con él en multitud de ocasiones, ¿cómo había sido capaz de hacer algo así? ¿Por qué?

La indignación se volvió dolor y los ojos se le inundaron de lágrimas.

—No... no puedo creer que Olivia haya hecho algo así —giró la cara, para intentar ocultar el daño que le había causado su hija.

Ben estuvo a su lado de inmediato. La rodeó con el brazo en un gesto protector y le preguntó:

—¿Qué pasa, Charlotte?

A pesar de que sabía que no debería decírselo, fue incapaz de contenerse.

—Olivia ha hecho que te investiguen, y no entiendo por qué. A Jack acaba de escapársele...

—Tranquila, te aseguro que no hay nada oscuro en mi pasado.

—Soy un bocazas. La culpa no ha sido sólo de Olivia —les dijo Jack.

—¿Qué quieres decir? —le preguntó Charlotte con rigidez.

—A lo mejor tendría que pagar las patatas fritas y largarme —era obvio que Jack se sentía muy incómodo.

—¡Y un cuerno!

Ben se quedó mirándola boquiabierto, porque Charlotte no solía usar aquel tipo de lenguaje; de hecho, ella misma estaba sorprendida por lo que acababa de decir, pero había veces en la vida en las que hacía falta un buen taco.

Jack se movió con nerviosismo y comentó:

—Olivia va a matarme.
—¿Por qué?, tiene más culpa que tú.
—No la conoces como yo, Charlotte.
—Es mi hija. Tranquilo, no voy a repudiarla por lo que ha hecho —aún le costaba creer que Olivia hubiera sido capaz de hacer algo así—. ¿Quién la convenció de que lo hiciera? —fulminó con la mirada a su yerno y le preguntó—: ¿Fuiste tú, Jack?

Él negó con la cabeza y alzó una mano en un gesto pacificador antes de decir:

—No, fue Will.

Aquello era incluso peor de lo que Charlotte había imaginado.

—No lo dirás en serio, ¿verdad? —se enfureció aún más al ver que Jack le lanzaba a Ben una mirada de disculpa, y masculló—: ¿Cómo se atreve?

—Charlotte, vamos a hablarlo con calma... —le dijo Ben.

Ella no estaba de humor para que la calmaran.

—Dile a mi hija que estoy enamorada de Ben Rhodes, y que pienso casarme con él.

Jack asintió con la cabeza gacha, como un niñito arrepentido.

—No, espera, será mejor que se lo diga yo misma.

—Cuando lo hagas, te agradecería que me avisaras con unos minutos de antelación —le dijo él.

Ben soltó una carcajada, pero a Charlotte no le hacía ninguna gracia la situación.

—En ese caso, considérate avisado.

Era obvio que Jack se sentía fatal, pero ella no le culpaba por lo que había hecho Olivia. No, tenía muy claro quién tenía la culpa de aquel... aquel insulto.

A pesar de las protestas de Ben, lo dejó en la tienda y fue hecha una furia al juzgado, que estaba a tres manzanas de allí. La mayor parte del camino era cuesta arriba, pero la indignación la espoleaba y lo recorrió sin detenerse; sin embargo, cuando llegó estaba sin aliento, así que se apoyó en una de las columnas del juzgado y se llevó la mano al pecho mientras respiraba hondo.

Su expresión debía de reflejar lo que sentía, porque nadie la detuvo ni intentó hablar con ella. Después de pasar el control de seguridad, avanzó con paso firme por el vestíbulo, que estaba lleno de gente. Abrió con decisión la puerta de la sala de Olivia y... se detuvo en seco al ver que allí no había nadie. En el fondo se alegró, porque era mejor que tuvieran aquella confrontación en privado. Fue al despacho de su hija y, al ver que la puerta estaba cerrada, llamó una vez y entró sin esperar a que le dieran permiso.

Olivia estaba sentada tras su mesa. Alzó la mirada al oírla entrar y la miró sorprendida.

—¿Qué haces aquí, mamá?

—¡Olivia Lockhart Griffin! ¿Cómo te atreves?, ¿cómo has podido...? —los ojos se le llenaron de lágrimas otra vez.

Cuando su hija dejó a un lado el bolígrafo y le indicó que se sentara, Charlotte vaciló por un segundo y acabó obedeciendo. Se sacó el pañuelo de encaje que solía llevar en la manga de la blusa y se secó las lágrimas antes de decir:

—Es una vergüenza que mis propios hijos hayan hecho algo tan rastrero y mezquino. ¿Cómo habéis podido hacernos algo así a Ben y a mí?, ¿qué os ha hecho él?

Olivia soltó un profundo suspiro y comentó:

—Ya veo que estás molesta, mamá.

—¿*Molesta*?, ¡estoy más que molesta!

—No te culpo. Lo siento, pero Will y yo pensamos que hoy en día hay que andarse con cuidado.

—¿Acaso crees que no puedo juzgar el carácter de un hombre? Ben es un hombre bueno, amable y... y honorable.

—Yo también quería creerlo, pero no tiene familia en la zona.

—¿Y qué?

—¿Por qué vino a Cedar Cove? —Olivia cerró los ojos, como si estuviera avergonzada de sí misma, y añadió—: Will pensó que había que verificar lo que Ben te había contado, y yo estuve de acuerdo con él.

—¿Qué queríais verificar?

—Pues... que es quien dice ser, por ejemplo.

—¡Claro que lo es!

—Sí, ahora lo sé, pero hasta que le pedí a Roy que comprobara su pasado, no teníamos ninguna prueba que confirmara que es un almirante retirado. Parecía... demasiado bueno para ser verdad.

Charlotte siguió secándose los ojos y sorbiéndose la nariz, mientras la furia daba paso a las lágrimas.

—Estoy tan avergonzada... amo a Ben.

—Mamá...

—¡Ni mamá, ni nada! Tengo edad suficiente para saber lo que siento, y no pienso permitir que me sermonees —se agarró al borde de la mesa para tener un apoyo, y se puso de pie—. Deja tus discursitos condescendientes para la sala del juzgado —después de lanzar su propio insulto, que era nimio en comparación con el de su hija, fue hacia la puerta.

—Por favor, mamá...

Charlotte se detuvo ante la puerta cerrada y permaneció de espaldas a su hija.

—Lo siento —susurró Olivia—. Tienes razón, no tendría que haberlo hecho.

—¿No crees que es un poco tarde para arrepentimientos?

—Sí. Ya sé lo que sientes por Ben, mamá.

—Lo dudo —se volvió hacia ella y la miró impasible—. Sus hijos no han hecho que alguien me investigue.

Olivia dejó pasar ese comentario y le dijo:

—Ben te hace compañía, es tu amigo y...

Charlotte no sabía por qué se molestaba en intentar hablar con ella, estaba atónita ante la falta de sensibilidad de su propia hija.

—Me cuesta creer que alguien que se ha casado hace poco diga algo así. Mírame, Olivia, y escúchame bien. Estoy enamorada. Por primera vez desde la muerte de tu padre, vuelvo a sentirme viva. Me levanto feliz cada mañana, porque sé que voy a ver a Ben.

Olivia cerró los ojos de nuevo, como si estuviera intentando asimilar todo aquello, y al final dijo:

—Te entiendo, mamá. Yo siento lo mismo por Jack —abrió los ojos y la miró con una expresión sincera.

—¿Cómo te sentirías si hubiera hecho que le investigaran?

Olivia se inclinó hacia delante y apoyó las manos en la mesa.

—Me habría dado igual. Le amo y no tiene nada que ocultarme.

—¿Y crees que Ben sí que lo tiene?

—Ésa es la cuestión, no estaba segura.

—¿Y ahora sí?

—Sí. Roy me envió un informe por correo la semana pasada, y le envié una copia a Will. Añadí una nota en la que le decía que podemos estar tranquilos, que Ben Rhodes no ha mentido al hablar de su pasado.

Al oír que llamaban a la puerta, Olivia miró ceñuda su reloj de pulsera y dijo:

—Adelante.

Charlotte se quedó atónita cuando Ben abrió la puerta y entró en el despacho. Las dos se quedaron mirándolo en silencio, sin saber cómo reaccionar. Se sentía mortificada y quería pedirle perdón en nombre de sus hijos, pero se había quedado sin palabras al verlo.

Fue Olivia la que se recuperó primero y dijo:

—Pasa, Ben. Me parece que ha habido un pequeño malentendido.

—¡No ha sido ningún malentendido! —exclamó Charlotte.

Olivia le pidió con la mirada que se callara y se volvió de nuevo hacia Ben.

—Sentaos, por favor.

—Lo siento, pero tenemos que irnos —le dijo Charlotte con firmeza, mientras tomaba a Ben del brazo.

—Me parece que sería mejor que aclaráramos la situación, Charlotte —le dijo él.

—Tiene razón, mamá —Olivia miró a Ben y le dijo—: Perdona si te he ofendido.

—¿Si le has ofendido? —Charlotte la miró con indignación. Siempre se había sentido muy orgullosa de ella, del hecho de que fuera juez, pero por primera vez en muchos años tenía ganas de mandarla a su habitación castigada sin cenar.

—Amo a tu madre, Olivia —le dijo él con firmeza—. Sé que tú también la quieres mucho, así que tenemos más en común de lo que crees.

—Está claro que os hacéis mucha compañía —le dijo ella, con una sonrisa vacilante.

—¿Es que estás sorda? Ben y yo estamos enamorados.

Su hija se quedó mirándola en silencio, como si no supiera cómo reaccionar.

—Me parece que tu madre está intentando decirte que le he pedido que se case conmigo, y que ella ha dicho que sí.

Olivia se volvió hacia él y le preguntó:

—¿Estás pidiéndome permiso para casarte con mi madre?

—No —Charlotte miró a Ben y dijo—: Vamos a casarnos, con tu aprobación o sin ella.

—Ya veo —Olivia se hundió aún más en su elegante silla de cuero, y pareció quedarse sin palabras.

CAPÍTULO 32

Al oír la alarma, Cecilia abrió un ojo y le echó una mirada al despertador digital que tenía encima de la mesita. Gimió para sus adentros al ver que eran las seis de la mañana... hora de levantarse. Se sentía como si acabara de meterse en la cama.

Cuando estaba embarazada de Allison le había pasado lo mismo, se sentía capaz de dormir días enteros. Lo peor de todo era que Ian tenía el turno de tarde, así que era la única que tenía que levantarse temprano.

Sintió náuseas en cuanto levantó la cabeza de la almohada. Volvió a bajarla con un gemido, y cerró los ojos mientras rezaba para que el malestar pasara cuanto antes; de repente, se cubrió la boca con la mano y se levantó de la cama de golpe. Echó a correr hacia el cuarto de baño y llegó justo a tiempo de vaciar el estómago en el retrete. Cerró los ojos de nuevo mientras seguía teniendo arcadas y se preguntó si lo peor habría pasado ya.

Alargó la mano a ciegas, para intentar agarrar una toalla.

—Espera, yo te la doy —Ian humedeció la toalla, la escurrió y se la dio de inmediato.

Después de pasársela por la cara, Cecilia se incorporó y se esforzó por esbozar una sonrisa.

—Buenos días —le dijo él con voz suave.

—Hola —le dijo, mientras se limpiaba la boca.
—¿Con Allison también te ponías así de mal?
Cecilia asintió. Era la primera vez que Ian le preguntaba algo al respecto. Durante los primeros meses del embarazo no estaban casados, y ella jamás le había contado que había sufrido náuseas matutinas. Para cuando se habían casado, ya no las tenía.
—¿Las náuseas eran tan frecuentes?
—Sí, las tuve cada día hasta el tercer mes.
Ian se sentó en el borde de la bañera.
—¿Hay algo que pueda hacer? —daba la impresión de que se sentía culpable al verla así.
Ella se sentó a su lado y susurró:
—Sí, puedes amarme.
Su relación había sido muy tensa desde que él se había enterado de lo del embarazo... bueno, lo cierto era que los problemas habían empezado cuando ella le había dicho que quería tener otro hijo. Él estaba intentando aceptar al nuevo bebé, pero la trataba con cautela, como si tuviera miedo de tocarla.
—Sabes que te amo, Cecilia.
Cuando se giró hacia el otro lado, él la rodeó con los brazos y apoyó la frente en su espalda antes de decir:
—No me lo habías dicho.
—¿El qué?, ¿que tenía náuseas cuando estaba embarazada de Allison? —le tomó la mano, y lo instó a que la colocara encima de su vientre—. ¿Habría cambiado algo si lo hubieras sabido?
—Te oigo cada mañana. Vienes corriendo al cuarto de baño y empiezas a vomitar.
—El médico me ha dicho que me iría bien comerme una galletita salada al despertar.
Él la besó en el cuello y susurró:
—¿Y por qué no lo haces?
—Porque no me da tiempo. En cuanto abro los ojos, tengo que echar a correr.

—¿No te pueden recetar algo?
—No quiero tomar nada.

Durante el embarazo de Allison se había tomado las pastillas que le habían recetado, y a pesar de que el médico le había asegurado que no habían tenido nada que ver con el problema cardíaco de la niña, ella no lo tenía tan claro; en cualquier caso, no estaba dispuesta a correr ningún riesgo durante aquel segundo embarazo.

Ian suspiró como si estuviera dispuesto a dar lo que fuera con tal de que ella no estuviera embarazada, y aunque aquella reacción la desgarró por dentro, se negó a mostrar el dolor que sentía. Sabía que su marido querría al nuevo bebé tanto como quería a Allison, que no podría evitarlo. Hasta entonces, ella tenía que tener paciencia.

—Quédate en casa hoy —le dijo él.

—No quiero malgastar un día de baja —quizá lo necesitara en los meses que tenía por delante; además, no tenía sentido hacerlo, porque sólo faltaban unas horas para que Ian tuviera que irse a trabajar.

—Pues tómate un día de vacaciones.

—¿Por qué? —le preguntó, antes de volverse hacia él.

—Porque no soporto la idea de que vayas a trabajar si te encuentras mal.

Cecilia decidió no decirle que casi cada mañana tenía que pararse en el arcén para vomitar.

—Voy así al trabajo casi cada día. No puedo dejar en la estacada al señor Cox, y además, Allison va a pasarse por el despacho esta tarde —al ver que él se tensaba, añadió—: Es la hija del señor Cox.

—Ya lo sé.

—Es una buena chica, y los estudios le van muy bien desde que sus padres volvieron a casarse.

Ian exhaló con fuerza y comentó:

—No sé si los Cox sabían el infierno por el que tendrían que pasar por culpa de su hija, cuando decidieron tener un bebé.

Cecilia se echó a reír y empezó a acariciarle el pelo.

—Los niños no vienen con ninguna garantía, crecen y se convierten en adolescentes. Cuando llegue el momento, no tendremos más remedio que lidiar con la situación —lo besó en los labios y añadió—: Lo siento, cariño, pero tengo que arreglarme para ir a trabajar.

Él refunfuñó un poco más, y al final volvió a la cama mientras ella se vestía.

Después de maquillarse, Cecilia se preparó la comida a pesar de que sólo con verla le daban náuseas. Sabía que, para cuando llegara el mediodía, se sentiría bien y tendría hambre.

Cuando salió de casa, Ian se había quedado dormido de nuevo. Se comió unas cuantas galletas mientras conducía hacia el despacho y se sintió aliviada al ver que no tenía que hacer ninguna parada de emergencia; al parecer, iba progresando.

El médico le había dicho que salía de cuentas en la primera semana de mayo... el cinco, más o menos. Allison había nacido en junio. Se había puesto de parto en una preciosa tarde de verano, pero la perfección del día no había sido el augurio de un acontecimiento feliz. Se había sentido aterrada al estar sola, y aún más después de que la niña naciera.

Se obligó a dejar de pensar en su primer embarazo. Se dijo que en esa ocasión todo iba a ser diferente, que Ian iba a estar junto a ella, y que su hijo iba a nacer sano.

Cuando llegó a la gestoría, el señor Cox ya estaba allí. Después de charlar con él durante algunos minutos, fue a su mesa y se puso a trabajar. Las náuseas solían empezar a remitir a eso de las nueve. La primera hora de la mañana siempre era la peor, y por alguna extraña razón, también solía sentirse mal cuando llegaba a casa; por regla general, el malestar de la tarde era incluso peor que el de la mañana.

Lou, la recepcionista, entró en su despacho al mediodía y le dijo:

—Tienes visita.
—¿En serio?, ¿quién es? —le preguntó, sorprendida.
—¿Por qué no sales y lo ves por ti misma? —le dijo Lou, con una sonrisa de oreja a oreja.

Cecilia salió del despacho y se quedó atónita al ver a Ian con un pequeño ramo de flores.

—¡Ian!, ¿qué haces aquí?
—He pensado que podríamos salir a comer juntos, ¿te va bien?
—Claro que sí. ¿No tienes que ir a trabajar esta tarde?
—Sí, pero me da tiempo a llevar a comer a mi mujer.

Estaba tan feliz de verlo, que le dio igual la comida que se había llevado de casa.

Después de comprar bocadillos y bebidas en el Pot Belli Deli, fueron al parque del paseo marítimo y se sentaron en una mesa bastante apartada de las demás.

—Te he traído algo —le dijo él. Se metió la mano en el bolsillo y sacó una cadena con una cruz de oro—. Quiero que la lleves puesta, Cecilia.

—Es preciosa, gracias —cuando él se la puso, le dijo en tono de broma—: No se me ha olvidado nuestro aniversario, ¿verdad?

—No.
—Entonces, ¿me la has regalado por alguna razón en especial?

Él se encogió de hombros e intentó disimular una sonrisa, pero no lo consiguió. Se sentó en el banco y desenvolvió su bocadillo vegetariano antes de decir:

—Vas a tener a mi hijo, ¿no te parece razón suficiente?

Cecilia sintió que los ojos se le inundaban de lágrimas. Tenía las hormonas descontroladas por culpa del embarazo, y perdía el control por cualquier tontería... aunque el regalo de Ian, el hecho de que él pareciera haber aceptado su nuevo embarazo, era el momento más importante y emotivo que habían compartido en meses. Se abanicó con la mano y parpadeó con rapidez.

—¿Estás llorando?, creía que te pondrías contenta.
—Estoy contentísima.
—Entonces, ¿por qué lloras?
De repente, se puso a reír como una histérica, sin dejar de llorar.
—Pues porque voy a tener un bebé, tonto.
—Ah —no dijo nada más y se limitó a darle un mordisco al bocadillo.
—Y amo a mi marido.
—Y él te ama a ti... y a su bebé —le dijo él, sonriente. Al ver que lloraba con más fuerza, le suplicó—: Por favor, cariño, no llores.
—Es que tenía tanto miedo de que no... de que no nos quisieras —le dijo, sollozante, mientras se aferraba a la pequeña cruz—. Todo va a salir bien esta vez, Ian.
Él dejó de sonreír y le dijo:
—Estoy intentando convencerme de eso.
—Ya lo sé. Haré todo lo que pueda... tengo el presentimiento de que todo va a salir bien, pero no hay garantías —se lo dijo con sinceridad, porque era algo que tenía muy claro.

CAPÍTULO 33

Bob Beldon le echó un vistazo al menú del restaurante de la bolera, aunque no hacía falta. Tenía muy claro lo que quería: dos huevos fritos, beicon y dos tostadas con mermelada de fresa. Por dos con cincuenta, era el mejor menú de la ciudad.

La camarera se le acercó y le llenó la taza de café sin preguntar siquiera antes de decir:

—¿Esperas a alguien?

Justo cuando él asentía, Roy McAfee entró en el restaurante.

—Justo a tiempo —comentó, mientras Roy se sentaba.

—¿Has pedido ya?

—No, aún no.

La camarera regresó con la libreta en la mano y, después de llenar la taza de Roy, les preguntó qué querían. Después de que Bob pidiera lo que tenía pensado y Roy unas crepes, la mujer se fue y le pasó el pedido al cocinero.

—¿Qué pasa? —dijo Roy. Bob le había llamado la tarde anterior, para concertar aquella cita.

—Peggy me contó algo bastante interesante el otro día. He hablado con Troy Davis, pero también quiero saber tu opinión.

—¿De qué se trata?

—Peggy y Hannah tuvieron una pequeña charla íntima.
—¿Has descubierto algo interesante?
—Sí —Bob añadió leche y azúcar al café y empezó a removerlo—. A Hannah se le escapó que su padre usaba a veces nombres falsos. Peggy le pidió más información, pero parece ser que Max acumuló un montón de nombres y de identidades a lo largo de los años.
—¿Y a Hannah no se le había ocurrido mencionarlo antes?
—No. Se dejó la leche fuera de la nevera, y me enfadé un poco porque se había echado a perder. Cuando me fui a jugar a golf, salió de su habitación y fue a hablar con Peggy; a juzgar por lo que dijo, la vida con su padre no fue nada fácil, ni para su madre ni para ella.
—Hasta ahora no había dicho nada negativo sobre él, ¿verdad?
Bob pensó en ello durante unos segundos y al final se encogió de hombros y dijo:
—Que yo recuerde, no. Me parece que esa muchacha ha estado viviendo en un mundo de fantasía. Al principio, hablaba como si los tres hubieran tenido una vida idílica, pero parece ser que las cosas no eran tan maravillosas como ella las pintaba.
—Supongo que tiene sentido —comentó Roy, mientras agarraba su taza con ambas manos—. Perdió a sus padres en un periodo muy corto de tiempo, y en circunstancias trágicas, la gente tiende a recordar los buenos tiempos.
Bob supuso que su amigo tenía razón y le preguntó:
—¿Troy no le había preguntado si su padre usaba nombres ficticios?
—Seguro que sí. ¿Le explicó a Peggy por qué había mentido?
—Cuando mi mujer se lo preguntó, ella le dijo que tenía miedo de que surgieran problemas; a juzgar por lo que dijo... y por lo que se calló... Max solía meterse en problemas fuera adonde fuese.

Roy frunció el ceño y bebió un poco de café antes de decir:

—¿Mencionó alguno de los nombres que había usado su padre?, ¿dijo dónde conseguía los carnés falsos?

—No, pero si Peggy se lo pregunta, seguro que se lo dice —sabía que Hannah no confiaba en él lo suficiente como para darle aquella información, pero tenía una relación muy estrecha con su mujer.

—Dile a Peggy que se lo pregunte, y yo intentaré averiguar todo lo que pueda. A lo mejor encontramos alguna pista útil.

Bob asintió. Roy se había ofrecido a hacer justo lo que él quería pedirle.

—¿Sabe Hannah algo sobre el carné falso que llevaba su padre cuando murió?

—Según ella, no.

—¿Y la crees?

Bob se había planteado esa misma pregunta, y la respuesta era que no estaba seguro. Aquella chica no le caía especialmente bien, pero no habría sabido decir por qué, ya que no tenía ninguna razón real para desconfiar de ella. Peggy le había tomado aprecio enseguida y lo cierto era que la joven necesitaba aquel afecto, pero su nerviosismo y su comportamiento asustadizo lo incomodaban. Ella se encogía de inmediato si él alzaba un poco la voz, como si pensara que iba a atacarla... aunque lo que le había contado a Peggy explicaba muchas cosas.

—¿Ha vuelto a seguirte alguien? —le preguntó Roy, justo cuando la camarera llegó con el desayuno.

—No, al menos que yo sepa. Desde aquella noche no he vuelto a ver nada sospechoso. Me he planteado si fueron imaginaciones mías, pero estoy seguro de lo que vi. A lo mejor no tiene nada que ver con lo de Max, puede que fuera algún chalado.

—Pareces decepcionado —comentó Roy, mientras echaba sirope encima de las crepes.

—Lo estoy. Es una ridiculez que Peggy y yo tengamos que vivir así. Quiero que todo esto se resuelva, sea como sea, y ya es hora de que volvamos a aceptar huéspedes. Esta situación ya nos ha costado miles de dólares —tomó un trago de café, y añadió—: Si alguien fuera a por mí, ya me habría hecho algo, ¿no?

—Puede que tengas razón. Si alguien quisiera atacarte, lo más probable es que ya lo hubiera hecho.

Bob asintió mientras mordía una tostada.

—Pero, pensándolo bien...

—Roy, no me vengas con tonterías.

—¿Quieres un consejo? Voy a dártelo, y como es gratis, deberías apreciar mi generosidad.

—Vale, de acuerdo —Bob mojó la esquina del pan en el huevo frito y añadió—: Comparte conmigo tu sabiduría.

Roy sonrió y le dijo:

—Sería buena idea que sólo aceptaras reservas de gente que haya estado antes en la pensión, gente a la que conozcas.

—En otras palabras... quieres que no deje entrar en casa a desconocidos que se presenten de improviso en medio de una noche de tormenta.

—Exacto —le dijo Roy, con una carcajada.

Bob terminó de comer y agarró su taza de café.

—Me gustaría comentarte una teoría que se me ha ocurrido.

Roy se reclinó en la silla con actitud relajada y le dijo:

—Dispara.

—Sabes lo que pasó en Vietnam, ¿verdad? —cuando Roy asintió, añadió—: Ya sabes que no lo pasé nada bien después de la guerra, que hice todo lo que pude por enterrar los recuerdos. Intenté hundirme en el olvido, pero aquello fue malo para todos, sobre todo para Peggy y los niños —se detuvo por un segundo antes de seguir—. Dan Sherman parecía haberse adaptado a la vida de civil... al menos, eso era lo que yo creía. No le vi en décadas, y cuando me vine a vivir a Cedar Cove, procuramos evitarnos el uno al otro. Así que no sabía que él también luchaba con sus propios demonios —permaneció en silencio durante un largo momento, como si estuviera aclarándose las ideas—. A juzgar por lo que Hannah le dijo a Peggy, Max tampoco lo tuvo fácil después de la guerra.

—¿Tenía problemas con el alcohol?

—Hasta cierto punto, pero me parece que además era obsesivo-compulsivo.

—¿Te acuerdas de lo bien puesto que lo tenía todo en la maleta?

Bob asintió. Era un detalle que le había llamado la atención a todo el mundo.

—¿Qué es lo que se te ha ocurrido? —le preguntó Roy.

—Cuando volví de Vietnam, me di cuenta de que algún día, de alguna forma, tendría que pagar por lo que había pasado en aquel pueblo. Si algo he aprendido sobre la vida en estos cincuenta y pico años, es que las cosas tienen cierta simetría —bajó la voz al añadir—: Acabé con la vida de otras personas, y parece que ahora alguien quiere acabar con la mía.

Bob se sintió mejor después de sacar a la luz aquellas palabras. Había estado pensando en aquello desde la muerte de Max, pero no había tenido el valor de verbalizarlo.

—Sigue —le dijo Roy.

—Creo que Dan también se dio cuenta, y que prefirió acabar con su propia vida... elegir él mismo cuándo iba a morir.

—El...

—Escúchame, por favor. Me pregunto si es posible que un familiar de una de nuestras... víctimas haya decidido vengarse de los cuatro. A lo mejor se enfrentó a Dan, le obligó a tomar el asunto en sus propias manos. Además, ¿por qué vino Max a Cedar Cove? Me parece que el responsable busca venganza.

Roy sopesó aquella teoría y al final comentó:

—No sé... es posible, pero lo dudo.

—¿Por qué? Muchos vietnamitas han inmigrado a los Estados Unidos desde la guerra.

—Me parece un poco rebuscado creer que uno de ellos quiere vengarse de un grupo de soldados norteamericanos, después de todos estos años. ¿Por qué esperar hasta ahora?

—No lo sé —era posible que Roy tuviera razón y que aquella posibilidad fuera pura fantasía, algo que se había inventado debido a la desesperación que sentía.

Pero no se le ocurría ninguna otra cosa que tuviera sentido.

CAPÍTULO 34

El viernes por la tarde, mientras entraba en el aparcamiento, Rachel empezó a tararear una vieja canción de los Eagles para intentar no pensar en su patética vida amorosa. Su cita con Nate Olsen había sido sólo eso: una sola cita, y de las caras. Ya habían pasado dos semanas, y no había vuelto a saber nada de él. Era deprimente.

Quizá fuera lo mejor; al fin y al cabo, él le había dicho que tenía novia. Se habría resignado sin problemas, si él no lo hubiera estropeado todo al besarla. Nate besaba de maravilla... tendrían que arrestarlo por posesión de un arma letal: sus labios. El beso había sido tan espectacular, que la había dejado hecha polvo, porque su anhelo de tener una relación se había acrecentado.

Al menos no estaba tan desesperada como algunas de las mujeres que iban al salón de belleza. Aquella misma mañana, había tenido que escuchar todas las penas de una de sus clientas, una mujer trabajadora, casada y con hijos; al parecer, su marido bebía, estaba en el paro, se pasaba el día holgazaneando en casa, y encima tenía un lío con otra mujer. Lo más sorprendente de todo era que su clienta estaba enfadada con la amante, no con él. Estaba tan preocupada por los árboles, que no veía el bosque. Sí, era una frase muy manida, pero se adecuaba a aquella situación. Si su clienta pusiera a su marido de patitas en la calle, seguro que él no tardaría en encontrar a otra mujer que lo mantuviera. Era una historia muy habitual.

Estaba tan sumida en sus pensamientos, que tardó un segundo en darse cuenta de que alguien la llamaba.

—¡Rachel!

Se volvió de inmediato y vio que Bruce Peyton se acercaba a ella a toda prisa.

—Hola, Bruce —se tensó un poco. El domingo anterior, Jolene había estado en su casa. Había pasado a recogerla y la había llevado de regreso cuatro horas después, pero apenas había hablado con Bruce.

—Hola. Jolene se lo pasó muy bien el domingo —le dijo él, sonriente.

—Yo también —se habían dedicado a ir de compras, a comer pizza, a ver un poco la tele, a pintarse las uñas y a charlar.

—No deja de hablar del tema.

—La llamaré uno de estos días, le dije que prepararíamos juntas unas galletas de chocolate.

—Sí, me comentó algo al respecto. Espero que se traiga unas cuantas a casa.

—Por supuesto —Rachel se volvió ligeramente hacia su coche. Había tenido una semana muy larga y estaba deseando llegar a casa a pesar de que no tenía ningún plan.

—¿Haces algo esta noche?

—No. ¿Quieres traerme a Jolene?

—No, hoy va a pasar la noche en casa de una amiga suya. Van a hacer una fiesta de pijamas.

—¿Puede venir conmigo el domingo por la tarde?

—Sí, a ella le encantaría.

—Vale, pues hasta el domingo.

—Rachel... —vaciló por un momento. Parecía un poco incómodo—. Oye, ¿tienes planes para esta noche?

—¿Qué? —se quedó mirándolo desconcertada.

—¿Has quedado para cenar?, ¿estás ocupada?

—No.
—¿Te apetece salir a cenar conmigo?
—¿Tú y yo?, ¿como en una cita?
—Sí. No sería una cita de verdad, sólo una cena con un amigo... si te apetece. Si tienes planes, no pasa nada, pero había pensado que podríamos ir al Taco Shack —al verla vacilar, se puso un poco a la defensiva—. Ya tienes planes, ¿verdad?
—No, lo que pasa es que no sé si esto es una buena idea.
—¿Por qué?
—¿A qué viene tu invitación?, ¿por qué ahora?
Él la miró como si sus preguntas le hubieran tomado por sorpresa, y le dijo:
—Jolene está en casa de una amiga, y la verdad es que no me apetece estar solo.
Rachel sabía de primera mano que no era nada divertido comer a solas en un restaurante; además, no tenía nada planeado para aquella noche, aparte de ver la tele y cenar algún plato precocinado.
—Vale.
—Genial. ¿Vamos juntos, o nos vemos allí? —le dijo él, sonriente.
Rachel le lanzó una mirada a su coche y decidió que era mejor encontrarse con él en el restaurante. Si se tratara de cualquier otra persona, habría sugerido que antes tenía que pasar por casa para ducharse y cambiarse de ropa, pero daba la impresión de que Bruce tenía prisa. Eran casi las siete. Había tenido que hacer una permanente a última hora y había salido del salón de belleza más tarde de lo que esperaba.
Para cuando llegó al restaurante, Bruce ya estaba sentado en una de las mesas. No le hizo falta leer el menú, que estaba colgado en la pared, porque solía comprar allí comida para llevar al menos una vez a la semana.
—¿Qué te apetece? —le preguntó Bruce.
—El surtido de enchiladas... una de pollo y la otra de queso, con extra de salsa.

Bruce asintió y comentó con una sonrisa:

—A mí también me encantan las enchiladas, voy a pedir dos de ternera —se sacó la billetera del bolsillo y fue al mostrador.

Para ser un viernes por la tarde, no había demasiada gente haciendo cola, pero seguro que en diez o quince minutos habría que esperar para conseguir una mesa.

Después de pedir, Bruce regresó con los refrescos. Dejó la bandeja sobre la mesa y se sentó de nuevo en su silla.

De repente, Rachel se dio cuenta de que él había ido al centro comercial sólo para verla, porque le había visto entrar justo cuando ella salía. Lo cierto era que no alcanzaba a comprender por qué la había invitado a cenar después de tanto tiempo, después de las numerosas conversaciones que habían mantenido.

—Jolene me ha dicho que ya has tenido la cita con el soltero de la subasta —le dijo él, antes de tomar un trago de su refresco.

—Sí, es verdad.

—¿Qué tal fue?

—Bien, supongo.

—¿Vas a volver a verle?

Le pareció extraño que mostrara tanta curiosidad por Nate Olsen, pero se limitó a contestar:

—No creo.

—Pareces un poco decepcionada.

—Porque lo estoy. Nate me cayó bien. Es un poco más joven que yo, pero...

—¿Es más joven que tú?

Rachel se echó a reír, y le dijo:

—Acabas de recordarme a mi padre.

—Perdona —agachó un poco la cabeza y añadió—: Olvida que he sacado el tema.

Se quedó atónita al darse cuenta de que parecía celoso.

—Bruce... —cuando él la miró, le preguntó—: ¿A qué viene todo esto?

—¿Qué quieres decir?
—Lo sabes perfectamente bien. Vamos a dejarnos de jueguecitos, ¿vale? No has ido al centro comercial para comprar algo, sino para verme a mí, ¿verdad?
—¿Y eso tiene algo de malo?
Él volvía a estar a la defensiva, pero lo mismo podía decirse de ella.
—No, pero... ¿por qué has fingido que me has encontrado por casualidad? Sólo te pido que seas honesto.
—Estoy siéndolo —le dijo él, mientras alzaba ambas manos en un gesto pacificador.
—Quiero decir que lo seas contigo mismo.
La camarera, que a juzgar por su aspecto debía de ir aún al instituto, llegó en ese momento con las enchiladas. Rachel miró su plato, Bruce hizo lo mismo, y los intercambiaron con un movimiento perfectamente sincronizado.
—¿Qué te parece si comemos antes de continuar con las preguntas?
Ella lo miró sonriente y después de cortar un trozo de enchilada de queso, comentó:
—No estoy interrogándote.
—La verdad es que no sé por qué te he invitado a cenar, Rachel. Después de dejar a Jolene en casa de su mejor amiga, me he dado cuenta de que no tenía ganas de estar solo. Me apetecía comer unas enchiladas, pero no me hacía gracia la idea de estar solo en el restaurante.
—Yo suelo pedir la comida para llevar.
—Cuando he pensado en quién podría venir a cenar conmigo, has sido la primera persona que se me ha pasado por la cabeza, así que he decidido ir a ver si estabas libre.
Rachel no supo si sentirse halagada o no; en ese momento, estaba perpleja y le costaba aclararse las ideas.
—Le caes muy bien a Jolene —comentó él, al cabo de unos minutos.
A ella también le caía muy bien la pequeña, pero no te-

nía tan claro lo que sentía por Bruce. Decidió aclarar de una vez la situación, así que le preguntó sin tapujos:

—¿Te caigo bien, Bruce?

—Claro que sí. No me he parado a analizar las cosas. He pensado que a lo mejor estabas libre esta noche y me alegro de haber acertado.

—Yo también. Iba a pasarme la velada en casa, viendo *Policías de Nueva York*.

—¿No sueles salir de copas con tus amigos?

—No, hace mucho que aprendí que un bar no es un buen sitio para conocer hombres —al menos, hombres decentes. El problema radicaba en que no sabía dónde encontrar hombres casaderos. Internet no le inspiraba confianza, y no pertenecía a ningún club. Le gustaban las labores y la artesanía, pero los solteros no solían abundar en las ferias de costura.

—¿Has tenido muchas relaciones serias?

—Unas cuantas —había salido con un tipo cuando tenía unos veintipocos años, pero le había dejado de inmediato cuando se había enterado de que estaba casado. No quería meterse en líos. Desde entonces había sido muy cuidadosa, quizás incluso demasiado—. ¿Y tú?

—Stephanie ha sido la única mujer de mi vida —le dijo él, con la mirada fija en la mesa.

A juzgar por cómo había pronunciado el nombre de su difunta esposa, era posible que para él jamás hubiera nadie más.

—Me gustaría que le diéramos una oportunidad a esto, Rachel —le dijo de repente.

—¿A esto?

—Sí, a nosotros.

—¿Estás diciendo que quieres salir conmigo?

—¿Te parece tan sorprendente?

Rachel sintió que la garganta se le quedaba seca, y tuvo que tomar un trago de refresco antes de poder contestar.

—La verdad es que sí.

—¿Estarías dispuesta a quedar conmigo de vez en cuando?
—¿Para qué?
—Eres de esas personas que leen la última página de un libro antes de comprarlo, ¿verdad?
—Pues sí —admitió ella, con una carcajada.
—Lo suponía. No sé adónde nos llevará todo esto, pero estoy dispuesto a ir paso a paso. ¿Te parece bien?
—Sí, supongo que sí —tras pensar en ello durante unos segundos, le dijo—: Antes quiero que me digas una cosa.
—Vale.
—¿Me has invitado a cenar por lo de Nate Olsen?
Dio la impresión de que la pregunta le descolocó un poco, porque tardó unos segundos en contestar.
—Puede que sí —admitió al fin.
Al menos, estaba siendo sincero con ella.
—¿Volverías a salir con él si te lo pidiera?
En esa ocasión, fue ella la que tuvo que pensárselo.
—No lo hará, tiene novia —le dijo, mientras agarraba su bolso.
—No has contestado a la pregunta —comentó él, mientras sujetaba la puerta del restaurante para dejarla salir.
—Ya lo sé —le dijo, mientras iban hacia el aparcamiento.
—O no quieres contestar, o te da miedo hacerlo.
—Prefiero no hablar de Nate. La verdad es que habría sido una noche perfecta si no me hubiera besado.
—¿Qué?
—Da igual, es muy difícil de explicar.
—Entonces, supongo que no debo besarte, ¿no?
—Yo no diría tanto —le dijo ella, con una sonrisa pícara.
Él le devolvió el gesto, pero no la besó. Estaban en un aparcamiento muy bien iluminado, y ninguno de los dos se habría sentido cómodo yendo más allá de las cortesías de rigor.
—¿Aún quieres que Jolene venga a mi casa el domingo? —le preguntó ella.
—Claro que sí. ¿Nos veremos entonces?

Rachel asintió, y cuando él le abrió la puerta del coche, se metió dentro y le dijo:

—Gracias por la cena.

—Te llamaré mañana por la tarde.

—De acuerdo.

Mientras conducía de vuelta a casa, se sentía más que confusa. En cuanto llegó, se dio cuenta de que tenía un mensaje en el contestador automático, así que le dio al botón mientras empezaba a quitarse los zapatos.

Al oír la voz de Nate Olsen, se detuvo en seco. Tenía un pie en alto y el otro descalzo.

—Hola, Rachel... —vaciló por un momento antes de añadir—: No he podido dejar de pensar en la cita que tuvimos, y me preguntaba si a ti te pasa lo mismo. En fin, ya te llamaré otro día, ¿vale?

CAPÍTULO 35

El primer lunes de agosto, Grace Sherman abrió la biblioteca y colgó el anuncio de la película que iba a proyectarse el sábado por la tarde. La sesión gratuita de cine era una nueva iniciativa que se había puesto en marcha en junio, y había sido idea suya. Estaba encantada y sorprendida al ver lo bien que había respondido la gente. Creía que la biblioteca debía formar parte de la comunidad, que tenía que tener en cuenta las necesidades y los intereses de la gente, y atraer a personas de todas las edades. Siempre elegía películas que pudieran verse en familia, así que solía optar por algún clásico; en aquella ocasión, le tocaba el turno a *La reina de África*.

Los lunes siempre había bastante ajetreo, así que la mañana pasó de un plumazo. Se sorprendió al ver que Loretta Bailey, su asistente, regresaba ya a su mesa, porque tenía la impresión de que sólo habían pasado unos minutos desde que la había visto saliendo de la biblioteca para ir a comer.

Sacó el bolso del cajón inferior de la mesa y al incorporarse se encontró cara a cara con Lisa Shore, la hija de Cliff Harding. Logró recuperarse de la sorpresa rápidamente y le dijo:

—Hola, Lisa. Qué sorpresa tan agradable.

—Hola, Grace.

Era una joven encantadora que le recordaba a Cliff en un montón de pequeños detalles, aunque no se parecía a él en el físico.

—Menos mal que te encuentro, no estaba segura de si estarías aquí. Me gustaría hablar contigo.

—¿Qué haces en Washington? —era una pregunta bastante tonta, seguro que había ido a visitar a su padre. No sabía si la joven estaba al corriente de lo que había pasado entre Cliff y ella.

—Rich y yo hemos venido a ver a papá. ¿Puedes salir a comer?, no tardaríamos mucho...

Grace luchó por mantener la compostura, pero consiguió responder con calma.

—Claro que sí. Dime, ¿cómo está April?

—Cada vez más grande —era obvio lo orgullosa que Lisa estaba de su hija—. Papá y Rich se la han llevado a Seattle —apartó la mirada, y admitió con cierta culpabilidad—: Les he dicho que no me encontraba bien, así que no les ha importado que me quede en casa. La verdad es que quería venir a hablar contigo... sin que mi padre se enterara, claro.

Debía de haberle resultado muy difícil engañar a su padre, así que seguro que quería decirle algo importante.

Grace se echó el bolso al hombro, le dijo adiós a Loretta con la mano y salió de la biblioteca con la hija de Cliff. Cuando apenas habían puesto un pie en la calle, Lisa se volvió hacia ella y le dijo:

—Me gustaría saber qué es lo que ha pasado entre mi padre y tú.

Grace suspiró con resignación. No sabía si sentirse agradecida o no por el hecho de que Cliff no le hubiera contado a su hija lo que había ocurrido... aunque quizá sí que lo había hecho. Era obvio que Lisa estaba enterada de algo, o que lo intuía.

Después de comprar unos sándwiches de ensalada de cangrejo en el Pot Belly, fueron a sentarse en un banco del parque.

—Papá no me ha dicho ni una palabra —comentó Lisa, en cuanto desenvolvieron los sándwiches—. Lo único que sé es que ya no estáis saliendo juntos.

Grace fijó su atención en los barcos del puerto. Se sentía incapaz de mirar a Lisa a los ojos y contarle lo que había hecho.

—Todo fue culpa mía —admitió al fin, con voz temblorosa.

—Eso no es lo que me dijo mi padre —comentó Lisa, al cabo de unos segundos.

—Pues se equivoca. Le oculté la verdad... le mentí.

No pensaba minimizar el papel que había jugado en la separación. De no ser por la relación cibernética que había tenido con Will, estaba convencida de que en ese momento estaría comprometida o incluso casada con Cliff.

—¿Qué pasó?

Grace se dio cuenta de que no tenía más remedio que sincerarse. Lisa se merecía saber lo que había pasado.

—Me lié con otro hombre mientras salía con tu padre —aquélla era la pura y horrible verdad.

La joven la miró horrorizada y le dijo:

—Pero... eso es lo que solía hacer mi madre, ahora entiendo...

—Sí, ya lo sé —le dijo con voz queda.

Para Cliff, el hecho de que lo hubiera traicionado era imperdonable, porque había soportado las infidelidades de su mujer durante veintiún años. Ella sabía que había cometido un pecado imperdonable, y aceptaba la responsabilidad de sus propios actos.

—¿Sigues con el otro?

—No, todo esto pasó hace bastante tiempo.

—¿Por eso ya no sales con papá?

Lisa ya se había comido medio sándwich, pero ella ni siquiera había probado el suyo. Decidió dejarlo para luego, y volvió a meterlo en la bolsa. Entrelazó las manos y le dijo:

—Cliff no quiere saber nada de mí. Me ha costado mucho, pero al final he acabado aceptando su decisión. Tienes un padre maravilloso, Lisa. Aunque ya no estemos juntos, siempre le amaré.

La joven envolvió la otra mitad de su bocadillo, se cruzó de brazos y se reclinó en el respaldo del banco.

—Qué interesante, papá me dijo algo muy parecido... que ya no forma parte de tu vida, pero que te ama.

—¿En serio?, ¿te dijo que me amaba?

—Estaba loco por ti cuando te trajo a casa para que me conocieras... y aún lo está.

—Pero...

—Tienes que entenderle, es un hombre bastante complicado. No entrega su corazón con facilidad, y tampoco puede dejar de amar a alguien de repente. Piensa en la cantidad de oportunidades que le dio a mi madre.

Grace sintió una alegría inmensa, pero el alma se le cayó a los pies cuando recordó lo que Cliff le había dicho. La amaba a pesar de todo, pero se negaba a perdonarla.

—He intentado hablar con él. Me porté como una tonta, y cuando me enteré de que el otro hombre no pensaba divorciarse...

—¿Estaba casado?

Grace se puso roja como un tomate. Le había resultado muy fácil racionalizar su propio comportamiento en su día, pero en ese momento se sentía mortificada. No tenía excusa alguna, no había justificación posible, aparte de sus propias fantasías de quinceañera.

Lisa le agarró la mano y le dio un pequeño apretón antes de decir:

—Ahora entiendo el comportamiento de mi padre.

—No sabes cuánto me arrepiento de lo que hice —le dijo, con la cabeza gacha.

—Tranquila, no te culpo. Pero a pesar de todo pujaste por él en la subasta.

—¿Cómo te has enterado de eso?

—Cal me lo contó. ¿Cuánto te costó mi padre?

—Mis amigas y mis hijas pagaron ochocientos dólares por él, fue mi regalo de cumpleaños —cuando Lisa soltó un silbido, añadió—: Nadie pagó tanto por ninguno de los otros solteros.

Lisa la miró sonriente, y alzó los pulgares en un gesto de aprobación.

—¿Habéis tenido ya la cita?

Grace asintió, pero no quería hablar de aquella velada. El hecho de que no hubiera gran cosa que contar era deprimente de por sí.

—Después me mandó flores —comentó con tristeza.

—No me extraña en él. Me parece que mi madre y tú sois las únicas mujeres a las que les ha enviado flores.

Si quería animarla con aquel comentario, no lo había conseguido.

—¿Cuánto tiempo vas a quedarte aquí? —le preguntó, para cambiar de tema.

—Sólo hasta mañana. Por eso quería hablar contigo hoy mismo, era ahora o nunca.

—Me alegro de que hayas venido.

—¿Sabías que papá tiene una foto tuya en su dormitorio? —cuando Grace negó con la cabeza, añadió—: La tiene en la mesita de noche, él no sabe que la vi. En la foto estás con Midnight.

—Seguro que se le ha olvidado quitarla —no quería crearse falsas esperanzas, sobre todo después del desastre de la cena y del hecho de que no había vuelto a saber nada de él después de recibir las flores—. O a lo mejor es que le tiene mucho cariño al caballo.

—No tiene esa foto en su dormitorio por el caballo, por mucho cariño que le tenga.

Grace recordaba a la perfección el día en que Cliff le había tomado aquella foto. Había sido en octubre, la primera vez que ella había ido al rancho. Aún no habían reemplazado el viejo granero por el que habían construido después, que era más grande y moderno. Cliff le había enseñado las instalaciones, y mientras paseaban por sus tierras, le había contado los planes que tenía para el rancho. Le había hablado de las mejoras que quería implementar, de los programas de cría que quería poner en marcha. Ella no había llegado a entender muchas de las cosas que le había contado, pero había visto de primera mano la pasión y el amor que Cliff sentía por los caballos. Aquel mismo día, él le había enseñado su semental, y había retrocedido un poco para fotografiarla. Mientras ella estaba delante de la valla del cercado, Midnight se había acercado al trote y había asomado la cabeza con curiosidad. Ella se había vuelto hacia el animal y había empezado a acariciarle el cuello. Cliff había capturado aquel momento con la cámara. Le había enseñado la foto, pero debía de haberla ampliado y enmarcado.

—Estoy preocupada por mi padre —le dijo Lisa.

—¿Por qué?, ¿qué le pasa?

—Trabaja demasiado duro, y no parece ni por asomo tan feliz como la última vez que le vi. No me había dado cuenta hasta este verano. Ha estado intentando esconderlo, pero le conozco bien.

—Me gustaría ayudar, pero no puedo hacer nada —ella misma también estaba muy afectada por la situación.

—Claro que puedes hacer algo, ¿es que no lo ves? —Lisa la miró con los ojos llenos de lágrimas—. Recupéralo, Grace. Él te ama, y tú has dicho que sientes lo mismo.

—Claro que le amo, pero él no quiere ni verme —el amor que sentía por Cliff era incuestionable, y quería que Lisa lo supiera.

—Eso no es verdad. Incluso Cal dice que mi padre no es el mismo desde que rompisteis.

—¿Qué puedo hacer? —no se le ocurría nada que hubiera quedado por decir o por hacer. A pesar de los rechazos repetidos de Cliff, ella lo había intentado una y otra vez, hasta que se había convencido de que él no iba a cambiar de opinión.

—Lucha por él.

—¿Contra quién?, ¿contra él mismo? ¿Cómo?
—No le des cuartel... mándale mensajes, cartas.
—¿Mensajes electrónicos?
—¡Sí! Haz algo, lo que sea, y no te rindas hasta que hayas acabado con sus defensas —giró en el banco hasta quedar cara a cara con ella, y añadió—: Pero sólo si le amas de verdad.
—Claro que le amo, de todo corazón.
—Lo suponía, pero tenía que asegurarme.
Se dieron un abrazo. Grace se sintió tan conmovida por la sinceridad y el optimismo de Lisa, que tuvo ganas de echarse a llorar.
—Lisa, no sé cómo agradecértelo.
—No me falles.
—Claro que no.
Aquella misma noche, le escribió a Cliff un largo mensaje electrónico. Empezó dándole las gracias por las flores, y a continuación le dijo lo mucho que había significado para ella la cena que habían compartido. Entonces le dijo, con frases sencillas y directas, que le echaba de menos y que no dejaba de pensar en él.
Cuando terminó, volvió a leer el mensaje. En él le contaba que estaba preocupada por Kelly y Paul, que seguían intentando tener otro hijo. Y también le explicaba en clave de humor cómo Sherlock se negaba a ser ignorado, y le daba la lata hasta que ella le hacía caso... en cierto modo, añadió aquello para dejarle claro a Cliff que ella tampoco pensaba rendirse.
Al día siguiente, aprovechó la hora de la comida para ir a comprar unas postales al supermercado de la esquina. Eligió algunas ocurrentes, otras que tenían fotos impresionantes de caballos, y unas cuantas románticas.
En cuanto acabó la jornada de trabajo y regresó a casa, se apresuró a encender el ordenador para ver si Cliff le había contestado, y se le cayó el alma a los pies al ver que no había ningún mensaje suyo.

—¿Creías que sería fácil? —le dijo a Buttercup.

Sherlock empezó a arañarle la pierna hasta que se lo puso encima de las rodillas. Empezó a acariciarlo con una mano, mientras con la otra tecleaba. Era posible que Cliff hubiera borrado el mensaje que le había enviado sin leerlo siquiera, o que hubiera decidido ignorarlo sin más... a lo mejor aún no había comprobado su correo electrónico.

Le mandó otro mensaje, y al día siguiente le envió una postal. Tal y como había dicho Lisa, no podía darle cuartel. Cliff iba a acabar dándose cuenta de que no pensaba rendirse. Le amaba, era lo mejor que tenía en la vida, y se negaba a renunciar a él.

CAPÍTULO 36

—¡Bob!, ¡al teléfono! —le gritó Peggy, desde el pie de la escalera.

Bob dejó a un lado el guion de *Chicago*, y salió de la habitación. Había estado tan centrado en la escena, en memorizar sus diálogos, que ni siquiera se había dado cuenta de que el teléfono había empezado a sonar.

—¿Quién es? —le preguntó a su mujer.

—No me lo ha dicho —le dijo ella desde abajo. Llevaba puesto un delantal en el que ponía *Besa al cocinero*.

Se apresuró a ir al dormitorio principal mientras refunfuñaba en voz baja, descolgó el teléfono y dijo con impaciencia:

—¿Diga?

—¿Robert Beldon? Hola, soy el coronel Stewart Samuels.

Su rígido tono militar recorrió a Bob como una descarga eléctrica. Había tenido la esperanza de no volver a oír jamás aquella voz, ya que pertenecía al hombre que le había conducido a la batalla, el hombre que había estado con él en aquella jungla del sudeste asiático, el hombre que le había salvado la vida y al mismo tiempo se la había arrebatado.

—Hola.

—Estaré en la zona de Seattle durante las próximas semanas. Tenemos que hablar.

Habían pasado más de treinta años desde la última vez que Bob había hablado con su oficial al mando, pero le habría gustado que pasaran treinta más. El único que estaba en contacto con Samuels de momento era Troy Davis, y habría preferido que siguiera siendo así.

Permaneció rígido mientras el coronel detallaba su inminente viaje al noroeste del Pacífico, y cuando mencionó que pensaba ir a Cedar Cove, le dijo:

—¿Es necesario?

Seattle ya le parecía demasiado cerca, pero tenerlo en Cedar Cove le resultaba abrumador.

—Sí, creo que sí. Tenemos un asunto pendiente que hay que solucionar.

Su actitud le pareció muy formal, muy fría y dura.

—Dos de nuestros compañeros han muerto. Uno se suicidó, y al otro lo asesinaron. Espero que podamos dar carpetazo a este asunto, de una vez por todas. ¿Estamos de acuerdo?

—Sí, he...

El coronel le interrumpió antes de que pudiera acabar la frase.

—Perfecto. Mi asistente se encargará de los preparativos —colgó el teléfono sin darle tiempo a articular palabra.

Bob se quedó inmóvil con el teléfono en la mano; al cabo de un momento, lo colocó en su sitio y bajó la escalera poco a poco, como si estuviera sumido en un sueño.

Peggy estaba en la cocina con Hannah, preparando la cena. En cuanto lo vio, dejó a un lado el puré de patatas que estaba preparando y fue hacia él.

—¿Quién era?

Bob se quedó mirándola en silencio durante unos segundos y al final le dijo:

—El coronel Samuels.

—¿Stewart Samuels? —dijo Hannah.

Peggy miró al uno y a la otra, y al final preguntó:

—¿Qué quería?

—Va a venir a Cedar Cove.

Hannah soltó una exclamación y se tapó la boca con la mano.

—¿Te ha dicho por qué?

Peggy se acercó a ella, le rodeó los hombros con un brazo y preguntó:

—¿Por qué tienes tanto miedo?

Bob no habría sabido decir si la pregunta iba dirigida a la joven o a él, pero fue Hannah la que contestó.

—Es que es muy... estricto.

—Creía que le estabas agradecida por la ayuda que le prestó a tu padre —le dijo Peggy.

—Y lo estaba... lo estoy. De no ser por él, papá no habría tenido los cuidados médicos que necesitaba, pero es que me da un poco de miedo —se puso a temblar como una niña.

Peggy se volvió hacia él y le preguntó:

—¿Qué es lo que pasa, Bob?

—No lo sé. Me ha dicho que tenía que venir a esta zona, y que creía que debíamos hablar. Me pregunto si podría concertar una reunión con Roy y el sheriff Davis.

—¿Cree que la muerte de Dan Sherman y la del padre de Hannah están relacionadas?

—No lo sé.

Era más que eso. Samuels había insinuado que también tenía un asunto pendiente con él en concreto. No quería ver a aquel hombre, no quería recordar lo que había sucedido en Vietnam, pero el pasado estaba allí, frente a él, y lo había estado desde que había regresado de la guerra.

Aquella noche, permaneció despierto en la cama, con la mirada fija en el techo. Según el despertador digital que había junto al teléfono, eran las dos de la mañana, pero era incapaz de conciliar el sueño. Peggy estaba dormida a su lado, ajena a la angustia que lo atormentaba.

La luna llena proyectaba sombras en las paredes. El olor de la cala, del agua marina, entraba por la ventana abierta. Normalmente, le resultaba relajante, pero aquella noche su mente se negaba a dejarle descansar. Cada vez que cerraba los ojos, lo único que veía y oía era Vietnam. Estaba cada vez más tenso. No quería revivir aquellos recuerdos, no quería pensar en ellos, no quería sentir nada.

Se tensó al oír que la puerta de la cocina se abría, y se quedó inmóvil mientras el ruido iba avanzando... era un ruido tan quedo, que se dijo que debían de ser imaginaciones suyas. Mientras aguzaba el oído, sintió una oleada de pánico al oír el sonido de pasos, pero reaccionó de inmediato y apartó a un lado las mantas antes de sentarse en el borde de la cama. Se inclinó hacia delante y cerró los ojos para escuchar con más atención. Intentó convencerse de que todo aquello era fruto de su imaginación, pero recordó tanto las advertencias de Roy como el coche que le había perseguido.

Miró a su alrededor para intentar encontrar algo con lo que poder defenderse, pero no vio nada. Los palos de golf estaban en el garaje, y lo más contundente que podía usar era una de sus botas de trabajo.

Peggy se despertó en ese momento. Incluso en sueños, debía de haber notado su inquietud.

—¿Qué pasa, Bob? —susurró.

Él se llevó un dedo a los labios y le dijo en voz baja:

—Hay alguien abajo.

Ella se tensó y le agarró del brazo mientras se sentaba en la cama.

—¿Cómo ha entrado?

—Por la puerta trasera de la cocina.

—¿No la has dejado cerrada? —cuando él asintió, añadió—: ¿Llamamos a la policía?

Se quedaron inmóviles al oír el crujido de uno de los escalones de madera. Fuera quien fuese, iba a por ellos, y ya era demasiado tarde para llamar al sheriff.

En lo que duró un latido del corazón, Bob tomó una decisión. No iba a quedarse esperando sentado. Si alguien había ido a matarlo, no pensaba morir sin luchar con uñas y dientes. Se levantó de la cama con un grito de furia y salió corriendo de la habitación.

Peggy le gritó que se detuviera, y mientras ella luchaba por encender la lamparita y agarrar el teléfono, él salió al pasillo y le dio al interruptor de la luz con la palma de la mano.

Hannah estaba al pie de la escalera, y soltó una exclamación ahogada al verlo aparecer de golpe.

—¡Hannah! —estaba furioso con ella, por el susto que acababa de darle—. ¡Es Hannah, Peggy! ¿Qué demonios haces merodeando por la casa a estas horas?

Ella se encogió y agachó la cabeza. Su larga melena le caía sobre los hombros y le ocultaba la cara.

—Por el amor de Dios, Hannah, ¿qué estás haciendo? —Peggy bajó la escalera a toda prisa, mientras se abrochaba la bata.

—He... estaba...

Bob bajó también, y al ver una hoja de papel en el suelo, se agachó a recogerla. No tardó en darse cuenta de que era una nota de despedida.

—He pensado que ya era hora de irme —dijo la joven, con voz casi inaudible.

—Pero... ¿por qué querías hacerlo sin decir nada, en medio de la noche? —le preguntó Peggy.

La joven se encogió de hombros; al parecer, creía que aquel gesto era explicación suficiente.

—¡Tengo miedo! —exclamó al fin, antes de echarse a llorar.

Peggy la rodeó con un brazo de inmediato y la condujo hasta la cocina. La maleta de la joven estaba delante de la puerta trasera; al parecer, la había abierto y después había decidido dejar una nota al pie de la escalera.

Bob se sentó de golpe en una de las sillas. Estaba tan tenso, que no podía dejar de temblar. Tenía ganas de ponerse a gritar, de asustar a Hannah tanto como ella le había asustado a él, pero sabía que no podía hacerlo.

Después de sentar a Hannah, Peggy llenó de agua la tetera y la puso al fuego. Entonces se volvió de nuevo hacia ella y le preguntó:

—¿Por qué tienes miedo?

—No lo sé... perdí a mis padres, y no soporto la idea de perderos también a vosotros.

—¿Por qué crees que vas a perdernos? —le preguntó Peggy con voz suave.

—Porque...

—¿Tiene algo que ver con la visita del coronel Samuels? —insistió Peggy.

Hannah no contestó, pero Bob tenía la sospecha de que su mujer tenía razón. Por alguna razón, la joven parecía tan preocupada como él por la inminente visita de aquel hombre.

CAPÍTULO 37

Olivia colgó la toga en el armario y agarró su bolso. Otra larga jornada de trabajo había terminado y estaba preparándose para marcharse del juzgado. Había visto pasar por su sala a pareja tras pareja con la vida destrozada. Los cónyuges estaban ansiosos por hacer trizas sus hogares, estaban dispuestos a destruir la seguridad de sus hijos. Cada uno de ellos parecía decidido a demostrar que podía sobrevivir perfectamente bien sin su pareja. Había tanta rabia y tanta amargura, tanto orgullo falso... a veces, la tarea de decidir el destino de aquellas familias le resultaba abrumadora.

Le echó un vistazo a su reloj mientras iba hacia el aparcamiento. Iba a salir a cenar con Grace, era la primera vez desde que se había casado que quedaba con su amiga, al margen de la clase de aeróbic de los miércoles. Hablaban por teléfono bastante a menudo, y a veces coincidían en el mercado de los sábados, pero su matrimonio había cambiado la relación que había entre las dos. Aún estaban aprendiendo a adaptarse a aquella nueva situación.

Agradecía la oportunidad de charlar con su mejor amiga, porque era la única con la que podía hablar de algunos temas que tenía en mente; además, a juzgar por el tono de voz de Grace, tenía la impresión de que ella también tenía algunas preocupaciones.

Subió a su coche y condujo hasta el Lighthouse. Su hija y su yerno habían hecho un gran trabajo, pero a pesar de que estaba orgullosa del éxito que habían tenido, como madre no podía evitar preocuparse. Justine trabajaba demasiado. Además de ser madre y esposa, gestionaba la contabilidad del restaurante y a veces hacía de jefa de sala.

Por pura casualidad, Justine estaba trabajando en el restaurante aquella noche, y al verla llegar sonrió y fue a abrazarla.

—Hola, mamá.

Había habido una época, en un pasado no muy lejano, en que la relación entre madre e hija había sido un poco tensa. Justine había empezado a salir con un hombre bastante mayor que ella, y se había puesto a la defensiva; por su parte, Olivia había dejado muy claro que consideraba que su hija se merecía algo mucho mejor. Sabía que, en el fondo, Justine seguía sufriendo por la muerte de su hermano gemelo, Jordan, que había fallecido a los trece años. La joven parecía haber aceptado al fin aquella pérdida, y seguramente se debía a Seth; de hecho, todo había cambiado cuando Justine se había enamorado de Seth Gunderson.

—¿Dónde está Jack? —Justine miró más allá de Olivia.

—En su despacho, como siempre.

Jack trabajaba demasiado, pero ella no lograba convencerle de que relegara algunas de sus tareas. Colaboraba en todo lo relacionado con el periódico, y le encantaba su trabajo. Desde que el *Chronicle* tenía cinco ediciones a la semana, tenía unos horarios incluso peores que antes de que se casaran. Habían discutido sobre el tema en varias ocasiones, pero ella empezaba a hacerse a la idea de que tenía un marido a tiempo parcial. Jack le había prometido que aquella situación no duraría demasiado, pero ella estaba convencida de que no iba a cambiar nada hasta que se jubilara.

Después de sentarla en una de las mesas que había junto a las ventanas, Justine fue a hablar con una de las camareras. Aún era bastante pronto, así que el restaurante no estaba ni medio lleno. Después de pedirle a la camarera que cubriera su puesto, se acercó de nuevo a Olivia y le preguntó:

—¿Tienes un momento?

—Claro —Grace iba a tardar unos diez minutos en llegar.

Justine se sentó delante de ella y le dijo:

—¿Qué tal te va con la abuela?

Olivia suspiró y se preguntó hasta qué punto estaba enterada su hija de lo que había pasado. Lo más seguro era que lo supiera todo.

—Volvemos a hablarnos.

—¿Sabías que va a casarse con Ben? —le preguntó su hija, sonriente.

—Sí, me envió una carta —le había dolido que no se lo hubiera dicho cara a cara—. Will y yo hicimos que investigaran a Ben para intentar protegerla, pero nos salió el tiro por la culata.

—Ya lo sé.

—Mamá se molestó porque no confiamos en ella —en el fondo, sabía de antemano cómo se sentiría su madre si se enteraba de lo de la investigación, y por eso se lo había ocultado.

—¿Qué más ponía en la carta?

—Que todo el mundo se merece ser feliz al margen de la edad, y me recordó lo mucho que se había alegrado cuando yo me había casado con Jack.

—Tiene razón, mamá.

—Sí, ya lo sé. Quiere que Will y yo tratemos a Ben con equidad y respeto, y lo mismo en cuanto a los hijos de él —frunció el ceño y añadió—: Me parece que aún no los conoce. Voy a respetar sus deseos, claro. Ha sido un poco difícil hacerme a la idea de que mi madre está con otro hombre, pero es su vida y quiero que sea feliz.

—Yo jamás dije nada cuando decidiste casarte con Jack, pero en el fondo me habría gustado que volvieras con papá. Sabía que no funcionaría, pero la niñita que hay dentro de mí quería que sus padres volvieran a quererse —parpadeó con fuerza para contener las lágrimas y admitió–: Aún me acuerdo mucho de Jordan.

–Yo también. ·

–¿Sabes a qué día estamos?

Olivia se sobresaltó al darse cuenta de que, como estaba tan centrada en lo que estaba pasando en su vida, ni siquiera se había acordado de la fecha en la que estaba. Hacía dieciocho años que su hijo se había ahogado en aquella misma fecha, el diez de agosto. Tanto su vida como la de sus hijos restantes había quedado dividida a partir de aquella fecha... los años anteriores a la muerte de Jordan, y los años posteriores.

Justine se secó las lágrimas y se obligó a esbozar una sonrisa antes de decir:

–Perdona, no quería ponerme sensiblera. Será mejor que volvamos al tema de la abuela, antes de que nos pongamos a llorar como locas.

Olivia se tragó el nudo que le obstruía la garganta y comentó:

–A principios de semana pasé por su casa. Nos dimos un gran abrazo y me dijo que me perdonaba. Ya han fijado la fecha de la boda.

–Si, ya lo sé. La abuela ha venido esta mañana para encargar el banquete. Se lo ha dicho también al tío Will, y él le ha prometido que vendrá a la boda.

Olivia se alegró de saberlo, porque así podía avisar a Grace con tiempo. En cuanto viera a su hermano, pensaba tener una larga charla con él sobre la relación cibernética que había mantenido con su mejor amiga. Se había aprovechado de Grace, y además había traicionado a su esposa, Georgia. Se ponía furiosa cada vez que pensaba en ese asunto.

–Hola a las dos, ¿interrumpo algo? –les dijo Grace, al llegar junto a ellas.

–Qué va –Justine se levantó de la silla y comentó–: Estaba haciéndole compañía a mamá hasta que llegaras –le guiñó el ojo a Olivia y se marchó.

Era extraño que un par de minutos con su hija pudieran significar tanto para ella. Olivia estaba muy unida tanto a Justine como a su otro hijo, James, y se consideraba afortunada por tener unos hijos tan maravillosos.

—Perdona que llegue tarde. He tardado una eternidad en salir de la biblioteca —le dijo Grace, al sentarse.

—No te preocupes, Justine y yo hemos aprovechado para charlar. Casi nunca tenemos tiempo de pasar un rato juntas.

—Qué me vas a contar, tú y yo apenas nos vemos últimamente.

—Lo siento —Olivia sabía que había dejado un poco de lado a su amiga, pero estaba decidida a corregir esa situación—. ¿Qué tal te ha ido la semana?

—Ha habido un poco de todo, bueno y malo. ¿Y a ti?

—Lo mismo. Jack y yo aún estamos adaptándonos a vivir juntos, ya sabes que no ha sido tan fácil como yo esperaba —se había quejado a menudo del tema durante las clases de aeróbic de los miércoles—. Ya vuelvo a hablarme con mamá, me ha perdonado. Ah, antes de que se me olvide... Will va a venir para asistir a la boda —Grace palideció de forma visible, pero como permaneció en silencio, Olivia añadió—: Dime, ¿tienes alguna novedad que contarme?

Se quedó sorprendida al ver que su amiga se sacaba un pañuelo del bolso.

—Tengo que contarte algo, pero seguro que me echo a llorar.

—¿Qué pasa, Grace?

—La semana pasada recibí una carta de Mike Sherman, el primo de Oregón de Dan —se detuvo durante unos segundos mientras luchaba por mantener la compostura—. Me escribió después de la muerte de Dan y hemos hablado un par de veces desde entonces, pero esto me ha pillado por sorpresa.

—¿El qué?

Grace empezó a doblar con nerviosismo los bordes de la servilleta.

—Mike dice que lo lamenta, pero que cree que ha llegado

el momento de decirme que Dan le pidió prestados trece mil dólares. Fue un año antes de su desaparición, más o menos. Mike no quiso decir nada cuando se enteró de que había desaparecido.

—Oh, no... ¿y ahora quiere que tú le devuelvas el dinero?

—Sí. Lamenta tener que pedírmelo, pero me envió una copia de los documentos. Dan le firmó un pagaré. Mike dice que ya han pasado más de cuatro años, y que necesita el dinero. Me parece que cree que los del seguro me pagaron algo cuando apareció el cuerpo de Dan.

Olivia sabía que su amiga no había recibido nada. Siempre había tenido una buena opinión de Dan, pero le parecía imperdonable que hubiera dejado a Grace con aquella deuda, sobre todo teniendo en cuenta que debía de saber de antemano que los del seguro de vida no pagarían ni un dólar si él se suicidaba; además, la caravana que había comprado con aquel préstamo, que era donde se había suicidado, estaba en malas condiciones y no podía aprovecharse.

—¿Qué vas a hacer?

—¿Qué quieres que haga? Voy a refinanciar la casa para pagarle la deuda, más intereses. Mike no tiene la culpa de que Dan decidiera suicidarse.

—¿No vas a decirle que los del seguro no te han dado nada?

—No. El pobre se sentiría peor por tener que pedirme el dinero, y no se lo merece. La verdad, es una suerte que haya esperado tanto. No sé lo que habría hecho si me lo hubiera pedido antes.

—¿Cómo te las vas a arreglar? —Olivia sabía que su amiga iba justa de dinero.

—Como pueda. He salido adelante en momentos incluso peores.

—Ya lo sé. ¿Se lo has dicho al sheriff Davis y a Roy?

—Roy me ha dicho que es otra pieza del rompecabezas. Él fue el que descubrió que Dan había comprado una caravana, y siempre se preguntó de dónde había sacado el dinero.

Olivia se sentía orgullosa de su amiga, al ver que encajaba con resignación aquel nuevo golpe y no dejaba que la situación la abrumara. Estaba a punto de decírselo, cuando Grace esbozó una sonrisa y comentó:

—Hablando de cosas más alegres... Cliff me ha enviado un mensaje.

—¿En serio? —era consciente de que Grace estaba intentando recuperar al ranchero.

—La verdad es que estaba a punto de darme por vencida —era obvio que Grace estaba entusiasmada.

—No me tengas en ascuas, ¡cuéntame lo que ha pasado!

—Hace diez días, fui a su rancho con unas galletas de chocolate caseras.

—¿Y?

—Y estuve a punto de echarme a llorar de frustración cuando me dijeron que no estaba en el rancho, pero Cal me dio muchos ánimos. La verdad es que me cae muy bien. Me dijo que se aseguraría de que Cliff supiera que había ido a verlo.

—A mí también me cae bien —sólo había coincidido con él en una ocasión, pero le había parecido una buena persona. A pesar de que era callado, incluso solemne, había intuido en él una fuerza y una nobleza innatas—. ¿Cliff te llamó?

—No, la verdad es que aún no he hablado con él cara a cara. Me envió un mensaje electrónico.

—¿Qué ponía?

En ese momento, la camarera se acercó a la mesa. Habían estado tan centradas en la conversación, que ni siquiera habían pensado en la comida. Le pidieron una sangría de vino, y cuando la joven se fue, Olivia se volvió de nuevo hacia Grace y le dijo:

—Dime.

—Me daba las gracias por las galletas. El mensaje era muy formal, y no ponía nada más, pero siento que por fin hay una grieta en el muro que ha levantado entre nosotros. Cliff no va a poder seguir ignorándome, no voy a permitírselo.

—¡Bien dicho!

—Ya sé que no va a ser nada fácil, que tengo un largo camino por delante, pero su mensaje me alegró tanto, que desde que lo recibí estoy en las nubes.

—¿Le has enviado más mensajes?

—Sí, cada día. Le envío una postal dos veces por semana, y Cal me dijo que Cliff había empezado a recoger el correo en persona. Cuando no le envío una postal, le mando un correo electrónico. No ha bloqueado mi nombre, así que estoy segura de que los recibe.

Olivia agarró su menú. Por primera vez en meses, tenía la sensación de que todo iba a salir bien entre Grace y Cliff Harding.

CAPÍTULO 38

Maryellen metió la foto más reciente de Katie en un sobre, junto con una nota dirigida a los padres de Jon. Dejó el sobre entre el resto de correspondencia que iba a llevar a Correos el lunes por la mañana, pero aún no puso la dirección de envío. Prefería hacerlo después, porque no quería arriesgarse a que Jon viera una carta dirigida a sus padres.

Él se había ido a primera hora de la mañana y Katie estaba durmiendo la siesta. Como últimamente siempre estaba atareada, lo cierto era que agradecía poder disfrutar de un rato de calma y soledad. Estaba embarazada de nuevo, pero aún no se lo había dicho a Jon. Todo a su debido tiempo. Quería contárselo en el momento perfecto.

Al oír que la puerta principal se abría, salió del dormitorio y se asomó por la escalera. Jon había llegado antes de lo que esperaba, porque se había ido antes de que amaneciera al bosque Olympic y pensaba pasar todo el día allí.

—¡Jon! —no se molestó en disimular lo feliz que se sentía al verlo. Al marcharse, la había besado y le había susurrado que no sabía a qué hora volvería.

Él sonrió al verla, dejó a un lado el equipo fotográfico y se apresuró a subir la escalera.

—¿Dónde está Katie? —le preguntó, mientras la abrazaba.
—Durmiendo.

Jon tenía en el rostro aquella sonrisa tan especial... la que indicaba que se había apresurado a volver a casa por una buena razón.

—¿Cuándo la has acostado?

—Hace media hora, más o menos. ¿Qué tienes en mente?

Jon soltó una carcajada de lo más sugerente y le dijo:

—No nos apresuremos. Primero una ducha, después comeremos algo, y entonces... —vaciló por un segundo sin dejar de sonreír, y la apretó aún más contra sí—. Pensándolo bien, no tengo demasiada hambre.

—Eres incorregible —lo dijo en tono de broma, porque la verdad era que le encantaba lo mucho que la deseaba.

—¿Quieres ducharte conmigo?

—No, ahora no. Ve tú, y mientras prepararé unos bocadillos. No quiero que te mueras de hambre.

Él empezó a besarle el cuello. Solía abrazarla y tocarla muy a menudo, y como ella se había pasado años viviendo sola y evitando las relaciones, al principio la había incomodado un poco aquel contacto físico tan constante; sin embargo, cuanto más tiempo pasaban juntos, más se acostumbraba a sus caricias... de hecho, las necesitaba cada vez más.

—¿Qué tal te ha ido el día? —le preguntó él, mientras la conducía hacia el dormitorio sin soltarle la mano.

—La verdad es que ha sido bastante tranquilo. He salido a dar un paseo con Katie, y después me he encargado de algunas facturas —por razones obvias, no le dijo que había escrito una carta—. ¿Has conseguido las fotos que querías hacer?

—He tomado varias que puede que me sirvan, pero no podía dejar de pensar en que me lo habría pasado mucho mejor si Katie y tú hubierais estado allí conmigo —le soltó la mano y se sentó en la cama para empezar a quitarse los zapatos.

—Ha sobrado carne del mediodía —como él la miró con expresión interrogante, añadió—: Puedo ponértela en un bocadillo.

—Vale, como quieras —al verla sonreír, se puso de pie de un salto y la abrazó por la cintura—. ¿Qué te hace tanta gracia? —la tumbó en la cama y se colocó encima de ella. Le acarició el pelo y su mirada se llenó de ternura.

Maryellen sintió una oleada de amor tan inmensa en ese momento, que tuvo ganas de echarse a llorar. Estaba muy sensible por culpa del embarazo. Se abrazó a su cuello, le bajó la cabeza y empezaron a besarse lentamente.

Después de que Katie naciera, cuando se había dado cuenta de lo mucho que amaba a Jon, él se había negado a hacer el amor con ella. Aquellos meses habían sido agónicos, y desde que se habían casado, los dos parecían insaciables.

—Dúchate conmigo —le dijo él, entre beso y beso.

—Estamos a mitad de la tarde.

—¿Y qué?

—Jon... —sus protestas se debilitaban por momentos.

—Vale, de acuerdo, me ducharé solo —se levantó de la cama y fue desnudándose de camino al cuarto de baño.

Maryellen tardó un momento en recuperar la compostura; cuando lo logró, se levantó y bajó a la planta baja. Momentos como aquél le recordaban lo afortunada que era al tener el amor de Jon Bowman.

Justo cuando había acabado de preparar los bocadillos, lo vio bajar la escalera con la camisa desabrochada y el pelo húmedo. Se quedó helada al ver que tenía en la mano la correspondencia que había dejado arriba. Lo miró con disimulo y rezó para que dejara las cartas sobre el mostrador, donde siempre, y no les diera más importancia.

El corazón le dio un vuelco al ver que las cartas se le caían de la mano y se desperdigaban por el suelo. Los dos se agacharon a recogerlas.

—Ya lo hago yo, tienes el bocadillo preparado —le dijo, para intentar distraerlo.

El truco no funcionó.

—¿Para quién es esta carta? —le preguntó, mientras se incorporaba con el sobre en la mano.

—Para una amiga —al ver que él se quedaba mirando el sobre con expresión ceñuda, añadió—: ¿Vas a comerte el bocadillo, o no?
—¿Qué amiga?
—Nadie importante —le dijo, mientras intentaba controlar el pánico creciente que sentía.
—¿Qué amiga, Maryellen? Pareces un gato con plumas en la boca, ¿qué pasa?
—¿A qué viene este interrogatorio?, la carta es para una persona que se pasó por la galería de arte hace poco.
—¿Te importa que le eche un vistazo?
Era obvio que sospechaba que la carta era para otro hombre, pero la verdad era incluso peor. Apoyó la espalda contra la encimera mientras el corazón le martilleaba en el pecho. Fue incapaz de contestarle.
—¿Maryellen?
Ella le dio la espalda y admitió:
—Es para tus padres.
—¿*Qué*?
—No te enfades —le suplicó, con los ojos cerrados.
Él permaneció en silencio durante tanto tiempo, que al final no pudo seguir soportándolo y se volvió a mirarlo. Se mordió el labio, ya que tenía miedo de que lo que había hecho destruyera su felicidad.
—¿Qué es lo que has hecho, Maryellen?
—He...
—¿Es la primera vez? —cuando ella negó con la cabeza, soltó un gemido de frustración—. Te dije lo que opinaba de mi familia.
—Sí, ya lo sé...
—¿Decidiste hacer lo que te diera la gana?, ¿te creíste en la obligación de ir en contra de mis deseos?
—No...
—¿Cómo pudiste localizarlos?
Maryellen respiró hondo para intentar calmarse, y admitió:

—Su dirección estaba en las cartas que encontré.
—¿No te dije que las tiraras?
—Sí, y lo hice —pero hasta entonces, él había conservado las cartas, e incluso le había dicho que aún se sentía vinculado en cierto modo a su familia.
—Mi padre me usó como chivo expiatorio, me traicionó.
—Se arrepiente de lo que hizo, Jon. Si hablaras con él, te darías cuenta.
—¿Que hable con él?, ¡ni hablar! Me pasé siete años en una celda por su culpa, prefiero pudrirme antes que volver a dirigirle la palabra.
—No lo dirás en serio, ¿verdad? No puedo creer que le tengas tanto odio...
—Está claro que no me conoces tan bien como crees —dio media vuelta y subió la escalera hecho una furia.

Maryellen fue incapaz de dejar las cosas así. Fue corriendo tras él y le dijo:
—Por favor, escúchame. Tu padre no está bien. Ha envejecido, y parece muy frágil...

Jon estaba sentado en la cama, poniéndose los zapatos, pero al oír aquello se quedó inmóvil y le preguntó:
—¿Le has visto en persona?

Al darse cuenta de que aquello empeoraba aún más las cosas, Maryellen se llevó las manos a la espalda y asintió.
—Sí, vinieron los dos a la galería... yo no sabía que eran tus padres, pero después él me envió una carta en la que me pedía que hiciera de mediadora entre vosotros.
—¿Y qué le contestaste?
—Que no... sólo les envié una carta para hablarles de Katie y de mí, y...
—¿Te parece poco? —se puso de pie, y pasó junto a ella.
—¿Adónde vas?

Él ya había bajado media escalera. Se volvió a mirarla y le dijo:
—Está claro que no puedo confiar en ti, Maryellen.
—Por favor, vamos a hablarlo. No te pongas así...

—No hay nada de qué hablar. Necesito tiempo para pensar —le dijo él, desde el pie de la escalera.

Sin más, se fue con un sonoro portazo.

Maryellen cayó al suelo de rodillas y se cubrió la cara con las manos. Si Jon era incapaz de perdonar a sus padres, era poco probable que la perdonara a ella.

CAPÍTULO 39

—¡Peggy!, ¡vamos a llegar tarde! —le gritó Bob desde el jardín. Aquella mañana no tenía ganas de ir a misa, pero sabía que era una pérdida de tiempo preguntarle a su mujer si podían quedarse en casa.

Ella salió a toda prisa y lo miró con exasperación.

—He intentado convencer a Hannah de que venga con nosotros, pero no hay manera.

En opinión de Bob, la joven tenía suerte de no tener que ir. Como sabía que a su mujer no le haría ninguna gracia que hiciera aquel comentario, optó por intentar consolarla.

—Recuerda que yo tampoco estaba demasiado interesado en ir a misa hasta hace poco.

Peggy asintió, y después de entrar en el coche, comentó:

—No sé qué os pasa a vosotros dos.

—¿A nosotros dos?

Solía evitar a Hannah, y no le resultaba demasiado difícil. La joven seguía trabajando en el Pancake Palace, y debido a los horarios que tenía, casi nunca cenaba en casa. Lo cierto era que él prefería que fuera así. Había intentado llevarse bien con ella, e incluso en dos o tres ocasiones se había esforzado por entablar una conversación con ella, pero Hannah era como un conejito asustado y se ponía a cubierto en cuanto él se acercaba. Al final, se había dado por vencido y se contentaba con esperar que ella se largara pronto de su casa.

Peggy frunció el ceño mientras se ponía la Biblia encima del regazo y comentó:

—Los dos estáis irascibles y tensos desde la llamada del coronel Samuels.

—Eso es una exageración.

—No, no lo es. Hannah está tan mal como tú, incluso peor. No duerme bien, la oigo deambular de habitación en habitación en medio de la noche. Y tú también estás mal.

Aquello era cierto. No había podido dormir bien desde que había hablado con su antiguo oficial en jefe, aunque no habría sabido decir por qué. Su reacción le desconcertaba tanto como su propia actitud hacia Hannah. Había intentado que la joven le cayera bien, pero su reacción negativa era visceral, instintiva. A lo mejor era porque no le gustaba la gente timorata y asustadiza. No soportaba verla tan dependiente de Peggy, y no había forma de que la joven superara la aversión que parecía sentir hacia él; en todo caso, él no podía hacer nada al respecto.

—A Hannah le iría muy bien ir a la iglesia —comentó Peggy.

Bob se limitó a asentir sin ganas. Aquella mañana, le había costado mucho levantarse; tal y como había comentado Peggy, no dormía bien. No era de extrañar, porque tenía miedo de volver a tener la pesadilla en cuanto cerrara los ojos. Aquellos sueños horribles solían emerger de improviso. La vida sería fantástica si supiera que por la noche iba a soñar con algo simple e inocuo, pero en muchas ocasiones se encontraba de nuevo en Vietnam, atenazado por el terror. Odiaba aquel sueño. Durante años, había intentado acallar los sonidos de aquel día... las voces, los gritos, los lloros... el alcohol había empeorado aún más la situación, y las voces habían ido ganando intensidad.

La sobriedad tampoco estaba ayudándolo demasiado. Las voces seguían allí, en un susurro que intentaba ignorar en todo lo posible. Había salido adelante bastante bien, pero cuando Maxwell Russell había muerto en su casa, la pesadilla había regresado con fuerza.

—Muchas gracias —le dijo en voz baja a su antiguo compañero.

—¿Has dicho algo? —cuando él negó con la cabeza, Peggy lo miró ceñuda y comentó—: Desde luego, esta mañana te has levantado de muy mal humor.

Él no se molestó en contestar, porque sabía que su mujer tenía razón. Y sintiéndose así, lo que menos le apetecía era ir a misa.

—¡Bob!

—¿Qué?

—Tendrías que haber girado por esa calle, has pasado de largo.

—Oye, ¿por qué no dejamos lo de ir a misa para otro día?

—¿Tú también vas a venirme con ésas? Primero Hannah, y ahora tú.

—No tengo ganas de ir.

—Ya casi hemos llegado. Por favor, no te portes como un crío.

Como no quería discutir, Bob suspiró con resignación y dio media vuelta en cuanto pudo. Puso rumbo a Briar Patch Road, y al cabo de cinco minutos ya estaba en el abarrotado aparcamiento de la iglesia.

Se alegró al oír sonar el órgano, porque eso significaba que habían llegado lo bastante tarde como para ahorrarse los apretones de manos y los saludos de rigor. No estaba de humor para mostrarse sociable.

El hecho de llegar tarde también comportaba no poder sentarse en el fondo de la iglesia, porque los que llegaban pronto solían quedarse en las cinco últimas filas. Peggy y él tuvieron que sentarse en una de las filas de en medio, pero como al menos se habían ahorrado los saludos, no le importó demasiado.

Cuando la canción terminó, Dave Flemming subió al púlpito y abrió la Biblia. Bob se había dejado la suya en casa, pero Peggy siguió la referencia que había en la hoja dominical y abrió la suya en el libro de Mateo, capítulo seis.

Bob se cruzó de brazos y cerró los ojos. No tenía intención alguna de escuchar al reverendo. Estaba allí porque no quería discutir con su mujer, pero le daba igual lo que pudiera decir el reverendo; por él, como si se ponía a hablar de economía.

De repente, le llamó la atención una palabra en particular... «perdón». Abrió los ojos, se sentó bien y empezó a escuchar con atención. Era como si el reverendo Flemming estuviera al tanto de lo que sentía y hubiera escrito aquel sermón para él. La idea lo desconcertó un poco.

Al final de la misa, la congregación se puso en pie y empezó a cantar. Él solía disfrutar de aquel momento; de hecho, tenía una buena voz de barítono y se había planteado entrar en el coro, pero el teatro acaparaba todas sus horas libres.

Cuando la canción terminó, todo el mundo empezó a salir de la iglesia, pero Bob seguía sumido en sus pensamientos y se quedó sentado.

—Tengo que hablar con Corrie —le dijo Peggy.

Como se marchó a toda prisa, él ni siquiera tuvo ocasión de decirle que se tomara su tiempo, que quería reflexionar sobre un par de cosas. Normalmente, no le gustaba quedarse esperando mientras su mujer estaba de cháchara con sus amistades, pero en esa ocasión se sintió agradecido por tener un momento de soledad.

No sabía cuánto tiempo permaneció allí sentado, a solas. Como sabía que Peggy iría a buscarlo cuando estuviera lista para marcharse, dio rienda suelta a sus pensamientos.

—Hola, Bob —le dijo el reverendo Flemming, antes de sentarse a su lado.

Tenían una buena amistad, y jugaban juntos a golf cada semana. Casi nunca hablaban de Dios, y Bob lo prefería así; al fin y al cabo, consideraba que la fe de una persona era un asunto privado.

—Hola, reverendo —le dijo, con una sonrisa.
—Estás muy pensativo.
Bob no supo qué decir. Dave Flemming estaba al tanto de parte de la historia, y cuando le había pedido consejo, había sido él quien le había recomendado que hablara con Roy McAfee.
—A lo mejor me va bien hablar del tema —respiró hondo, y le dijo—: Lo que has dicho sobre el perdón me ha afectado bastante.
—Forma parte de la doctrina del Señor. Lo recitamos tan a menudo, que a veces se nos olvida lo que significa.
Bob tuvo que darle la razón. Él solía recitar aquella plegaria en las reuniones de Alcohólicos Anónimos, pero jamás había entendido de verdad la parte que hacía referencia al perdón.
—Has dicho que sólo podemos perdonar a los demás en la medida en que nos perdonamos a nosotros mismos —aquéllas eran las palabras que más le habían impactado— cuando el reverendo asintió, comentó en voz baja—: Algunas personas necesitan dosis enormes de perdón.
—Todos somos pecadores.
—Sí, pero no todos los pecados son iguales. Algunos de nosotros jamás alcanzaremos el perdón, es imposible en ciertas circunstancias.
—En esos casos, uno hace lo que puede y después se perdona a sí mismo.
—Eso también es imposible —Bob fue incapaz de ocultar la desesperación que sentía.
—Recuerda lo que he dicho, Bob. Uno está dispuesto a perdonar a los demás si también está dispuesto a perdonarse a sí mismo.
Aquello no le hizo demasiada gracia, porque jamás se le había ocurrido pensar que ambas cosas estaban relacionadas.
Al oír un ruido en el fondo de la iglesia, se volvió y vio entrar a Peggy, que vaciló al verle hablando con el reverendo.

—Voy a tener que pensar en todo lo que has dicho —le dijo a Flemming, antes de levantarse; de repente, estaba deseando escapar de allí.

Sabía que tenía que lidiar con aquella situación él solo. Si dejaba de resistirse a los recuerdos, quizá fuera capaz de enterrarlos por fin.

CAPÍTULO 40

Era el último sábado de agosto y Grace tenía que ir a trabajar al puesto que la protectora tenía en el mercado. La última vez que lo había hecho, había acabado quedándose con Sherlock. Recordaba que se había pasado todo el día convencida de que al final acabaría con alguno de los seis gatitos que estaban pendientes de adopción, y al final había acabado llevándose a casa a Sherlock, que tenía ocho semanas y era el único de la camada que no había encontrado un hogar.

Le encantaba ir al mercado, sobre todo en días como aquél... luminoso y soleado, sin llegar a ser demasiado caluroso. Durante los días lluviosos de invierno, le costaba recordar lo maravilloso que era el verano en aquella zona del noroeste del Pacífico.

Aquella mañana, como siempre, el mercado era un hervidero de actividad. Era impresionante la variedad de productos que se ofrecían... había de todo, desde ostras frescas recién recogidas hasta mantones de punto.

Como tenía mucho trabajo por hacer en el puesto de la protectora, había decidido dejar a Buttercup en casa. La perra no se sentiría sola, porque Sherlock le hacía compañía. Se pasó la mañana respondiendo preguntas y hablando con los niños que se acercaban a ver a los gatitos. En aquella ocasión tenía diez, además de varios gatos más grandes, y esperaba encontrarles un buen hogar a la mitad por lo menos.

Prefería estar atareada, porque así no tenía tiempo de pensar en el hecho de que Will Jefferson estaba en la ciudad. Olivia la había avisado de inmediato. Él había intentado llamarla en una ocasión, pero cuando había visto el nombre de Charlotte en el identificador de llamadas, había dejado que saltara el contestador automático. Lo cierto era que tenía miedo de que Charlotte le comentara sin querer a Will que ella estaba en el mercado colaborando con la protectora de animales, y que él decidiera ir a verla.

Justo cuando creía que estaba a salvo, alzó la mirada y estuvo a punto de tragarse la lengua al ver a Will Jefferson en persona. Creyó que el corazón se le iba a salir del pecho, y se quedó mirándolo paralizada durante unos segundos hasta que por fin recuperó la compostura y apartó la mirada de golpe.

Por desgracia, los niños que habían estado viendo a los gatos se habían marchado. Estaba claro que Will había estado esperando ese momento, porque echó a andar hacia ella con paso firme y mirada decidida. Siempre había sido guapo, y ella se había dejado cegar por su atractivo y por las fantasías que había tenido cuando era una quinceañera; sin embargo, no era la misma mujer de meses atrás.

Como era obvio que no había forma de evitar una confrontación, hizo acopio de valor y agarró con cuidado un gatito. Sintió que se ruborizaba, pero entonces se dio cuenta de que no tenía nada de qué avergonzarse. Tenía parte de culpa en lo que había sucedido, pero era Will el que había mentido.

—Hola, Grace —le dijo él con calidez.

—Hola, Will —tuvo que esforzarse al máximo para poder hablar sin inflexión alguna en la voz.

Sabía que se sentiría incómoda al tenerlo cerca en la boda de Charlotte, a menos que aclararan la situación; de repente, se preguntó si había ido a verla para disculparse. Los dos eran conscientes de que iban a coincidir en la boda de Charlotte y Ben, así que lo mejor era hacer las paces, al menos de cara al exterior, para que la situación no fuera demasiado incómoda, tanto para ellos como para sus familiares y amigos.

Decidió que iba a dejarle claras dos cosas: que estaba dispuesta a olvidar lo que había sucedido y que no quería tener nada que ver con él. Iba a ser cortés con él, pero sólo por deferencia hacia Charlotte y Ben.

—Estás fantástica.

Grace sintió que se le formaba un nudo en el estómago. Sujetó al gatito contra sí, como para escudarse tras él.

—Olivia me comentó que vendrías a la boda —le dijo.

—Sí, suponía que te diría algo. Voy a quedarme unos días —al ver que ella no respondía, añadió—: Me gustaría quedar contigo...

—¿*Qué?* —se dijo que debía de haberle oído mal, que no podía estar sugiriendo que quería tener una cita con ella.

—Voy a salir a cenar con mi madre esta noche, pero el domingo lo tengo libre.

—¿Estás invitándome a cenar? —el descaro de aquel hombre la dejó atónita—. No lo dirás en serio, ¿verdad? ¡Me engañaste!

—Tienes razón, fui injusto contigo, pero siempre te he tenido mucho cariño y...

—¿Dónde está Georgia?

Él ni siquiera parpadeó al oír nombrar a su mujer.

—En casa. Cada uno tiene su propia vida.

—Sí, claro —Grace no pudo ocultar su sarcasmo y se preguntó si Georgia sabía que se suponía que podía tener su propia vida. Además, ¿qué pasaba con el crucero que planeaban hacer?, ¿iban a tener camarotes separados? En todo caso, lo que hubiera entre Will y su mujer no era de su incumbencia.

—Decidí venir a la ciudad un poco antes para poder hablar contigo. ¿No te das cuenta de lo que hiciste? Me cortaste sin escucharme siquiera, no dejaste que me explicara.

—¿Estás casado, o no?
Él soltó un sonoro suspiro y le dijo:
—Sí, pero esto es importante para los dos, Grace.
—Lo único que tengo que decirte es que no quiero volver a saber nada de ti en lo que me queda de vida.
Él frunció el ceño, como si estuviera entristecido por su falta de comprensión, y le dijo:
—Los dos sabemos que no lo dices en serio. Es imposible, después de lo que hemos significado el uno para el otro —dio un paso hacia ella y añadió—: Te he echado mucho de menos, Grace. Estos últimos meses han sido un verdadero infierno sin ti, ¿no sientes lo mismo?
—Me siento agradecida por las lecciones que me enseñaste. Estuve a punto de...
—Tú me amas, Grace. Estabas enamorada de mí en el instituto, y ahora sientes lo mismo.
—En aquella época era una adolescente y ahora ya soy una mujer. Me alegra poder decir que a veces aprendo de mis errores.
—Lo nuestro no es un error, ¿no ves que teníamos algo especial?
Desde luego, no podía negarse que era muy persuasivo.
—Lo nuestro fue un gran error. Si has venido antes de tiempo a la boda para poder verme, lamento tener que decirte que vas a llevarte una decepción. Me encantaría no volver a verte en mi vida.
—No lo dices en serio.
—Lo digo muy en serio. Y ahora, déjame en paz, por favor.
Él frunció el ceño y dio media vuelta, pero cuando sólo se había alejado varios pasos de ella, se volvió de nuevo y le dijo:
—Estoy en casa de mi madre, así que si cambias de opinión...
—No voy a hacerlo. Por favor, no vuelvas a intentar contactar conmigo.

Él esbozó una sonrisa claramente diseñada para intentar derretirle el corazón y le dijo:

—Me niego a creer que lo digas en serio. Admito que tienes derecho a estar enfadada, pero no puedo divorciarme, Georgia se quedaría destrozada. Aunque... si es la única forma de conseguirte, entonces...

Grace alzó una mano para indicarle que se callara. Ya había oído más que suficiente.

—Vete, Will. Lárgate de una vez.

Él volvió a fruncir el ceño como un niñito malcriado, pero al final se fue.

Grace empezó a temblar de pies a cabeza. Le flaquearon las piernas y tuvo que sentarse en la silla plegable. Colocó el gatito sobre el regazo y, mientras lo acariciaba con suavidad, cerró los ojos y empezó a respirar hondo para intentar calmarse.

—Grace.

Abrió los ojos de golpe y vio a Cliff delante de ella.

—¿Te encuentras bien?, estás bastante pálida.

—Sí, estoy bien —había tenido la esperanza de encontrárselo, había anhelado volver a verlo, pero no justo después de un enfrentamiento con Will.

—No, no lo estás. Ese tipo era Will Jefferson, ¿verdad?

Al darse cuenta de que la había visto hablando con Will, su primer impulso fue defenderse, explicarle que no tenía nada que ver con él, pero fue incapaz de pronunciar palabra y los ojos se le llenaron de lágrimas.

—Sentías algo por él, ¿verdad?

—¡No! —al darse cuenta de que aquello era mentira, admitió—: Sí, y fui una tonta. Sentí algo por él en el pasado, pero ya no. ¿Es que no te das cuenta de que es a ti a quien amo? No puedo renunciar a ti. Lo intenté, y ya casi lo había asumido, pero cuando Lisa...

—¿Hablaste con Lisa?

Grace cerró la boca al darse cuenta de que estaba empeorando aún más la situación.

—¿Hablaste con ella, Grace?

Ella asintió y tragó con fuerza antes de admitir:

—Vino a verme a la biblioteca, y no sabes lo mucho que se lo agradezco.

—¿Qué te dijo?

Grace fijó la mirada en el gatito, que se había quedado dormido, y al final dijo:

—Que tú también me amas.

Él se puso en cuclillas delante de ella para mirarla cara a cara, colocó un dedo debajo de su barbilla y la instó a que lo mirara.

—Fue entonces cuando empezaste a mandarme mensajes, ¿verdad?

Ella asintió, y se preguntó si los mensajes habían tenido el efecto deseado. Era la primera vez que hablaban cara a cara, y estaba deseando abrazarlo con todas sus fuerzas... aunque no podía hacerlo, claro, porque aún tenía el gatito en el regazo.

Cliff le sostuvo la mirada durante un largo momento antes de apartarla.

—¿Han funcionado? —le preguntó ella en voz baja.

Pensó que no iba a contestarle, pero entonces él esbozó una breve sonrisa y comentó:

—Es muy difícil ignorarte.

—¿Lo dices en serio? —sintió que se le aceleraba el corazón.

—Antes de darme cuenta, empecé a mirar cada día en el buzón y a conectarme a Internet cada dos por tres, para ver si tenía algún mensaje tuyo.

Internet había jugado un papel importante a la hora de que se metiera en aquel lío, así que parecía adecuado que en esa ocasión la ayudara a recuperar lo que había perdido.

—¿Vas a darme otra oportunidad? —contuvo el aliento, por miedo a su posible respuesta.

—Podemos empezar poco a poco.

—Gracias, Cliff.

Él le secó las lágrimas que le humedecían las mejillas y le dijo:

—¿Qué te parece si vamos a tomar un café cuando salgas de aquí?

Grace asintió. Estaba tan feliz, que tenía miedo de echarse a llorar otra vez. A lo mejor podían asistir juntos a la boda de Charlotte, pero no quería hacerse falsas esperanzas...

CAPÍTULO 41

Cecilia llamó con suavidad a la puerta de su jefe, el señor Cox, que alzó la mirada de los documentos que estaba leyendo y sonrió al verla.

—Quería recordarle que esta tarde tengo que ir al médico.

Zachary Cox miró el calendario que tenía encima de la mesa y comentó:

—Sí, lo tengo anotado. Rosie y yo también vamos a tomarnos la tarde libre.

No era la primera vez que su jefe se tomaba unas horas libres para estar con su esposa. Cecilia creía que estaban redescubriendo la emoción de estar enamorado, la pasión de los primeros años.

—¿Va a venir Allison?

—Sí. Rosie está enseñándola a tejer, y su primer proyecto es una manta para tu bebé.

La semana anterior, Cecilia le había contado a Allison lo del embarazo.

—Qué detalle.

—Te has portado muy bien con mi hija, y ella quería hacer algo por ti —le dijo él, con una sonrisa.

Ella se había limitado a escuchar a la joven, que había pasado una época muy mala cuando sus padres se habían divorciado; afortunadamente, su comportamiento había dado un giro de ciento ochenta grados.

—Puedes salir cuando quieras, Cecilia.

—Tengo hora a las dos y media para la ecografía.

—¿Tu marido va a acompañarte?

—Sí, no se lo perdería por nada del mundo.

—Perfecto. Bueno, entonces nos vemos mañana.

Cecilia volvió a su mesa de muy buen humor. Cada día era especial. Las náuseas matutinas habían desaparecido, igual que la primera vez. Desde que había aceptado aquel segundo embarazo, Ian la apoyaba al cien por cien, y estaba entusiasmado. Se sentía más segura que nunca de lo mucho que la quería su marido.

A las dos y media en punto, lo encontró esperándola en el hospital de la Armada, paseando de un lado a otro delante de la consulta.

—Ya estoy aquí, Ian.

—¿Cómo estás? —le preguntó, mientras se acercaba a ella a toda prisa.

—Muy bien. Y tú, ¿cómo estás?

Él la miró con una sonrisa tan sexy, que tuvo ganas de besarlo.

—Emocionado. Vamos a ver a nuestro hijo, Cecilia.

—Yo también estoy emocionada —al ver que iba a abrir la puerta de la consulta, lo detuvo y le dijo—: Tendríamos que decidir si queremos saber si es un niño o una niña, o si preferimos esperar.

—¿Tú quieres saberlo?

—Me da igual.

—A mí también.

Sujetó la puerta para dejarla pasar y entraron en la consulta, donde había varias mujeres embarazadas esperando.

Cecilia fue al mostrador de recepción para entregar los documentos necesarios y para mostrar su identificación oficial. Cuando terminó con el papeleo, se sentaron el uno al lado del otro. Ian la tomó de la mano y empezó a acariciársela con el pulgar en un gesto lleno de ternura. Los dos estaban bastante nerviosos.

A Cecilia le pareció que pasaba una eternidad hasta que la llamaron. Tenía la vejiga llena y le había resultado difícil permanecer sentada durante tanto tiempo. Entró con Ian en la sala de consultas, y de allí los llevaron a la habitación donde iban a hacerle la ecografía.

Cuando estaba tumbada sobre la mesa con el vientre cubierto de gel, se dio cuenta de que su marido se había quedado muy pálido. Él había insistido en acompañarla, pero empezó a preguntarse si había sido una buena idea.

—Ian... —alargó la mano y él la agarró de inmediato—. ¿Estás bien?

—Sí, por supuesto.

La técnica, que según la placa que llevaba se llamaba Jody, les indicó el monitor y comentó:

—Estamos a punto de ver al bebé.

Cuando el pequeño feto apareció por fin, Ian se puso de pie para poder verlo mejor, y susurró con voz reverente:

—¿Éste es nuestro bebé?

—Exacto —dijo Jody, mientras movía el transductor sobre el vientre de Cecilia.

—¿Todo está bien?, parece muy pequeño...

—Sí, es pequeña, pero ya crecerá.

—¿Pequeña?, ¿es una niña? —le preguntó Cecilia.

—Siempre me refiero a los fetos en femenino, ¿preferís un niño?

—Nos da igual —le dijo Ian, sin apartar la mirada del monitor.

—¿Es vuestro primer hijo?

Ian miró a Cecilia con ojos empañados de dolor, y fue ella la que contestó.

—Nuestra primera hija murió al poco de nacer, el doctor Chalmers ha pedido esta ecografía para asegurarse de que no hay ningún problema con este embarazo.

—De momento, todo parece normal —le aseguró Jody.

Con Allison también le habían dicho eso, pero lo cierto era que le habían hecho una única ecografía al principio del embarazo, y habían creído que no había necesidad de hacer otra. ¿Quién habría podido augurar lo que iba a pasar?, ¿quién habría podido imaginar que su hija iba a nacer con un defecto congénito en el corazón?

—Siento lo de vuestra primera hija —les dijo Jody.

Cecilia miró a Ian. Era obvio que oír hablar de Allison le había afectado.

—Los dos estamos un poco nerviosos —comentó.

—Lo único que queremos es que el bebé nazca sano —dijo él.

—Por supuesto —Jody movió un poco más el transductor, y añadió—: ¿Queréis saber si es niño o niña?

—¿Puedes verlo tan pronto? —Ian observó el monitor con los ojos entornados, como si así pudiera alcanzar a ver algo más.

—Sí, tengo muchos años de experiencia.

—¿Quieres saberlo? —le preguntó Ian a Cecilia.

—¿No quieres que sea una sorpresa? —ella prefería esperar, pero saber de antemano el sexo del bebé tenía algunas ventajas.

—No, prefiero saberlo —le dijo él con entusiasmo.

Cecilia se echó a reír y dijo:

—Vale, tú ganas. ¿Qué es, Jody?

—Me parece que vais a tener otra niña —les dijo, sonriente.

Ian soltó un sonoro suspiro y susurró:

—Una niña.

Le apretó la mano con tanta fuerza, que Cecilia exclamó:

—¡Ian!

—Perdona —le dijo, al darse cuenta de lo que había hecho—. Una niña, vamos a tener una niña.

Ella asintió. Estaba tan emocionada, que apenas podía contener lo que sentía. Tras la muerte de Allison, había regalado toda la ropa de la niña con dos excepciones: el conjunto con el que había planeado llevarla a casa al salir del hospital, y una sábana que había comprado poco después de dar a luz. Las había conservado porque le había resultado demasiado duro renunciar a todo.

Al salir del médico, fueron al cine. Ian la tuvo agarrada de la mano durante toda la película, como si necesitara estar en contacto con ella en todo momento. Después fueron a cenar, pero como estaban ahorrando para comprarse una casa, el presupuesto sólo les dio para ir al Pancake Palace.

Cecilia charló animadamente durante la cena, pero cuando Ian fue a pagar, se dio cuenta de que había estado bastante callado y serio durante la velada.

—Estás preocupado por la niña, ¿verdad?

—No, la técnica nos ha dicho que todo iba bien. ¿Por qué tendría que estar preocupado?

—No lo sé, ¿por qué?

Él apartó la mirada, y cuando se volvió hacia ella de nuevo, sus ojos estaban llenos de dolor.

—Es igual que la otra vez.

—¿El qué?

—En primer lugar, el embarazo ha sido una sorpresa, igual que con Allison.

—Pero es una sorpresa agradable.

—Sí, me puse eufórico cuando me dijiste que estabas embarazada de Allison.

—Ahora también estás contento, ¿verdad?

Él le alzó una mano y le besó los nudillos antes de decirle:

—He tenido que hacerme a la idea, pero ahora estoy entusiasmado.

—Esta vez es diferente, Ian.

—¿Ah, sí? La otra vez también tuviste náuseas matutinas, ¿verdad?

—Sí.

—Y con Allison, tampoco notaron nada raro en la ecografía.

—Pero ahora estamos casados.

—En mi corazón, me casé contigo la primera vez que hicimos el amor... incluso antes, ya sabía que quería pasar el resto de mi vida contigo.

—Oh, Ian... —algunas veces, era el hombre más romántico del mundo, y otras veces... en fin, era un hombre, y punto.

—Estoy intentando no preocuparme.

—Ya lo sé, pero es verdad que esta vez es diferente. Por ejemplo, ahora estás en casa, y para cuando tengas que volver a embarcar, yo ya habré dado a luz.

—Eso nunca se sabe.

—No te mandarán lejos tan pronto, sobre todo después de que te hayas pasado seis meses fuera. La Armada no puede tener tan poca consideración.

—Quiero que todo sea perfecto para la niña y para ti —le dijo él, con voz ronca—. Estoy intentando no preocuparme, pero no puedo evitarlo.

—Espera y verás, vamos a tener una hija sana.

Él cerró los ojos y susurró:

—Espero que tengas razón.

Cecilia también lo esperaba, pero no podía ofrecerle ninguna garantía.

CAPÍTULO 42

El coronel Stewart Samuels iba a ir a Cedar Cove a mediados de septiembre. Aún no se sabía la fecha concreta, pero ya faltaba poco, y el desasosiego de Bob iba en aumento conforme iban pasando los días.

Después de la última función de *Chicago*, se quitó el maquillaje y se cambió de ropa. Solía quedarse un rato charlando con los demás actores, y aquella noche era especialmente festiva porque iban a celebrar con una fiesta el final de las representaciones, pero como no estaba de humor, se disculpó y se fue a casa.

Además de poco sociable, estaba nervioso. Desde que había llegado al teatro, tenía la sensación de que alguien estaba observándolo tanto dentro del escenario como fuera.

Mientras salía al oscuro aparcamiento, sintió una extraña inquietud. La tentación de girarse de golpe y de enfrentarse a quien le estaba siguiendo le resultó casi avasalladora, pero logró contenerse.

En el fondo, empezó a desear que aquel tipo le hiciera el favor de matarlo de una vez para acabar con todo aquello, pero no tuvo suerte.

Como al parecer acababan de permitir que siguiera viviendo, entró en su coche y lo puso en marcha. Cuando la luz de los faros iluminaron el aparcamiento vacío, miró a su alrededor con atención, y se sintió decepcionado al no poder ver nada fuera de lo normal.

Aquel estado de ánimo depresivo había empezado poco después del sermón del reverendo Flemming, pero había permanecido latente desde que Maxwell Russell había muerto en su casa. Antes de que identificaran el cadáver, él sabía de forma instintiva que tenía algún vínculo con aquel desconocido. Max Russell lo había atormentado, le había recordado los pecados del pasado. Seguían sin saber a qué había ido a Cedar Cove, y en concreto a su pensión. Seguramente tenía algo que ver con el suicidio de Dan, pero lo más probable era que jamás llegaran a saberlo con certeza.

Al salir del aparcamiento, enfiló por Harbor Street. Aquella carretera seguía la línea de la playa, y él solía ir por allí hasta Cranberry Point.

Al ver los faros de un coche tras él, no pudo evitar sonreír. Su instinto no le había fallado. Habían estado observándolo, y fuera quien fuese, había decidido seguirlo. Sorprendentemente, no sintió miedo ni inquietud, sino cierta satisfacción. Aquello demostraba que no se había equivocado.

Se sorprendió al ver que el coche torcía al llegar a Cedar Cove Drive; al parecer, su perseguidor se había dado cuenta de que le había visto. Por razones que no se detuvo a analizar, decidió seguirlo. Encontró un lugar en el que pudo girar, y aceleró tras el otro vehículo. Encendió y apagó las luces largas varias veces, para que el tipo supiera que estaba siguiéndolo.

Aunque la situación parecía un poco absurda, siguió tras él para intentar averiguar todo lo que pudiera. El vehículo aminoró la marcha y entró en el aparcamiento de un bar, el Pink Dog Tavern, que tenía un letrero de neón rosa con un caniche. Aquélla era la zona más indeseable de la ciudad. La clientela habitual del local eran los trabajadores del astillero, que se paraban allí para tomar una cerveza de camino a casa. El aparcamiento casi siempre estaba lleno en las noches del sábado.

Bob detuvo el coche a un lado de la carretera y se limitó a observar mientras el otro vehículo se metía en una de las plazas de aparcamiento del bar. Cuando un hombre bajó del coche y fue hacia el local, intentó aguzar la vista, pero había muy poca luz y sólo consiguió una impresión general. Era un tipo alto con la cintura gruesa, tenía barriga cervecera, y llevaba unos vaqueros bastante desgastados y una camisa manchada. Al ver que ni siquiera miraba hacia él, empezó a pensar que aquel hombre no había estado siguiéndole. La verdad era que parecía más interesado en una cerveza fría y en pasar un buen rato que en cualquier otra cosa.

Al cabo de unos minutos, aparcó de cara a la puerta principal para poder ver quién entraba y quién salía. No sabía lo que haría si volvía a ver al desconocido, o si sería capaz de reconocerlo.

Hacía años que no estaba tan cerca de un local como aquél. Llevaba sobrio desde 1983. Se quedó mirando como hipnotizado el letrero de neón, que le recordaba los días en que una botella de cerveza era su mejor amiga.

Se le empezó a hacer la boca agua, y deseó con tanta fuerza tomar un trago, que tuvo que aferrarse al volante. Sentía el sabor de la cerveza en la boca, recordaba que no había nada como tomarse una en un día de calor.

Se sentía como en un trance. Le sorprendió lo potente que era la tentación, y supo que era tan vulnerable ante el alcohol como el día en que había ido a su primera reunión de Alcohólicos Anónimos, veintiún años atrás.

Sacó de inmediato su móvil. Necesitaba ayuda, y la primera persona en la que pensó fue Jack. Marcó su número y esperó a que contestara. Su amigo siempre llevaba un móvil en el coche, pero normalmente se le olvidaba recargarlo. Se sintió cada vez más desesperado al ver que seguía sin contestar y llamó a su casa.

Olivia contestó al tercer tono, y cuando él le preguntó por Jack, le dijo:

—Hola, Bob. Viene de camino desde la isla Bainbridge. ¿Le has llamado al móvil?

—Sí. No hace falta que le digas que he llamado, ya hablaré con él.

Lo único que quería era que alguien, quien fuera, le dijese que no entrara en aquel bar. Tenía que oírlo, porque cada vez tenía más ganas de ir hacia aquella puerta.

—Vale —Olivia vaciló por un segundo antes de preguntarle—: ¿Estás bien?

—Sí —al darse cuenta de que su voz debía de reflejar la desesperación que sentía, le dijo—: Pensándolo bien, ¿puedes decirle que me llame?

—Se lo diré en cuanto llegue. ¿Quieres que te llame al móvil?

—Sí, por favor.

Colgó sin molestarse en despedirse, y alargó la mano hacia el tirador de la puerta. Lo había intentado, así que si salía del coche y entraba en aquel bar, la culpa era de Jack, que no había contestado al teléfono. Él había apoyado a su amigo en incontables ocasiones a lo largo de los últimos catorce años, pero cuando era él el que necesitaba un amigo, cuando necesitaba que alguien le hiciera entrar en razón, no encontraba a Jack por ninguna parte. Qué típico. Cuando necesitaba ayuda, Jack no estaba disponible.

Cuando abrió la puerta y notó la brisa fresca que entraba en el coche, cerró los ojos e inhaló el aroma de la noche. Sabía que, si entraba en aquel bar, todo habría acabado. Volvería al infierno en el que había vivido veintiún años atrás, regresaría a la locura y al desvarío que lo habían controlado en aquella época.

Colocó un pie en el suelo, y después el otro. Le echó la culpa de lo que estaba pasando a su compañero de golf, el reverendo Dave Flemming, al que le resultaba muy fácil hablar de culpabilidad, del perdón y la superación. Dave no entendía que había pecados que no podían perdonarse. Sí, decía que había que perdonarse a uno mismo, pero teniendo en cuenta lo que había hecho en Vietnam, él no tenía esa opción. Algunos actos iban más allá del perdón. Un hombre no podía ser el mismo después de asesinar a mujeres, niños y ancianos. Era imposible. Quizá tendría que haber muerto aquel día.

Recordó su regreso de Vietnam. Había aterrizado en San Francisco, y se había sentido agradecido de poder regresar a casa con vida. Cuando le habían concedido un permiso, le habían advertido que no fuera de uniforme por la ciudad, porque a los soldados les llamaban «infanticidas» y les tiraban sangre. Él no había obedecido, porque le habría gustado que le atacaran; así, el mundo entero se enteraría de lo que había hecho y no tendría que seguir ocultándolo.

Empezó a mecerse de un lado a otro mientras se llevaba las manos a la cabeza. Necesitaba un trago, sólo uno. Sí, no tomaría más. Era lo único que necesitaba. Después de veintiún años, sabía controlarse. Una cerveza bastaría para calmar aquel ansia que lo quemaba por dentro, y después daría media vuelta y saldría del bar.

Alargó la mano a ciegas hacia el asiento, agarró el móvil, y se quedó mirándolo. Sabía que, si entraba en aquel bar, estaba muerto. Más le valdría saltarse la tapa de los sesos de un tiro, tal y como había hecho Dan Sherman. La bebida lo mataría más lentamente que una bala, ésa era la única diferencia.

Se dijo que la muerte no era algo tan malo; al fin y al cabo, cada día moría gente, y aunque los que quedaban atrás lloraban su pérdida, la vida seguía adelante.

Como a cámara lenta, marcó el número de Roy McAfee; por suerte, lo había puesto en marcación rápida después del otro incidente. Iba a intentarlo una última vez, iba a pedir ayuda. Roy no tenía por qué saber lo que pasaba, pero podía darle algo de contacto humano, una voz a la que aferrarse. Alzó la mirada hacia el cielo y decidió que, si su amigo no contestaba, tendría su respuesta. Sabría que era inútil resistirse, y que debía rendirse y tomarse la cerveza. Demonios, hasta invitaría a una ronda al bar entero. Pero si Roy contestaba, Dios estaría diciéndole que volviera al coche y que se alejara de allí.

Se dijo que, si volvía a beber, la culpa sería de Dios, y tuvo que contener la risa histérica que amenazaba con salir de sus labios.

Llamó a Roy, y habría jurado que cada uno de los cuatro tonos que sonaron duraba diez segundos más que el anterior. Cuando oyó la voz de Roy en el contestador automático, se sobresaltó.

—Hola, has llamado a casa de Roy y Corrie McAfee. No podemos atenderte ahora...

Cortó la llamada y se quedó mirando el teléfono. Entonces alzó la mirada hacia el cielo y gritó:

—¡Eso no era lo acordado!

Sí, Roy había contestado, pero no era él en carne y hueso, sino su voz grabada en el contestador; en otras palabras: Dios le había dado una respuesta con trampa.

La indecisión lo desgarraba. Quería poner a prueba su fuerza de voluntad, demostrar que era capaz de marcharse del bar después de tomarse una sola cerveza, pero si tenía en cuenta todo lo que había aprendido en Alcohólicos Anónimos, era obvio que estaría perdido si daba aquel primer paso.

Le daba igual, quería aquel trago... lo necesitaba, se moría por tomárselo.

Se sobresaltó cuando el móvil empezó a sonar. Lo agarró con las dos manos y le dio a la tecla con torpeza.

—¿Diga?

—¿Dónde estás? —le preguntó Peggy.

—¿Por qué? —no quería hablar con ella, ¿acaso no se daba cuenta de que tenía que tomar una decisión vital?

—Pasa algo, lo presiento. ¿Dónde estás?

Se quedó boquiabierto, y se preguntó si su mujer era la respuesta a su plegaria. Volvió a meterse en el coche.

—Creía que ya estarías en casa a estas horas —parecía preocupada, incluso asustada—. No sueles llegar tan tarde.
—Estoy bien.
—¿Estás seguro?
Sí, estaba bien. Había recobrado la cordura a tiempo.
—Me ha parecido que alguien me seguía otra vez.
—¿Lo has comprobado?
—Ha sido una falsa alarma. Ya voy para casa.
—Estaré esperando.
Bob puso en marcha el coche, y regresó a casa.

CAPÍTULO 43

Maryellen salió de la ducha con el pelo mojado. Ben y Charlotte iban a casarse aquella tarde, y aunque se lo había comentado a Jon, no estaban en un buen momento. La única vez que le había mencionado el tema, él se había negado a acompañarla a la boda.

También seguía negándose a hablar de sus padres. La trataba con formalidad, y se mostraba distante y cauto con ella. Dormían el uno junto al otro, pero no se tocaban; de hecho, apenas hablaban. Aquella hermosa casa se había convertido en una cárcel para ella, y no podía soportarlo.

Por si fuera poco, también estaba el tema del embarazo. Jon aún no lo sabía. Era consciente de que tenía que decírselo, y aunque pensaba hacerlo, conforme los días iban pasando y él seguía con aquella actitud negativa, la situación se volvía cada vez más difícil.

Después de vestirse y de secarse el pelo, sacó la maleta del armario y metió todo lo que pudo. Puso varias mudas en la bolsa de los pañales de Katie, y lo llevó todo al coche mientras intentaba controlar las lágrimas. Amaba a Jon y esperaba que pudieran solucionar sus problemas, pero había empezado a temer que no fuera posible. Su marido ya no confiaba en ella, sentía que lo había traicionado. Él era incapaz de entender o de aceptar que lo único que ella pretendía era ayudarle a que se reconciliara con su familia, tanto por Katie como por él.

Fue a por la niña, que estaba dormida, y con ella en brazos llamó con suavidad a la puerta del cuarto oscuro donde estaba trabajando su marido. Cuando los dos estaban en la casa, siempre encontraba la forma de evitar estar cerca de ella. Si estaba en el piso de arriba, él tenía algo que hacer en el de abajo. Las horas de las comidas eran una tortura, porque a pesar de que estaban sentados el uno delante del otro y se hablaban con cortesía, le resultaba imposible conectar de verdad con él.

—¿Qué quieres? —le preguntó él con impaciencia, a través de la puerta.

—Me voy a la boda de Charlotte.

—Vale.

Vaciló por un momento antes de preguntarle:

—¿Estás seguro de que no quieres venir con nosotras?

—Del todo.

—Como quieras —no pudo ocultar la desilusión que sentía.

—Felicita a los novios de mi parte.

—De acuerdo —tragó con dificultad, y añadió—: Jon... no voy a volver después de la boda.

—¿Qué?

—He llamado a mi madre hace un rato, y Katie y yo vamos a pasar la noche en su casa.

—Espera un momento —le dijo, antes de abrir la puerta.

Maryellen retrocedió un paso con nerviosismo cuando él la miró a los ojos y le preguntó:

—¿Vas a pasar la noche en casa de tu madre? —cuando ella asintió, añadió—: ¿Por qué?

—Necesito tiempo para pensar.

—¿Sobre qué? —le preguntó, con tono desafiante.

—No puedo seguir viviendo así —susurró, mientras apartaba la mirada—. Lo siento, no sabes cuánto lo siento —se le quebró la voz, así que dio media vuelta y salió de la casa.

Se sorprendió al ver que él la seguía hasta el coche. Después de asegurar a Katie en su sillita, se incorporó y lo vio con las manos en los bolsillos y la cabeza gacha.

—¿Volverás mañana? —le preguntó, mientras ella iba hacia la puerta del conductor.

—¿Quieres que lo haga? —al ver que él no contestaba, le dijo—: Eso lo dice todo, ¿no crees? —entró en el coche, lo puso en marcha, y se alejó de la casa mientras sentía que se le rompía el corazón. Aferró con fuerza el volante, bajó un poco la cabeza y respiró hondo.

En cuanto la vio llegar, su madre supo que le pasaba algo.

—Será mejor que me lo cuentes —le dijo, mientras Maryellen entraba las maletas.

—Ya hablaremos después de la boda —consiguió esbozar una sonrisa a duras penas—. No pasa nada, mamá. Todo va a salir bien.

Su madre no pareció demasiado convencida, y con razón.

Fue una boda preciosa. Mientras la presenciaba junto a su madre, tuvo que contener las lágrimas. Cinco meses atrás, ella había prometido ante el reverendo Flemming que amaría a Jon por el resto de su vida. Sólo había tardado cinco meses en fastidiar su segundo matrimonio, cinco meses. Debía de ser un récord, si uno no tenía en cuenta a la gente de Hollywood.

La iglesia estaba casi llena. Las amigas de Charlotte, que iban ataviadas con complementos como sombreros rojos y boas de color morado, ocupaban las primeras filas, y Olivia y su familia ocupaban dos filas enteras. Resultaba conmovedor ver cuánta gente había querido acompañar a la pareja en aquel día tan feliz, pero, por desgracia, los hijos de Ben no habían podido asistir. Seguro que tanto Charlotte como él estaban decepcionados.

A pesar del ambiente festivo, Maryellen se sentía desesperanzada y agitada. Tuvo la impresión de que en la iglesia hacía cada vez más calor, y cuando el mundo empezó a balancearse a su alrededor, temió estar a punto de desmayarse. Se sentó de inmediato, y respiró hondo varias veces.

Su madre se sentó a su lado y le preguntó:

—¿Qué te pasa?

—Estoy embarazada —le dijo, con una débil sonrisa. Cuando su madre sonrió de oreja a oreja y le apretó la mano, añadió—: Jon no lo sabe.

—Pues me parece que ya es hora de que se lo digas, ¿no?

Maryellen no contestó.

En ese momento, la música empezó a sonar y el reverendo Flemming se colocó delante del altar junto a los novios. Al ver la adoración con la que se miraban Charlotte y Ben, Maryellen tuvo que contener las lágrimas.

Le dio un brinco el corazón cuando oyó pasos a su espalda. Se giró con la esperanza de que fuera Jon, pero vio que se trataba de Cliff, que se sentó junto a su madre. Los vio intercambiar una sonrisa llena de ternura, y la forma en que él la instó a que lo tomara del brazo. Entonces Cliff se volvió sonriente hacia Katie y ella, y la saludó con un gesto.

Consiguió aguantar el resto del día. El banquete de bodas en el Lighthouse fue muy elegante. Se sirvieron vinos excelentes, el mejor champán, y una selección de entrantes deliciosos. Cuando alguien le preguntó por Jon, dijo que no había podido ir porque estaba ocupado con un encargo fotográfico, y que había mandado sus más sinceras felicitaciones; de hecho, les había regalado a los novios una foto enmarcada del Lighthouse que a Charlotte siempre le había encantado.

Regresó sola a casa de su madre, porque sabía que ella prefería quedarse un poco más con Cliff. Como Katie tenía hambre, se apresuró a calentarle la cena. Estaba bañando a la niña cuando sintió el primer espasmo. Fue tan intenso, que estuvo a punto de doblarse de dolor.

Se arrodilló en el suelo junto a la bañera mientras su hija

chapoteaba encantada, ajena a su agonía. No, por favor... Dios, no, el bebé... al ver que no pasaba nada más, empezó a tranquilizarse.

Al cabo de unos minutos, cuando sacaba a Katie de la bañera, sintió que la atravesaba una punzada de dolor y jadeó al sentir que empezaba a sangrar. Apretó a la niña contra sí y se desplomó en el suelo.

Al oír que la puerta principal se abría, sintió un alivio inmenso y gritó:

—¡Mamá! ¡Socorro...! ¡Mamá...!

Grace llegó al cuarto de baño en cuestión de segundos, aterrada. Cliff entró justo detrás de ella.

Para entonces, Maryellen estaba llorando, y Katie gritando.

—He perdido a mi bebé... lo he perdido... —sollozó, destrozada.

Todo pasó tan rápido a partir de ese momento, que perdió la noción de la realidad. Antes de darse cuenta, estaba en el hospital de Bremerton y un médico estaba diciéndole que había sufrido un aborto, como si no se hubiera dado cuenta por sí sola. Estaba llorando desconsolada y apenas escuchó lo que el hombre estaba diciéndole, pero cuando él le preguntó por su marido, alcanzó a negar con la cabeza. Jon ni siquiera sabía que estaba embarazada.

Decidieron que iba a pasar la noche en el hospital. Después de la dilatación y el legrado, la llevaron en silla de ruedas a una habitación privada. Al cabo de unos minutos, vio entrar a Jon. Al parecer, su madre le había llamado, o quizás había sido Cliff. Daba igual, lo importante era que estaba allí.

Al verlo, sintió que los ojos volvían a inundársele de lágrimas, y tuvo que apartar la mirada.

—Maryellen, ¿por qué no me lo dijiste? —susurró, al acercarse a ella—. Lo siento tanto...

Maryellen sólo pudo mover la cabeza. Ella también lo sentía, sentía todo lo que había pasado.

Él se sentó a su lado, y al cabo de un momento, le tomó la mano y se la besó.

Al darse cuenta de que él también tenía los ojos llorosos, empezó a sollozar y alargó los brazos hacia él. Jon la abrazó con fuerza, y juntos, aferrados el uno al otro, se echaron a llorar.

CAPÍTULO 44

Roy McAfee siempre comprobaba el contestador automático al llegar al despacho. Teniendo en cuenta el misterioso mensaje que había recibido semanas atrás, le preocupaba el reciente aumento de llamadas que se cortaban de inmediato. Era normal que alguien llamara alguna vez por equivocación y colgara al instante, pero en las últimas seis semanas había recibido más llamadas de ese tipo que nunca.

Como sabía que Corrie estaba atareada preparando café después de recoger el correo, abrió el cajón de la izquierda y sacó la críptica postal, que seguía desconcertándolo. Al oír que Corrie se acercaba, supuso que estaba a punto de entrar con el café y la correspondencia, y como no quería preocuparla, se apresuró a meter la postal en el cajón.

Tal y como esperaba, Corrie entró al cabo de unos segundos y le dio una taza de café.

—No hay demasiado correo —le dijo, mientras dejaba las cartas sobre la mesa.

Por regla general, era ella la que pasaba por la oficina de Correos. Había sido pura coincidencia que él se hubiera encargado de hacerlo justo el día en que había llegado el mensaje misterioso.

Al ver que ella permanecía en la puerta, como esperando algo, le preguntó:

—¿Algo más?
—Échales un vistazo —le dijo, mientras le indicaba con un gesto las cartas.
Roy las agarró, y se reclinó en la silla. Encontró lo de siempre... propaganda, facturas, y... vaciló al ver una postal de la Aguja Espacial, y se quedó mirándola en silencio.
—Léela —le dijo su mujer.
Le dio la vuelta, y se dio cuenta de que el mensaje estaba escrito con la misma letra de imprenta que el primero que había recibido. En aquella ocasión, lo que ponía era: *El pasado siempre acaba alcanzando al presente.*
—¿Qué significa?
—No tengo ni idea —le dijo con sinceridad. Estaba tan perplejo con aquel mensaje como con el primero.
—No está firmado.
Roy dejó la postal sobre la mesa y comentó:
—La gente que envía este tipo de mensajes no suele firmarlos.
Corrie fue al fondo de la habitación, y miró por la ventana al decir:
—No es el primero, ¿verdad?
A veces, Roy pensaba que su mujer era la investigadora privada. Tenía buen olfato a la hora de juzgar a la gente, y se le daba bien discernir una verdad de una mentira.
—¿Lo es? —insistió, antes de volverse hacia él.
Roy negó con la cabeza a regañadientes, y sacó el primer mensaje del cajón.
Corrie se apresuró a acercarse, y leyó lo que ponía; a juzgar por su expresión, era obvio que tampoco entendía nada.
—¿Cuándo llegó?
—Hace unas semanas.
—¿Por qué no me dijiste nada? Soy tu mujer, tengo derecho a saberlo —dejó la postal sobre la mesa con brusquedad.
—¿De qué habría servido? No quería preocuparte, no es más que alguien que se divierte enviándome postales tontas.
—¿Crees que no tiene importancia avisarme de que al-

guien está amenazándote? ¡No soy sólo tu mujer, también soy tu socia de negocios!

—Corrie...

—¡No me hables como si fuera una niña!

—Pues deja de exagerar. Sólo es una postal, y si vuelves a leerla, te darás cuenta de que no es amenazante.

Corrie agarró la segunda postal, y la leyó en voz alta.

—El pasado siempre acaba alcanzando al presente... a mí me parece bastante ominoso.

—A mí no.

—Espero que estés tomándotelo en serio —estaba cada vez más nerviosa, y empezó a pasearse de un lado a otro.

Roy no quería preocuparla aún más, pero la verdad era que no se había tomado en serio la amenaza, al menos hasta que había recibido el segundo mensaje. El primero hablaba de arrepentirse... claro que había cosas de las que se arrepentía, como cualquier otra persona que hubiera trabajado en la policía. Eran gajes del oficio.

—Piénsalo con calma, seguro que tiene algo que ver con un caso. Deberías revisar los que están sin resolver, a ver si encuentras a algún sospechoso capaz de hacer algo así.

—Fui policía durante más de veinte años, trabajé en miles de casos. Me arrepiento de un montón de cosas, pero siempre hice lo que consideré correcto.

—¿Podría ser alguien que acabe de salir de la cárcel?

—No tengo ni idea —a lo largo de los años, había ayudado a poner entre rejas a bastante gente, y ninguno de los sospechosos había apreciado sus dotes de investigación.

—¿Alguien te amenazó cuando eras policía?

Sí, le habían amenazado varias personas. Los criminales convictos a menudo culpaban a otra persona por su mala suerte, y él era un objetivo muy conveniente; sin embargo, no se le ocurrió ningún caso en concreto.

—Olvídalo, Corrie —agarró un bolígrafo y fingió que se ponía a trabajar.

—No puedo —murmuró, antes de salir del despacho.

Al verla tan afectada, quiso tranquilizarla, pero no supo cómo hacerlo. Había perdido tiempo dándole vueltas al primer mensaje, y no había llegado a ninguna conclusión. Si un chalado quería mandarle una postal, no podía hacer nada para evitarlo; al parecer, fuera quien fuese, obtenía una extraña satisfacción, pero seguramente no quería causarle ningún daño.

Al cabo de unos minutos, salió a ver cómo estaba su mujer con la excusa de ir a llenar la taza de café. La encontró arrodillada delante del archivo, repasando las carpetas de viejos casos. Él solía guardar una libreta con anotaciones de los casos más importantes en los que había trabajado, además de recortes de periódico y otra información. Corrie era una organizadora nata, y lo había archivado todo por años. En ese momento, tenía dos o tres carpetas en el suelo.

—¿Qué haces? —le preguntó, mientras se servía más café.

—Repasar tus casos antiguos en Cedar Cove, y algunas de tus anotaciones de cuando estabas en la policía de Seattle.

Roy tomó un trago de café, y se volvió para echarle un vistazo a uno de los nombres.

—Parker.

—Sí, Harry Parker —le recordó Corrie—. Hace tres años, entabló amistad con un vecino suyo; en teoría, estaba ayudando al anciano con las tareas del jardín, y cosas así. La hija del anciano, que vivía en el este, nos pidió que investigáramos, porque sospechaba que Parker estaba robando a su padre. Al final, descubriste que tenía razón.

—Sí, ya me acuerdo.

En ese momento, Parker estaba en la cárcel de Shelton, por robo y falsificación de cheques.

—Creo recordar que Parker alegó que le habías tendido una trampa para obligarlo a confesar.

—No tuve nada que ver con lo que le dijo al sheriff.

—Ya, pero él te echó la culpa de todas formas.

No le pareció probable que fuera Parker el que le había

enviado los mensajes; de hecho, sospechaba que aquello tenía algo que ver con sus años en la policía de Seattle.

—Esto no está relacionado con ninguno de los casos de Cedar Cove, Corrie.

—¿Cómo puedes estar tan seguro?

—Lo estoy, y punto. Esto viene de lejos.

A juzgar por lo que ponía en el segundo mensaje, algo relacionado con el pasado estaba a punto de golpearle de lleno.

Pasaron la mañana revisando viejas libretas de notas y archivos de hasta veinte años atrás. Roy acabó con una lista de gente a la que pensaba investigar, pero no se sentía demasiado esperanzado. Aquella misma tarde iba a hacer un par de llamadas.

Corrie salió a comer con Peggy Beldon, y regresó de mejor humor; al parecer, habían ido al centro comercial, y habían encontrado unos precios bastante rebajados. Él había dejado de calcular el dinero que se suponía que su mujer había ahorrado comprando en rebajas, y le resultaba interesante que a ella le pareciera lógico gastar dinero para ahorrarlo.

—Peggy me ha comentado algo bastante interesante —le dijo ella, al entrar en el despacho—. Hace unos días, Bob creyó que estaban siguiéndole otra vez.

—No me ha dicho nada.

—Porque el otro coche se desvió al cabo de un momento. Bob dio media vuelta y fue tras él a una distancia prudencial, pero acabó convenciéndose de que no habían estado siguiéndole.

—Supongo que por eso no me lo ha contado.

—¿Te acuerdas de cuando Bob te llamó asustado porque creía que estaban siguiéndole?

—Sí, fue hasta la comisaría del sheriff.

—Mientras estaba comiendo con Peggy, me he dado cuenta de una cosa. Es algo que se me había olvidado, hasta que ella lo ha mencionado.

—¿El qué?

Corrie se apoyó en el marco de la puerta y le dijo:

—Aquella semana, Bob tenía el coche en el garaje.

—Sí, es verdad —Roy empezó a encajar las piezas.

—Bob no iba en su coche aquella noche, sino en el nuestro.

Roy asintió, y se sintió como un tonto por no haberse dado cuenta. Una vez más, Corrie había demostrado ser una investigadora nata.

—En otras palabras: a lo mejor estuvieron siguiendo a Bob porque lo confundieron conmigo.

—¿Sigues pensando que esas postales no tienen importancia? —le preguntó Corrie, en voz baja.

CAPÍTULO 45

Grace había quedado a comer con Olivia a mediados de semana. A las dos les habían pasado muchas cosas últimamente, y quería... no, más bien necesitaba... pasar algo de tiempo con su amiga. Estaba deseando contarle lo de Cliff, cómo se había sentado junto a ella durante la boda de Charlotte y Ben. La ceremonia había sido preciosa, la habían conmovido su belleza sencilla y el amor casi palpable que los novios se profesaban. Se le habían llenado los ojos de lágrimas, pero no había sido la única que se había emocionado. Cuando había sido capaz de apartar la mirada de Ben y Charlotte, se había dado cuenta de que había varias personas que estaban secándose las lágrimas. Incluso Cliff había parecido conmoverse por los votos que los novios habían escrito, en los que hablaban tanto del amor que habían sentido por sus cónyuges fallecidos como por el que sentían el uno por el otro. En ese momento, estaban de luna de miel en la Columbia Británica.

Tanto Will como Stan habían asistido a la ceremonia, claro. Ella les había evitado a los dos en la medida de lo posible, aunque el que más la preocupaba era Will. Al parecer, Cliff entendía lo incómoda que se había sentido durante el banquete, y había permanecido junto a ella. Will la había mirado en varias ocasiones, pero dejaba de hacerlo en cuanto veía que Cliff estaba cerca. Con un poco de suerte, estaría pensando ya en regresar a casa junto a su esposa.

Se sentía agradecida por cómo la había protegido Cliff durante la boda, y aún más por lo mucho que la había ayudado con su hija. Su presencia serena la había mantenido centrada mientras tranquilizaban a Maryellen y esperaban a que llegara la ambulancia, y después se había quedado con Katie hasta que ella había podido regresar a casa.

Maryellen había salido del hospital al día siguiente, y Jon había insistido en que tanto Katie como ella fueran a casa. Era obvio que las cosas no iban bien entre la pareja, y aunque sabía que estaban sufriendo por lo del aborto y que no era el momento de preguntar qué pasaba, estaba decidida a averiguar cuál era el problema.

Tanto Maryellen como Jon se habían quedado destrozados por el aborto. Eran jóvenes y seguro que tendrían más hijos, pero resultaba difícil pensar de forma racional después de una pérdida tan dolorosa; de hecho, ella misma sufría por la pérdida de aquel nieto al que no había llegado a conocer.

Estaba deseando hablar con Olivia, que acababa de tener su tercer nieto. Cuando su amiga la había llamado aquella mañana para confirmar lo de la comida, le había dicho entusiasmada que James y Selina habían tenido un niño el ocho de septiembre, al que habían llamado Adam Jordan. Tanto la madre como el hijo estaban bien, James era un padre orgulloso, e Isabella, la hija de tres años de la pareja, estaba encantada de ser la hermana mayor.

Ella también tenía buenas noticias, sobre todo en lo concerniente a Cliff.

Antes de marcharse el sábado por la noche, él le había dicho que iba a ir a la ciudad el miércoles, y que pensaba pasarse por la biblioteca. Estaba eufórica y aliviada, porque él estaba dispuesto a darle otra oportunidad y estaban retomando poco a poco la relación.

Justo después del mediodía, cuando Loretta volvió de

comer, agarró su bolso y su fiambrera. Decidió esperar a Olivia fuera, junto al tótem que había delante de la biblioteca. Las dos tenían poco tiempo para comer y no quería que su amiga tuviera que buscarla por toda la biblioteca.

Habían acordado ir a comer al parque del paseo marítimo. Desde que había refinanciado la casa, estaba incluso más escasa de fondos; sin embargo, pagar la deuda de Dan la había ayudado de forma indirecta, porque había conseguido un tipo de interés mucho más bajo, y además iba a acabar de pagar la casa en la mitad del tiempo establecido en la primera hipoteca. Tenía que controlar los gastos, pero se las arreglaría para salir adelante. Lo cierto era que se las había apañado bastante bien desde la desaparición de Dan.

Le encantaba el paseo marítimo. Miró más allá del puerto, hacia el astillero de Bremerton, y al ver el enorme portaaviones George Washington, recordó la alegría de los familiares cuando por fin había regresado del Golfo Pérsico.

—Hola, Grace.

Sintió un escalofrío de inquietud al oír aquella voz masculina, y giró poco a poco hasta quedar cara a cara con Will Jefferson. Había dado por hecho que ya se habría marchado de la ciudad, que no volvería a verlo, que todo estaba dicho entre los dos.

—Tenía que verte una última vez antes de marcharme —le dijo él, con tono implorante.

Grace miró hacia el parque con la esperanza de ver a Olivia, pero no tuvo suerte. Estaba atrapada con Will, y a pesar de que por regla general aquélla era una zona bastante transitada, en ese momento no había nadie cerca.

—No puedo creer que ya no sientas nada por mí —le dijo él, con una voz que destilaba sinceridad.

Se negó a mirarlo a los ojos. Hasta el momento había sido amable con él, pero era obvio que no había servido de nada.

—Pues créetelo —le dijo con sequedad—. Estás casado, Will.

No quiero ser grosera, pero no quiero volver a saber nada de ti. Creía que te lo había dejado claro.

—Vale, tú ganas. Si para tenerte tengo que divorciarme de Georgia, estoy dispuesto a hacerlo.

Grace lo miró con incredulidad. Tuvo ganas de gritarle que dejara de agobiarla, que se largara a su casa con su mujer, pero se lo impedían los buenos modales que le habían enseñado desde pequeña. Se preguntó dónde estaba Olivia, y miró a su alrededor con desesperación para ver si la veía. ¿Por qué tardaba tanto en llegar?

—Grace, escúchame —parecía dolido y confundido. De repente, como si no pudiera seguir conteniéndose, la agarró de los hombros y la obligó a mirarlo.

—¡Déjame en paz! —exclamó, mientras intentaba zafarse de él.

—¡No puedo!, ¡te quiero!

Sí, claro. Había sido una tonta en una ocasión, pero no pensaba volver a caer en la trampa, y mucho menos con el mismo hombre.

—Quería hablar contigo en la boda, pero estuviste todo el día pegada a tu guardaespaldas. Sólo quiero que me escuches.

—¡No! Lo mejor que puedes hacer es marcharte de una vez —no pudo ocultar la desesperación que sentía.

—¿Quién es el tipo que estaba contigo en la boda?, ¿es el mismo con el que pasaste Acción de Gracias?

—Cliff es un hombre de verdad, no como tú.

Cliff era honesto y decente. A pesar de que no había sido feliz en su matrimonio, había aguantado por su hija, porque lo principal para él era que se sintiera segura. Costaba imaginar lo difícil que debía de haber sido para él aguantar una situación así.

—Voy a demostrarte lo hombre que soy —Will miró hacia el hotel que había al otro lado de la calle y la agarró del hombro de nuevo.

—¡Déjame en paz! —exclamó, indignada, mientras le apartaba las manos de golpe.

—Vamos a hablar, por lo menos. Podemos pasar la tarde juntos, y hablar del tema como adultos razonables.
—¡No hay nada de qué hablar! Vete de una vez, Olivia está a punto de llegar.
—No puedo irme hasta que accedas a quedar conmigo. ¿Qué te parece si nos vemos esta noche?
—¡No!
—Tenemos que hablar.
—Me parece que la señora te ha dicho que no está interesada.

Grace se volvió de golpe, y estuvo a punto de darse de bruces contra Cliff. Al parecer, había llegado a la ciudad antes de lo previsto. Al ver que tenía la chequera en la mano, supuso que acababa de salir del banco.
—¿El guardaespaldas? —le preguntó Will, en voz baja.
—Te agradecería que te fueras —le dijo ella con calma, a pesar de que el corazón le martilleaba en el pecho.
—Creo que la señora preferiría que te largaras ahora mismo —Cliff se metió la chequera en el bolsillo y dio un paso hacia Grace en actitud protectora.

Will se quedó mirándolo ceñudo durante un tenso y largo momento y al final le dijo:
—Esto no te incumbe.
—Si incumbe a Grace, me incumbe a mí.
—Mantente al margen —le dijo Will con voz acerada, mientras daba un paso hacia Grace.

Cliff se colocó delante de ella y quedó cara a cara con Will. Ninguno de los dos estaba dispuesto a ceder, y se miraron desafiantes.

De repente, sin mediar palabra, Will intentó darle un puñetazo a Cliff.
—¡Cliff! —exclamó, horrorizada.

No tenía de qué preocuparse, porque él sabía cuidarse solo.

Después de esquivar el golpe con facilidad, Cliff contraatacó con un contundente puñetazo que impactó de lleno en la mandíbula de Will. Éste trastabilló hacia atrás por la fuerza del golpe, perdió el equilibrio, y acabó derrumbándose. La mandíbula se le hinchó de inmediato, y empezó a caerle un reguero de sangre de la comisura de la boca.

Grace se cubrió la boca con la mano. Permaneció inmóvil durante unos segundos, sin saber qué hacer, y sintió un alivio enorme al ver que Olivia se acercaba a ellos a toda prisa.

—¡Has visto lo que ha pasado!, ¡me ha atacado! —exclamó Will, mientras señalaba a Cliff.

—Sí, lo he visto todo —le dijo Olivia.

Will fulminó a Cliff con la mirada, y le dijo:

—¡Voy a demandarte, y te sacaré hasta el último centavo que tienes! Llama al sheriff, Olivia. Quiero que detenga a este hombre por agresión.

Olivia, que había rodeado los hombros de Grace con un brazo, le dijo a su hermano:

—Ya te he dicho que lo he visto todo, Will.

Él se puso de pie y empezó a sacudirse la ropa.

—No te vayas, quiero que el sheriff te tome declaración. Quiero que procesen a este... matón.

Olivia lo miró ceñuda y le dijo:

—A lo mejor cambias de idea cuando testifique que te he visto dar el primer puñetazo. Da la impresión de que Cliff estaba protegiendo a mi amiga de tus atenciones indeseadas.

—Pero... estaba... —era obvio que Will no sabía qué decir.

—Vete a casa, Will. Tu comportamiento es deplorable, me avergüenzo de ti —le dijo Olivia con tristeza. Mientras su hermano se quedaba mirándola boquiabierto, ella tomó del brazo a Grace y le dijo—: Anda, vamos a comer. Hablaré después contigo, Will. Tengo que decirte un par de cosas —miró a Cliff con una sonrisa un poco forzada y le preguntó—: ¿Te vienes a comer con nosotras?

—No, gracias. Tengo que volver al rancho —después de sostenerle la mirada a Grace por un instante, echó a andar hacia el aparcamiento.

—¿Nos vemos más tarde? —le preguntó ella.

Él se volvió a mirarla, y negó con la cabeza antes de decir:

—No, será mejor que lo dejemos para otro día.

Al ver que Will sonreía a pesar del labio roto, Grace supo al instante lo que estaba pensando... aunque no pudiera conquistarla, al menos había hecho todo lo posible para mantenerla alejada de Cliff.

CAPÍTULO 46

La llamada telefónica llegó en el peor momento para Bob. Aún no había recobrado el control por completo y el ansia de tomar una cerveza era tan fuerte como años atrás, en su primera semana de sobriedad. Lograba contenerse gracias al amor que sentía por Peggy, a su determinación, y a las reuniones de Alcohólicos Anónimos.

Le llamaron para comunicarle que el coronel Samuels iba de camino a Cedar Cove, y que iba a llegar en menos de una hora; al parecer, iba a alojarse en el hostal Holiday Inn Express, que estaba cerca de la playa.

—¿Estás bien? —le preguntó Peggy, en cuanto colgó el teléfono.

No le contestó, fue incapaz. Al principio, se sintió entumecido, pero en cuanto la sangre volvió a fluirle por las venas, sintió una profunda inquietud. Quería que aquel asunto se desvaneciera, que quedara zanjado de una vez por todas. Había temido aquel momento desde que había regresado de Vietnam. Todo lo que había intentado olvidar, lo que esperaba que quedara enterrado para siempre, estaba a punto de salir a la luz. Jamás se había sentido tan vulnerable. Los pecados del pasado estaban a punto de destrozar su vida... y también la de Peggy.

Dos de sus compañeros de escuadrón estaban muertos,

así que sólo quedaban Samuels y él. Era posible que los dos estuvieran en peligro. Lo atenazaba una sensación de fatalismo, porque en el fondo siempre había creído que tendría que acabar pagando por los asesinatos que había cometido en la jungla.

Para cuando había regresado a casa después de la guerra, ya tenía un problema con la bebida. Después de casarse con Peggy, había conseguido mantenerse alejado del alcohol durante un tiempo, pero al cabo de unos meses había empezado a tomar unas cervezas con sus amigos al salir del trabajo, y no había tardado en caer en el alcoholismo.

Al regresar de Vietnam, había prometido no volver a hablar de aquel día terrible, y con una sola excepción, había mantenido su palabra hasta que los acontecimientos lo habían hecho imposible. No le había resultado nada fácil dar voz a aquellos recuerdos, le habría gustado poder olvidarse de aquella guerra.

—Bob —Peggy posó una mano en su hombro y lo arrancó de sus pensamientos.

—Todo irá bien —le dijo, con voz ronca.

Ella siguió mirándolo sin mucha convicción. No le había dicho que había estado a punto de tomar un trago, ni que lo había salvado al llamarlo. No se consideraba un hombre especialmente elocuente ni poético, pero Peggy era su puerto, su lugar seguro.

—Stewart Samuels viene de camino, llegará en menos de una hora —le dijo, mientras luchaba por aparentar indiferencia. Al ver que ella se tensaba, se dio cuenta de que estaba tan inquieta como él, y añadió—: Me parece que será mejor que hable a solas con él.

—Prepararé el café, y me inventaré una excusa para marcharme.

—Gracias —la abrazó con fuerza, y le dijo—: No sabes cuánto te quiero.

Cerró los ojos, y saboreó la fragancia de su colonia.

Peggy era su vida, no era nada sin ella. Esperaba que ella supiera lo mucho que la amaba.

Cuando el coche blanco de alquiler enfiló por el camino de entrada de la casa, sintió que se le formaba un nudo en el estómago. El hombre que bajó del vehículo apenas se parecía al oficial al que recordaba. Samuels era alto y delgado, y tenía el pelo canoso muy corto, al estilo militar. A pesar de que no iba de uniforme, sus movimientos y su forma de andar revelaban una disciplina militar.

Bob salió a recibirlo. El corazón le martilleaba en el pecho mientras avanzaba poco a poco hacia aquel antiguo conocido, hacia el hombre que en otro tiempo había sido su jefe de escuadrón.

Se encontraron a medio camino y se quedaron mirándose en silencio durante unos segundos, como si no supieran qué decir; finalmente, Samuels alargó la mano y le dijo:

—Hola, Beldon.

Bob asintió y le estrechó la mano con formalidad.

—Bienvenido a Cedar Cove, coronel Samuels.

—Gracias.

Los dos permanecieron inmóviles. Samuels fue el primero en romper el contacto visual, y recorrió con la mirada la casa de dos plantas, el césped y los lechos de flores. El jardín de Peggy aún estaba en flor, y el aroma de las plantas inundaba el ambiente.

—Me alegro de que haya venido, coronel —le dijo, a pesar de que era mentira. Samuels era la última persona en el mundo a la que quería ver, pero si no se enfrentaba a la verdad cuanto antes, se arrepentiría por el resto de su vida.

Samuels soltó una carcajada, como si supiera que sus palabras no eran ciertas, y comentó:

—Ya es hora de que averigüemos lo que está pasando.

Bob lo condujo hacia la casa y le dijo:

—Sí, es verdad —abrió la puerta y dejó que Samuels le precediera—. Peggy ha preparado café, creo que será mejor que hablemos a solas.

Samuels no hizo ningún comentario al respecto. Cuando entraron en la cocina, Bob le presentó a Peggy, que le dio la bienvenida con una sonrisa y se marchó después de servirles dos tazas de café.

Bob llevó las tazas a la mesa de roble que había en el rincón del desayuno. Agarró la suya con las dos manos y comentó:

—Los años le han tratado bien.

Samuels se sentó enfrente de él, de cara a la cala, y le dijo:

—Lo mismo digo.

—A Dan no le fue tan bien —murmuró, con la mirada fija en el café. Como Samuels se limitó a asentir sin apartar la mirada del agua, añadió—: A juzgar por lo que Hannah nos dijo de Max, él tampoco lo tuvo fácil.

La joven había ido revelando poco a poco detalles sobre su vida familiar, y Bob no podía evitar sentir pena por ella. Cada día, Peggy le contaba alguna cosa nueva que Hannah le había dicho. La joven seguía evitándolo, pero era obvio que su comportamiento huidizo no se centraba en él. Era tímida y asustadiza, y mantenía las distancias con los hombres en general. Él seguía sintiéndose incómodo con ella, y a pesar de que no entendía su propia reacción, se esforzaba más por ser tolerante.

—Hemos tenido muchos años para pensar en esto, pero el tiempo no ha servido de mucho, ¿verdad? —le dijo Samuels.

—Intenté olvidar, pero el alcohol no me ayudó. Sin Alcohólicos Anónimos y mi mujer, a estas alturas ya estaría muerto.

—¿Cuánto tiempo lleva sobrio?

—Veintiún años.

—Bien hecho.

—¿Y a usted?, ¿cómo le ha ido? —cada uno de ellos había lidiado con la tragedia a su manera. Él había optado por el alcohol, Dan se había retraído, y Max había vagado de un lado a otro sin echar raíces en un lugar.

—Nada podía cambiar lo que pasó. Como era el que estaba al mando, el responsable, me culpaba a mí mismo. No podía devolverles la vida a aquellas personas, así que decidí consagrarle mi vida a mi país. Me he esforzado al máximo por ser un buen militar.

Bob lo observó con atención, y se dio cuenta de que Samuels tenía unas facciones demacradas y avejentadas que revelaban el tormento que había padecido a lo largo de los años. Se tensó un poco y tragó con dificultad antes de decirle:

—Sí, sé a qué se refiere.

—Me alegro de que podamos hablar —Samuels tomó un trago de café antes de continuar—. Cuando me enteré de que Max había muerto, decidí averiguar todo lo posible. Como Dan y él murieron en un periodo tan corto de tiempo, me pregunté si usted y yo también correríamos peligro.

Bob estuvo a punto de revelarle sus propios miedos, pero al final optó por permanecer en silencio.

—Creí que era importante que me enfrentara de una vez al pasado. Me había pasado muchos años viviendo con lo que había hecho, pero como opto a un puesto en el Comité del Congreso, sabía que investigarían mi pasado. Seguro que lo que descubrí le sorprende tanto como a mí —miró de nuevo hacia la cala y le dijo—: La masacre está documentada en los archivos de los Servicios de Inteligencia del Ejército.

Bob lo miró boquiabierto y le dijo:

—¿Cómo puede ser? Estábamos solos, nadie lo sabía... ¡alguien se fue de la lengua! —era incapaz de creerlo. Estaba seguro de que Dan no había dicho ni una palabra, y él había mantenido la boca cerrada durante todos aquellos años.

—Nadie se fue de la lengua. Había un grupo de reconocimiento allí mismo, oculto en la jungla. Habían enviado a francotiradores, porque se había detectado que en el pueblo había actividad del Viet Cong.

—Espere un momento... —Bob alzó una mano para indicarle que se callara. Los pensamientos se agolpaban en su mente, y estaba un poco mareado. Le costaba asimilar lo que estaba oyendo–. ¿Está diciendo que alguien lo vio todo, y que informó sobre lo que había pasado?

–Exacto, un francotirador y su vigía. Los dos están muertos. Uno se estrelló con un helicóptero, y el otro tuvo un ataque al corazón hace cinco años.

–¿El ejército supo desde el principio lo que habíamos hecho?

–Sí. Como supondrá, las autoridades se apresuraron a ocultarlo, pero el Mando de Investigación Criminal tenía todos los detalles –seguía con la mirada fija en el agua.

–¿El pueblo estaba controlado por el Viet Cong? –Bob seguía sin acabar de entender lo que Samuels estaba diciéndole.

–A veces, creo que habría sido mejor que nos mataran. No he podido olvidar lo que hice, la imagen de las mujeres y los niños a los que asesiné.

–Yo tampoco –le dijo, mientras luchaba por recobrar la compostura.

Samuels se pasó una mano por la cara y comentó:

–Estuvimos perdidos desde el momento en que pusimos un pie en aquel pueblo.

El asesinato de toda aquella gente los había marcado de por vida a los cuatro. No podían cambiar el pasado, y tampoco podían liberarse del peso de la culpa y el remordimiento. Daba igual saber que no iba a haber represalias oficiales.

Bob tenía la boca completamente seca, así que tomó un sorbo de café.

–He sufrido *flashbacks* durante años –le dijo Samuels–. Estuve tomando antidepresivos y somníferos, después de regresar de Vietnam no tuve en diez años ni una sola noche de sueño ininterrumpido. La verdad es que sigo sin dormir bien.

–Yo tengo pesadillas.

Permanecieron en silencio durante varios minutos. Bob

pensó en el francotirador y en el vigía, en lo que habían visto. Habían informado a los altos cargos, pero era obvio que no habían hablado con la prensa. Se preguntó si les habían dado órdenes expresas de mantenerlo en secreto, o si habían permanecido en silencio por camaradería. ¿Cómo les había afectado aquella experiencia, y tener que guardar aquel secreto?

Decidió que no podía seguir pensando en aquel asunto, al menos en ese momento, y comentó:

—Un amigo mío tiene unas cuantas preguntas sobre Russell, ¿le importaría hablar con él?

—¿Quién es? —le preguntó con voz un poco tensa.

—Un investigador privado. Le contraté poco después de que Max apareciera muerto, al principio tuve miedo de haber tenido algo que ver.

Samuels se relajó de forma visible y le dijo:

—Si puedo ayudar en algo, me tiene a su disposición.

Bob sabía que Roy contaba con descubrir alguna información útil gracias a Samuels.

CAPÍTULO 47

—¡Rachel, al teléfono! ¡Línea uno! —le gritó Valerie, desde el mostrador de recepción del salón de belleza.

Rachel miró a su clienta con una sonrisa de disculpa y se apresuró a ir a contestar.

—Diga.

—Hola, soy Nate.

Al oír su voz, el corazón le dio un brinco en el pecho. Luchó por mantener la calma, y al final logró decirle:

—Hola —intentó hablar con serenidad, pero apenas le salió un hilo de voz.

Había salido dos veces con él en el último mes, y al mismo tiempo estaba viéndose con Bruce. Disfrutaba de la compañía de Bruce y adoraba a Jolene, pero lo consideraba más un amigo que un posible amante. Se mantenía cauta con él, y aunque él parecía disfrutar también del tiempo que pasaban juntos, ambos sabían que no había nada profundo entre los dos.

—¿Podemos vernos esta noche? —le preguntó Nate.

—Ahora estoy ocupada, ¿podemos hablar después?

—No puedo esperar, acabo de enterarme de que voy a tener que embarcar.

¿El portaaviones George Washington se iba del astillero de Bremerton?

—¿Cuándo?

—Dentro de poco. Ya sé que me dijiste que estás saliendo con otro...

—No es eso, es que...

—Yo también tengo una relación con otra persona, pero no podía marcharme sin despedirme al menos.

Rachel cerró los ojos. Estaba indecisa, pero antes de que pudiera tomar una decisión, su corazón respondió en su nombre.

—Vale, ¿dónde y cuándo? —al ver que él no contestaba, le dijo—: Ven a mi casa a las siete, y ya hablaremos.

En cuanto las palabras salieron de su boca, deseó poder tragárselas. Se preguntó si estaba loca... aquel hombre la enloquecía cada vez que la tocaba, estaba a punto de marcharse y quizás estaría fuera durante meses, y ella acababa de invitarlo a su casa. Sabía que, en cuanto él entrara por la puerta, ninguno de los dos querría que se marchara.

—A las siete. Estaré allí.

—Vale, hasta luego.

Sus compañeras se habían dado cuenta de que pasaba algo, así que empezaron a hacerle preguntas de inmediato. Cuando les dijo que Nate tenía que embarcar, todas quisieron aconsejarla.

—No hagas ninguna idiotez —le dijo Jane.

—Tranquila, no voy a acostarme con él.

—Yo no estaría tan segura, estás loca por él —le dijo Terri.

—No sé lo que siento —dijo con sinceridad.

La atracción física que sentían el uno por el otro era innegable, pero en una relación tenía que haber algo más que sexo. Si sólo estuviera interesada en algo físico, podría conseguirlo cualquier día de la semana. A pesar de que la promiscuidad podía tener consecuencias desagradables, conocía a algunas mujeres que cambiaban de pareja a una velocidad pasmosa. Lo que ella quería no era una aventura esporádica, sino un vínculo emocional y verdadera intimidad.

Para cuando acabó la jornada de trabajo, estaba hecha un

lío, y se debatía entre la cautela y el deseo. Como su última clienta llegó un poco tarde, no llegó a casa hasta las seis y media, y lo primero que hizo fue darse una ducha y cambiarse de ropa. Aún tenía el pelo húmedo cuando llamaron a la puerta, así que se puso un poco de espuma para domar los rizos y fue a abrir a toda prisa.

—Hola —le dijo Nate, mientras la devoraba con la mirada.

—Hola. Entra —antes de que él pudiera moverse, alargó la mano para detenerlo y comentó—: Aunque a lo mejor no es una buena idea... ¿qué opinas?

Él la miró con una enorme sonrisa y le dijo:

—Que si entro, puede ser peligroso —se miró los pies, y soltó un profundo suspiro—. La verdad es que no sé si tendría que haber venido, pero no he podido contenerme.

Rachel fue incapaz de contestarle, pero sus palabras la halagaron.

Él la miró a los ojos y le dijo:

—Ya sabes que tengo novia —cuando ella asintió, añadió—: Y tú estás viéndote con un viudo.

—Sí, es verdad —los dos habían sido sinceros desde el principio. Como él se limitó a mirarla en silencio, añadió—: Te echaré de menos cuando te vayas.

—Yo también —se pasó la mano por el pelo con nerviosismo—. Podríamos salir a cenar, si te apetece. Charlar un rato.

—Perfecto.

Él parecía tan consciente como ella de la energía sexual que crepitaba entre los dos. Sabía que tenía que ser cauta, pero se dijo que podía disfrutar al menos de una velada con él.

—Voy a por los zapatos y un jersey, ahora vuelvo.

—Vale.

Él permaneció en la puerta mientras ella iba a toda prisa al dormitorio; regresó al cabo de un momento, cerró la puerta con llave y fue con él hacia el coche.

Fueron al Taco Shack, y comieron jalapeños. Nate era el único hombre que había conocido al que le gustaba la comida picante tanto como a ella. Charlaron y bromearon, y dio la impresión de que tenían un millón de cosas que decirse. El tiempo pasó volando, y antes de que se dieran cuenta, llegó la hora de cierre del restaurante.

—Será mejor que te lleve a tu casa —le dijo él.

Rachel accedió a regañadientes. Antes, cuando le había dicho que iba a echarle de menos, había sido sincera. Volvieron a su casa en silencio.

—Te escribiré algún correo electrónico, ¿vale?

—No tengo ordenador —era la primera vez que salía con un marinero, así que todo aquello era nuevo para ella.

—Pues nos costará un poco más estar en contacto —le dijo, visiblemente decepcionado.

—¿Cuánto tiempo vas a estar fuera?

—No lo sé, la Armada no pide mi opinión a la hora de tomar esas decisiones.

Ella esbozó una sonrisa. Cuando llegaron a la casa, Nate detuvo el coche junto a la acera, pero no apagó el motor.

Permanecieron en silencio durante unos segundos, hasta que él le dijo:

—Lo he pasado muy bien esta noche, Rachel. Cada vez que estoy contigo, me voy deseando volver a verte, pero entonces me acuerdo de...

Ella se volvió a mirarlo, y lo silenció al poner un dedo sobre sus labios.

—No lo digas, Nate.

Él la abrazó y apoyó la frente contra la suya.

—Jamás había deseado tanto besar a alguien como en este momento. Pero no puedo hacerlo, porque sé lo que pasaría después.

Sí, Rachel también lo sabía.

—Pero no sé si voy a poder contenerme —admitió él, con un gemido. Cerró los ojos, y le rozó los labios con los suyos suavemente, con dulzura. La abrazó con más fuerza, y suspiró antes de apartarse—. Te acompañaré hasta la puerta —le dijo, con voz ronca.

—No hace falta, puedo ir sola.
—Ni hablar, mi madre me echaría una buena bronca si no lo hiciera.
—Vale, como quieras —no lo dijo demasiado convencida, porque él no estaba facilitándole las cosas.
La tomó de la mano mientras iban hacia la casa, abrió la puerta y le devolvió las llaves.
—Estaré esperando noticias tuyas —como él se limitó a asentir, añadió—: Espero que te vaya muy bien, Nate.
Él asintió otra vez con expresión sombría.
Rachel le acarició la mejilla y fue incapaz de contenerse. Le dio un breve beso de despedida y se apresuró a entrar en la casa. Cuando oyó que el coche se alejaba, abrió de nuevo la puerta y se quedó con la mirada fija en la calle. Se sorprendió un poco al notar que los ojos se le llenaban de lágrimas, porque apenas conocía a Nate Olsen. Habían salido juntos varias veces, y al final de cada una de las citas, había creído que no volvería a verlo.
Fue al cuarto de baño y agarró un pañuelo de papel. Si iba a enamorarse, tendría que hacerlo con sensatez, pero no se le ocurriría otra cosa que complicarlo todo y encapricharse de un marinero que estaba prácticamente comprometido con otra mujer.
Se sentó en la oscuridad con los pies encima de la mesita baja y reflexionó sobre su patética vida amorosa. La bombilla que había sobre la puerta principal no alcanzaba a iluminar bien la habitación, a pesar de que las cortinas estaban descorridas. Sabía que tendría que levantarse y encender la luz, pero prefería seguir en la oscuridad.
Alguien llamó a la puerta, y por la ventana alcanzó a ver la silueta de un hombre. Contuvo el aliento y fue a abrir a toda prisa. Nate estaba al otro lado de la puerta, con las manos metidas en los bolsillos.
Al principio, se quedaron mirándose en silencio; al final, como si estuviera sintiendo una atracción magnética, ella dio un paso hacia él.

—No sé lo que nos está pasando, Rachel, pero no podía dejarte así —le dijo él, en voz baja.

Ella sentía lo mismo.

—Por primera vez desde que entré en la Armada, no quiero embarcar.

Rachel tampoco quería que se fuera.

—Ven conmigo —le dijo él.

—¿Adónde?

—No lo sé. Vamos a la playa, podemos sentarnos y contemplar las estrellas.

—¿Vas a besarme? —tenía ganas de ponerse a gritar de alegría.

—Es lo más probable. ¿Vas a dejar que lo haga? —le dijo él, con una sonrisa pícara.

—Me lo estoy pensando —le contestó, sonriendo también.

Él se echó a reír, y le dijo:

—No tardes mucho en pensártelo.

CAPÍTULO 48

Cuando la alarma del despertador empezó a sonar, Ian soltó un gemido de frustración y se acurrucó contra Cecilia. Le rodeó la cintura con el brazo y posó la palma de la mano sobre su vientre ligeramente abultado.

—Mmm... —dijo ella en voz baja, mientras en la radio sonaba una canción de Carly Simon—. No me digas que ya es hora de levantarse.

—Eso me temo —le dijo, antes de besarla en la coronilla.

Ella le cubrió la mano con la suya y le dijo:

—La niña también te da los buenos días.

—Buenos días, pequeñita —se le formó un nudo en la garganta, porque era la última mañana que iba a pasar con su mujer hasta después de que la niña naciera. El George Washington iba a zarpar rumbo al sur del Pacífico, y le habían dicho que era probable que tuviera que estar allí durante seis meses por lo menos.

Cecilia se tumbó de espaldas y lo miró con sus enormes ojos marrones.

—Todo va a salir bien, Ian. Deja de preocuparte.

Él se preguntó a quién estaba intentando convencer, a él o a sí misma.

—Voy a estar bien, esta vez tengo amigas —le dijo ella, mientras apoyaba la cabeza sobre su hombro desnudo.

—¿Qué quieres decir?, ¿que no vas a echarme de menos? —intentó decirlo en tono de broma, pero no lo consiguió.

—Cariño, sabes que no voy a poder dejar de pensar en ti.

—Algunos matrimonios se pelean en momentos como éste, así es más fácil marcharse.

Ella le besó en la mandíbula y susurró:

—Yo prefiero hacer el amor.

—Sí, yo también.

Nunca se le había dado bien pelear con ella, porque la amaba con toda el alma. A pesar de sus miedos, se había dado cuenta de que, si hubieran esperado a tener otro hijo hasta que él se sintiera preparado, quizás habrían tenido que esperar de forma indefinida.

—¿Cuánto tiempo nos queda? —le dijo ella en voz baja, mientras le acariciaba los brazos.

—El suficiente —le respondió, mientras le mordisqueaba la oreja.

Ella lo miró con una sonrisa sexy mientras deslizaba una pierna entre las suyas. Hicieron el amor con pasión desenfrenada y después permanecieron abrazados durante mucho tiempo, porque ninguno de los dos quería separarse. Tuvieron que prepararse a toda prisa para que él pudiera llegar a tiempo, pero no les importó.

Cecilia se apresuró a vestirse, porque iba a llevarlo en coche al astillero. Mientras él acababa de recoger lo que iba a llevarse, ella salió a poner en marcha el coche. Era obvio que estaba al borde de las lágrimas, pero no era la única que estaba pasándolo mal. En todos los años que llevaba en la Armada, jamás se había sentido tan desolado por tener que zarpar.

Su expresión debía de revelar lo que sentía, porque en cuanto entró en el coche junto a Cecilia, ella lo miró con una sonrisa de ánimo y le dijo:

—Todo va a salir bien.

Deseó con todas sus fuerzas poder creerla, pero fue incapaz de acallar las dudas que lo atormentaban. Mientras salían del aparcamiento, su inquietud fue acrecentándose.

—Todo saldrá bien, Ian. Ya lo verás.

—¿Cómo lo sabes? —no pretendía ser tan cortante, pero los miedos que lo habían atormentado tras la muerte de su primera hija estaban saliendo de nuevo a la superficie. El nudo que tenía en el estómago no desaparecería hasta que supiera que su mujer había dado a luz sin complicaciones a una niña sana.

—Te pondré al tanto cada vez que vaya al médico.

—¿Me lo prometes? —tenía la sospecha de que Cecilia intentaría protegerle de la verdad, pero quería saber hasta el último detalle del embarazo... necesitaba saberlo.

—Te lo prometo.

Permanecieron en silencio durante unos minutos. Mientras ella conducía, él no dejaba de preguntarse si sería capaz de zarpar. Su instinto le decía que la historia estaba repitiéndose. Cuando había zarpado tres años atrás, también sabían que Cecilia estaba embarazada de una niña... él estaba en alta mar cuando Allison había nacido, y volvería a estarlo cuando naciera su segunda hija... en los dos casos, las ecografías habían parecido perfectamente normales...

Tenía que zarpar, y apenas podía soportar el peso que le oprimía el pecho.

CAPÍTULO 49

Maryellen estaba sentada en el balcón del dormitorio principal, contemplando las aguas tranquilas de Puget Sound. El monte Rainier se alzaba en la distancia, pero parecía estar al alcance de la mano.

Katie estaba dormida en su regazo. Tenía un pulgar en la boca, y con la otra mano aferraba su manta preferida.

Cerró los ojos mientras inhalaba el aroma del mar y escuchaba los sonidos del atardecer. Habían pasado nueve días desde que había perdido a su bebé, y desde entonces apenas podía dormir y tenía el corazón hecho trizas.

Jon estaba pendiente de ella en todo momento, pero vivían como desconocidos que se trataban con cortesía. Sabía que estaba preocupado por ella, y tenía la sospecha de que había hablado con su madre, porque había ido a visitarla cada día.

Al oír que su marido se acercaba por detrás, miró por encima del hombro.

—¿Te he despertado? —le preguntó él. Cuando ella negó con la cabeza, añadió—: ¿Te traigo algo de beber? —como ella se limitó a hacer otro gesto de negación, se sentó en la mecedora que había junto al balancín—. Hace bastante que no hablamos.

—No había nada que decir.

—Siento mucho lo del bebé —le dijo él, con voz ronca.

Cada vez que le oía decir aquello, Maryellen tenía ganas de echarse a llorar.

—¿Te importa que no hablemos del aborto?, ya no hay ningún bebé.

—La culpa es mía...

—Tú no hiciste nada, Jon. No tienes por qué sentirte culpable, son cosas que pasan —estaba repitiendo lo que le había dicho el médico, y aunque aquellas palabras seguían sin consolarla, eran lo único que podía ofrecerle a su marido.

—Estaba enfadado, y me porté como un idiota.

Ella ni siquiera respondió.

—No me dijiste que estabas embarazada. No pudiste, porque yo no te dejé.

—Basta, por favor. No sigas —estaba demasiado hundida como para oírle culpándose de aquella forma.

—Decidiste irte a casa de tu madre por lo del embarazo, ¿verdad?

Ella se negó a responder. El día de la boda de Charlotte, le habían pasado por la cabeza un sinfín de cosas. Jon estaba enfadado con ella, no quería perdonarla, e incluso se negaba a hablar del tema. Cuando ella había decidido marcharse a casa de su madre, él no había intentado detenerla. Si estaba en casa con Katie en ese momento, era porque él la había llevado allí al salir del hospital.

Jon se levantó de la mecedora y empezó a pasearse de un lado a otro.

—Por favor, Maryellen, di algo.

—¿Qué quieres que te diga? —le preguntó, desconcertada.

—No lo sé, cualquier cosa. No te quedes ahí con la mirada perdida, no soporto verte así.

—Estoy sufriendo...

—¿Por el bebé?

—Sí, y por nosotros dos.

Jon se apoyó en la columna, como si no tuviera fuerzas para permanecer de pie.

—No hace ni dos semanas que estabas dispuesto a dejar que Katie y yo nos fuéramos de aquí, ¿es que no te acuerdas? —al ver que permanecía callado, añadió—: Sé que me equivoqué al ponerme en contacto con tus padres, pero no quería hacerte daño. Sólo pretendía ayudarte.

—¡No quería tu ayuda!

Su grito despertó a Katie, que se movió inquieta hasta que volvió a meterse el dedo en la boca. Maryellen empezó a acariciarle la espalda, y volvió a quedarse dormida de inmediato.

—Será mejor que dejemos esta conversación para luego.

—No —estaba paseando de un lado a otro como un poseso—. Ya te había dicho que no necesito a mis padres, que no quiero saber nada de ellos. Katie y tú sois mi única familia.

Si aquello fuera cierto, no habría dejado que se fuera con la niña el sábado de la boda.

Él extendió las manos en un gesto silencioso de súplica, pero al ver que ella permanecía en silencio, se pasó los dedos por el pelo y finalmente se incorporó, como si acabara de tomar una decisión.

—¿Quieres que nos divorciemos, Maryellen?

—No, pero no sé cuánto tiempo va a durar este matrimonio —al ver su expresión de tormento, sintió la necesidad de explicarse—. Apartas a un lado con mucha facilidad a la gente que te quiere. Si puedes alejarte de tu padre y tu madrastra, puedes hacer lo mismo con Katie y conmigo. Lo más probable es que acabes haciéndolo, tarde o temprano.

—¡Eso no es verdad! —se arrodilló delante de ella, le agarró las manos y la miró a los ojos—. Mírame, Maryellen. Katie y tú lo sois todo para mí.

—Hasta que haga algo que te moleste.

Él se levantó y se apartó un poco antes de repetir:

—Eso no es verdad.

Maryellen sabía que ella tenía razón, pero no tenía fuerzas para discutir.

—¿Quieres que te diga que estoy dispuesto a olvidar lo que me hizo mi padre?, ¿es eso lo que quieres que te diga?
—No.
—Entonces, ¿qué es lo que quieres?
—Que tengas paz.
—¿*Paz*? —repitió la palabra como si no la hubiera oído en su vida—. ¿Quieres que tenga paz, o que haga las paces con mis padres?
—Las dos cosas, pero no podrás lidiar con lo de tus padres hasta que estés en paz contigo mismo.
—Estaba de lo más feliz con mi vida hasta que apareciste tú.

Maryellen no pudo evitar sonreír y le dijo:
—No, sólo creías estarlo.
—No los necesito.
—Guardaste las cartas que te mandaron, Jon —le dijo con voz suave.
—Pensaba tirarlas.
—Pero no lo hiciste. Seguro que te sentías satisfecho cuando ellos te mandaban una carta tras otra, y tú no les respondías.
—No sabes lo que dices.
—Puede que no.
—Quieres que haga las paces con ellos, pero no puedo. Me niego. Lo siento, Maryellen, pero no puedo hacerlo, ni siquiera por ti.

El hecho de que se mostrara tan inflexible, tan incapaz de perdonar, asustaba a Maryellen.
—No pretendo que olvides lo que te hicieron, pero perdonar es diferente —como él se limitó a negar con la cabeza, comentó—: Debes de sentirte muy bien, muy satisfecho, al saber que estás vengándote de ellos después del daño que te hicieron.

Él la fulminó con la mirada, pero se mordió la lengua.
—No creo que llegue a entender cuánto sufriste, Jon. Tu familia te traicionó, tus padres eligieron a tu hermano por encima de ti, y estás enfadado.

—Claro que lo estoy.
—Estás en tu derecho. Puede que no se merezcan tu perdón, pero... ¿no te das cuenta de cómo te ha afectado tu propia amargura? ¿Es que no entiendes que no podrás ser feliz de verdad si no liberas el dolor que sientes? —sin darle tiempo a contestar, añadió—: Estás enfadado conmigo, y aunque admito que no estuvo bien lo que hice a tus espaldas, dejaste que me fuera porque para ti valía más tu indignación que el amor que sientes por mí.

Él abrió la boca para protestar, pero pareció cambiar de opinión y empezó a pasearse de un lado a otro mientras debatía consigo mismo.

—¿Qué debo hacer, Maryellen?
—Mira en tu corazón. Trabaja en tu actitud, en tu incapacidad de liberar todo ese dolor que sientes.

Jon sacudió la cabeza y la miró con desesperación, como si ella estuviera pidiéndole lo imposible.

—Haces que parezca muy fácil.
—Ya sé que no lo es.

Él suspiró profundamente, y sus hombros se encorvaron en un gesto de rendición.

—Puedes mantenerte en contacto con ellos si quieres, Maryellen.
—¿Y tú?
—Esperaré un poco, pero lo intentaré por Katie y por ti.

En ese momento, el nubarrón de abatimiento que se cernía sobre ella desde el aborto se desvaneció. Abrió los brazos y Jon la abrazó de inmediato, con la niña entre los dos.

—No puedo pedir nada más, Jon —susurró.

CAPÍTULO 50

Bob creía que Samuels le caería mal, pero durante los últimos días había empezado a conocerlo un poco, y había llegado a respetarlo.

Roy había estado fuera, porque había asistido a un encuentro con varios de sus viejos compañeros de la academia de policía, pero en cuanto Corrie le había dicho que Samuels estaba en Cedar Cove, había adelantado su regreso y estaba previsto que llegara el lunes.

Por acuerdo tácito, Samuels y Bob no hablaron de Maxwell Russell. Hannah siempre solía desaparecer cuando el coronel iba a la pensión, y cuando Bob le había preguntado a Peggy al respecto, ella había justificado a la joven; al parecer, Hannah tenía miedo del coronel, pero teniendo en cuenta lo asustadiza que se mostraba con todos los hombres en general, no resultaba demasiado extraño. La joven prefería estar sola, y a menudo se quedaba metida en su habitación, leyendo o viendo la tele. Peggy era la única persona con la que parecía sentirse cómoda.

Roy llegó poco después de la una de la tarde del lunes, y Bob se sorprendió al ver que iba acompañado de Troy Davis, el sheriff. Los condujo a la sala de estar, donde Stewart Samuels ya estaba esperando.

—Será mejor que nos sentemos —dijo, después de las presentaciones de rigor. Cuando Peggy se sentó a su lado después de servir el café, la tomó de la mano y entrelazó los dedos con los suyos.

Roy se sacó una libretita del bolsillo y comentó:

—Si no os importa, tengo un par de preguntas —miró al sheriff, como esperando su permiso.

—Os diré todo lo que pueda —dijo Samuels.

—Háblame de la primera vez que viste a Russell después de su accidente.

—No nos vimos, todo se gestionó por teléfono.

—No puede ser —Peggy se echó hacia atrás de inmediato, como si deseara haberse mordido la lengua—. Perdón, seguid.

—Estoy seguro de lo que estoy diciendo, Peggy —le dijo Samuels—. Max le pidió al médico que contactara conmigo, para pedirme que le ayudara a entrar en un hospital de veteranos. Necesitaba reconstrucción facial, pero su seguro no daba para tanto.

—¿No fuiste a verle a California después de la operación?

—No, nunca, pero hablé por teléfono con él varias veces.

—¿Cuándo? —le preguntó Troy.

—No me acuerdo de las fechas exactas, pero fue después de la operación, que tengo entendido que fue un éxito.

—¿Para qué te llamó?

—Yo lo llamé a él. Un trabajador social del hospital me informaba de su evolución, y me dijo que a Max le iría bien tener asesoramiento psicológico; al parecer, sufría un trastorno de estrés postraumático. Le animé a que asistiera a las sesiones de terapia.

—¿Lo hizo?

—Sí. Al cabo de un tiempo, el médico me dijo que las cosas iban bien. Me sentí esperanzado cuando volví a hablar con Max. Hablé una sola vez con su terapeuta, pero parecía optimista.

—¿Sabes por qué vino a Cedar Cove?

—No, a menos que... —vaciló por un instante, y fijó la mirada en sus manos–. A lo mejor tuvo algo que ver con las sesiones de terapia, puede que quisiera aceptar al fin lo que había pasado en Vietnam. Creo recordar que Dan y él eran muy amigos durante la guerra.

—¿Te comentó si pensaba visitar a Dan? —le preguntó Roy.

—No. Como te he dicho, sólo hablé con él dos o tres veces.

—¿Cuándo te enteraste de que lo habían asesinado? —le preguntó el sheriff.

—Cuando Roy me llamó. Desde entonces, he estado al tanto de lo que pasaba gracias a vosotros.

—Peggy, ¿a qué te referías antes? —le preguntó el sheriff.

—No es nada, seguro que ha sido un malentendido.

—¿El qué?

—Hace poco, Hannah me comentó que, poco antes de que su padre viniera a Cedar Cove, le había visto hablando en persona con el coronel Samuels.

—Eso es imposible. El año pasado apenas salí de Washington D. C., sólo viajé a Inglaterra y a Bélgica.

—Es fácil verificarlo —le dijo Roy a Davis.

—Podemos hacerlo ahora mismo —les dijo Samuels—. Si me dais una fecha en concreto, le diré a mi asistente que abra mi agenda y podemos revisarla a través de Internet.

Troy y Samuels fueron a usar el ordenador que había en la habitación contigua. Estaba encendido, porque Bob había estado trabajando antes con un programa de contabilidad. Mientras esperaban, Roy siguió tomándose su café y Bob dejó de apretar la mano de Peggy con tanta fuerza. Aquello no estaba siendo tan incómodo y desagradable como había temido.

—¿Hannah está aquí? —les preguntó Roy.

—Sí, en su habitación —le dijo Peggy—. Pero me gustaría mantenerla al margen de todo esto, en la medida de lo posible. Se pone muy mal cada vez que alguien menciona a su padre.

—Vamos a necesitarla para verificar los hechos —comentó Roy.

—Ya ha sufrido mucho, no me gusta la idea de meterla en todo esto —le dijo Peggy—. La pobre se altera con facilidad, sobre todo cuando se trata de algo relacionado con sus padres.

—A la larga, esto la ayudará.

Cuando su mujer se volvió hacia él, Bob le dijo:

—Estoy de acuerdo con Roy. Vive con nosotros porque queremos ayudarla, puede que esta reunión la ayude a zanjar algunos asuntos pendientes.

Peggy fue a buscarla, y volvió con ella poco antes de que Troy y Samuels regresaran también. Hannah parecía una niñita a la que estaban a punto de regañar, y permaneció junto a Peggy con la cabeza gacha. Saludó a Bob con una breve inclinación de cabeza y se sentó junto a Peggy, que posó una mano sobre su hombro para intentar tranquilizarla.

—No nos habías dicho que tu padre fue a un psicólogo —le dijo Roy.

—Yo creo que sí... Peggy, te lo comenté a ti, ¿verdad?

—Lo siento, no me acuerdo.

Hannah soltó una pequeña carcajada y dijo:

—Sí, mi padre iba a terapia. ¿Qué más da?

—Nos dijiste que solía llevar documentación falsa —le dijo Bob.

—Nos habría ido bien tener esa información antes —masculló Troy.

—Mi padre nunca duraba demasiado en un mismo trabajo —se apresuró a explicarles la joven—. A veces... usaba un nombre diferente cuando nos mudábamos a otra ciudad.

—Eso no fue lo que me dijiste —le dijo Troy—. Cuando te pregunté sobre el tema, me dijiste que no creías que tu padre fuera capaz de hacer algo así.

—Es que... estaba aturdida —susurró, con la mirada fija en la alfombra—. No me acuerdo de todo lo que me preguntaste. Acababa de enterarme de que mi padre había muerto, de que a lo mejor le habían asesinado... —se cubrió la cara con las manos.

Peggy le dio unas palmaditas en la espalda y fulminó al sheriff con la mirada, como si pensara que estaba intimidando a la pobre muchacha.

—¿Es necesario todo esto, sheriff? —le preguntó, cuando Hannah empezó a sollozar.

—Estamos investigando un asesinato, Peggy.

—¿Cree que asesiné a mi propio padre? —Hannah se levantó de golpe—. ¡Era la única persona a la que tenía en el mundo! ¿Por qué iba a querer matarlo? —señaló a Samuels, y añadió—: Él es el que opta a un ascenso importante... fue él quien llevó a su escuadrón a aquel pueblo en el que murieron mujeres y niños.

—¿Cómo...? ¿Cómo lo sabes? —le preguntó Peggy, atónita.

—Mi padre me lo contó cuando empezó con la terapia. Era un asesino, igual que Bob y él —señaló con un dedo tembloroso al coronel—. Seguro que fue él quien mató a mi padre.

—Yo estaba en Europa cuando tu padre murió —le dijo Samuels con calma.

—¿Y qué?, murió envenenado. Viniste a casa, y le diste aquella botella de agua antes de marcharte.

—Las fechas de la agenda del coronel indican otra cosa, Hannah —le dijo el sheriff—. Pero sabemos que tu padre estuvo con una persona antes de venir a Cedar Cove: contigo.

—¡Ni siquiera sabía que iba a marcharse!

—Eso no fue lo que me dijiste —le recordó Roy.

—De... debe de haber habido algún malentendido —Hannah empezó a retroceder poco a poco hacia la cocina.

—Dejad de atacarla —les dijo Peggy—. ¿No veis que estáis asustándola?

—Siempre me pareció curioso que envenenaran a Maxwell Russell con una droga que a veces se usa en violaciones —comentó Roy—. Se considera una sustancia propia de gente joven.

La habitación quedó en silencio y todo el mundo se quedó mirando a Hannah.

—Cuando hablé contigo por teléfono, empecé a darme cuenta de que tus respuestas eran inconsistentes —siguió diciendo Roy—. Hablé también con el coronel, y pude verificar lo que él me dijo, pero no tus afirmaciones. A lo mejor puedes darnos una explicación.

—Claro que puedo.

—Dijiste que tu padre era un buen hombre.

—¡Lo era!

—¿Pero nunca duraba en un trabajo?

—Lo intentaba...

—¿Trataba mal a tu madre?

—¡Sí!, ¡nada le parecía bien! Yo le odiaba... le quería... —su rostro reflejó miedo y dolor. Apretó los puños, y añadió—: Se merecía morir. Era él el que tenía que morir en el accidente, no mamá.

—Hannah... —Peggy se acercó a ella de inmediato—. No sabes lo que estás diciendo...

Hannah la apartó de un empujón y se volvió hacia los demás.

—Sois todos iguales, ¿verdad?

—¿Qué le pasó a tu madre? —le preguntó Troy.

—Murió. No era ella la que tenía que morir, sino mi padre. Le di dinero a mi amigo Davey, para que pusiera aire en la columna de dirección del coche de papá. Se suponía que él perdería el control y se estrellaría. Todo iba a ser muy sencillo, pero mamá decidió ir con él. Intenté convencerla de que se quedara en casa, pero no me hizo caso. Papá quería que lo acompañara, y ella nunca le negaba nada.

Pronunciaba las palabras con tanto odio, que tenía el rostro crispado. Bob no había visto nunca algo así.

—Papá sufrió, y me alegro. Me sentí mejor al ver lo quemado que estaba, pero no era suficiente. Podría haberlo matado en el hospital. Quería hacerlo, pero cuando vi cuánto sufría, pensé que la muerte era demasiado buena para él.

—Hannah, no digas ni una palabra más. No lo dices en serio... —le dijo Peggy.

—¡Claro que lo digo en serio! Mi padre era un malnacido, y le odiaba por lo que nos hizo a mi madre y a mí. Nunca podía tener amigas, no podía llevarlas a casa. Cada vez que hacía alguna amistad, teníamos que mudarnos porque papá había perdido su trabajo, o porque los vecinos le oían cuando pegaba a mamá. Cuando tenía seis años, me rompió el brazo. Nadie se enteró, porque no pude decirles a los médicos lo que había pasado; en teoría, me había caído por la escalera —sacudió la cabeza, y alzó cada vez más la voz—. Hice que también pagara por eso, Davie me ayudó. Fue él el que me compró la droga y me dijo cómo hacerlo, ¡me aseguró que no me pillarían!

—Hannah Russell, tienes derecho a permanecer en silencio —Troy se levantó, y fue hacia ella poco a poco—. Cualquier cosa que digas puede ser y será utilizada en tu contra en un tribunal.

—¡Cállate! —le gritó, a pleno pulmón.

—Por favor, Hannah... —le suplicó Peggy.

—¡No!, ¡esta vez no! Papá cambió cuando empezó a hablar con el loquero, decía que quería empezar desde cero y ser feliz. Pero yo no podía permitir que lo fuera, después del infierno que me había hecho pasar. Se merecía morir, quería verle muerto... ¡muerto! ¡Quería que muriera, que ardiera hasta quedar hecho cenizas, que desapareciera para siempre!

Troy se acercó a ella con unas esposas, y al darse cuenta de que iban a arrestarla, la joven se hincó de rodillas y se echó a llorar desconsolada.

Peggy hizo ademán de ir a consolarla, pero Bob la detuvo. Hannah había matado a su propio padre, durante todo aquel tiempo habían tenido a la asesina bajo su propio techo sin saberlo. Cuando su mujer se volvió hacia él y ocultó el rostro en su hombro, le dijo en voz baja:

—Ya está, Peggy. Ya ha acabado todo.

—¿Lo sabías? —le preguntó, mientras alzaba la cabeza para mirarlo.

Él negó con la cabeza.

Mientras Davis llevaba a Hannah hacia el coche patrulla, la joven miró por encima del hombro a Peggy, como pidiéndole ayuda en silencio. Peggy se cubrió la boca con la mano. Era obvio que aquello estaba siendo muy duro para ella, pero permaneció en silencio junto a Bob.

De repente, Hannah empezó a soltar una ristra de palabrotas que los dejó boquiabiertos a todos. Podían escucharla con claridad incluso desde dentro de la casa. Cuando Troy se alejó en el coche con ella, la habitación quedó sumida en un completo silencio.

Peggy, Bob y Samuels se quedaron solos cuando Roy se marchó poco después.

—Todos enterramos tan hondo como pudimos lo que pasó aquel día, pero ahora ha vuelto a salir a la luz... —dijo Bob.

—Y ahora, puede que nosotros dos podamos seguir adelante con nuestras vidas.

Por primera vez desde que había regresado de Vietnam, Bob sintió que eso era posible. La culpa jamás se desvanecería del todo, pero quizá podría encontrar una forma de expiar sus pecados.

CAPÍTULO 51

La clase de aeróbic parecía un poco más fácil aquel miércoles, a pesar de que Grace tenía la frente empapada de sudor. Se volvió hacia izquierda y derecha al ritmo de la música, siguiendo las instrucciones de la monitora, mientras usaba hasta la última gota de energía que tenía.

Quizás aquel exceso de vigor se debía a su estado de ánimo. Seguía estando furiosa con Will Jefferson, y hacía una semana que no sabía nada de Cliff. Estaba claro que él volvía a dudar de ella, y lo más probable era que no quisiera volver a verla. Lo que Will quería era evitar que ella fuera feliz con otro hombre, pero no estaba dispuesta a permitir que se saliera con la suya. No entendía cómo podía estar tan dispuesto a traicionar a su mujer, ni por qué insistía tanto en tener una relación con ella, ni por qué se mostraba tan pendenciero desde que lo había rechazado, pero no iba a permitir que destruyera su relación con Cliff.

—Buena suerte, colega —susurró, antes de acabar los ejercicios con un arranque de energía. No pensaba rendirse justo cuando estaba a punto de recuperar a Cliff. Si no la llamaba pronto, volvería a mandarle notas y mensajes electrónicos.

—¿Qué has dicho? —le preguntó Olivia, jadeante, cuando la música terminó. Tenía el rostro enrojecido y sudoroso.

—Nada, da igual.

Cuando empezaron los ejercicios de relajación, la parte que menos le gustaba de la clase, agarró una colchoneta del fondo de la sala y la colocó junto a la de Olivia. Quizá fuera por la edad, pero cada vez le costaba más hacer algunos estiramientos, sobre todo el que se hacía doblando una pierna, cruzándola por encima de la otra y girando hacia el lado. Siempre acababa mirando hacia el lado equivocado.

—Has estado de mal humor durante toda la clase —le dijo Olivia, mientras iban a los vestuarios—. ¿Qué te pasa?, ¿es por Cliff?

—¿Tienes tiempo para tomar un café?

—No, lo siento. Jack aún está trabajando, y si no lo saco a rastras del despacho, se pasará allí la mitad de la noche.

—Pobrecillo.

—Ni pobrecillo ni nada, me siento como una viuda. Aún tendríamos que estar en la fase de la luna de miel, los directivos del periódico tendrían que dejarle contratar a un editor adjunto.

—Sí, es verdad.

—Por cierto, no sabes cuánto siento lo de mi hermano. Estoy indignada con él —Olivia agarró su toalla y se secó la cara.

Grace sabía que ni Olivia ni Charlotte tenían la culpa del comportamiento de Will. La mejor explicación que se les había ocurrido era una especie de crisis de la mediana edad, pero ninguna de ellas había quedado demasiado convencida.

—¿Qué haces el sábado? Podríamos salir a comer, o ir al cine —le dijo Olivia.

—Sí, podríamos ir al cine por la tarde —por la mañana tenía trabajo en la protectora de animales y pensaba ir a cenar con Kelly y Paul.

—Perfecto, te llamaré después para elegir la peli —le dijo Olivia, mientras iba hacia las duchas.

Grace asintió con una sonrisa.

Cuando regresó a casa, aún estaba nerviosa. Buttercup

estaba esperándola, como siempre. Al encender la luz, vio a Sherlock durmiendo en el sofá.

—Hola a ti también —le dijo, mientras llevaba la ropa de deporte a la habitación de la lavadora.

Al darse cuenta de que la luz del contestador automático estaba parpadeando, agarró un papel y un lápiz y le dio al botón. Sonrió de oreja a oreja en cuanto oyó la voz de Cliff, y marcó su número sin esperar a oír el mensaje entero.

Él contestó al segundo tono. Su saludo fue escueto, como siempre.

—Hola, empezaba a preguntarme si me llamarías un día de estos —le dijo ella.

—He estado ocupado.

—Ya lo sé, yo también. ¿Cómo estás?

—Bien, ¿y tú?

—Mejor ahora que estoy hablando contigo.

Aunque estaban hablando por teléfono, supo sin lugar a dudas que él había sonreído.

—Lisa me ha llamado esta tarde, quería saber cómo iban las cosas entre tú y yo.

—¿Qué le has dicho? —llevó el teléfono a la sala de estar, se sentó en el sofá y se puso a Sherlock sobre el regazo. Al gato no le hizo gracia que lo despertara, pero se aquietó de inmediato.

—La verdad.

—¿Y cuál es la verdad? —le preguntó, mientras acariciaba el lustroso pelaje negro del gato.

—Que no puedo dejar de amarte, por mucho que lo intente.

—Yo tampoco puedo dejar de amarte, Cliff —le dijo, mientras los ojos se le inundaban de lágrimas.

—Ya sé que es un poco pronto, pero esperaba que pudieras pasar Acción de Gracias conmigo.

—¿Vas a ir a casa de Lisa?

—No. Este verano he pasado tiempo con ella, así que lo más probable es que me quede aquí.

—¿Solo?

—No si puedo evitarlo.

—¿Quieres venir a cenar conmigo y mis hijas? —no sabía si ellas tenían planes, pero no le costaría nada averiguarlo.

—¿Puedo invitar también a Cal?

—Claro que sí —al recordar que Cal había sido uno de los solteros de la subasta, le preguntó—: Por cierto, ¿ha tenido ya la cita con Linnette McAfee?

—No, me parece que a ella no le ha hecho ninguna gracia que su madre le busque un soltero. Y Cal me echa la culpa a mí, porque fui yo quien le animó a que participara en la subasta.

—¿Sabes si Linnette ya está viviendo en Cedar Cove?

Había estado muy ocupada, y no estaba enterada de cómo iba el asunto de la clínica. Sabía que Linnette había aceptado el puesto de asistente médico. Habían limpiado el solar, y la estructura del edificio iba tomando forma con tanta rapidez, que costaba creer que un par de semanas atrás no había habido nada en aquel lugar.

—Tengo entendido que se mudará aquí el mes que viene, para ayudar a organizarlo todo —le dijo él—. Charlotte me ha dicho que la clínica ya estará funcionando a principios de año.

—Genial. Supongo que eso significa que Cal tendrá pronto su cita.

—Sí, eso parece. La verdad, creo que le irá bien.

—Sí, yo también lo creo. ¿Te veré antes de Acción de Gracias?

—Probablemente.

—Me lo tomaré como un sí.

—¿Quieres que vaya a verte el viernes por la tarde?

—Perfecto.

Charlaron durante unos minutos más y, cuando colgó, Grace se sentía más esperanzada que nunca.

Cuando Buttercup se acercó al sofá para recibir su dosis de atención, Sherlock, que seguía sobre su regazo, abrió un ojo con pereza, pero no protestó. Grace sonrió mientras acariciaba la cabeza de la perra. Había trabajado duro para recuperar la confianza de Cliff, y estaba decidida a no volver a darle ninguna razón para que dudara de ella. Había aprendido muy bien la lección.

CAPÍTULO 52

Corrie McAfee miró los naipes que tenía en la mano y suspiró mientras intentaba recordar cómo se jugaba. Acabó rindiéndose y le lanzó una mirada suplicante a Peggy por encima de la mesa.

Las dos parejas estaban pasando una velada muy agradable y habían decidido jugar al pinacle después de la cena. Hacía años que Corrie no jugaba a las cartas, así que estaba un poco desentrenada, y Roy se tomaba aquellos juegos demasiado en serio. Peggy se había ofrecido a emparejarse con ella, pero era obvio que ninguna de las dos tenía la cabeza en el juego.

—¿A quién le toca? —Roy se comió una galleta salada mientras observaba sus naipes. Bob y él habían ganado las tres primeras partidas y estaban regodeándose demasiado.

—Habéis ganado tres partidas seguidas, me parece que a Peggy y a mí nos vendrá bien un descanso.

—Venga ya, si ahora es cuando empieza a ponerse interesante —le dijo Bob.

—Haré palomitas.

—Vale, de acuerdo —dijo Roy a regañadientes. A veces podía ser de lo más competitivo.

Corrie fue a la cocina con Peggy, que se apoyó en la encimera mientras ella empezaba a hacer las palomitas. Cortó un buen trozo de mantequilla, y después de meterlo en el microondas, comentó:

—No soporto las palomitas sin mantequilla de verdad —mientras el maíz empezaba a estallar, se apoyó también en la encimera.

—Aún no puedo creérmelo... —Peggy dejó la frase inacabada.

—Sigues mal por lo de Hannah, ¿verdad?

—Sí, no sospeché ni por un segundo que fuera capaz de asesinar a alguien.

—¿Has ido a verla a la cárcel?

—Se niega a recibir visitas, no quiere verme —era obvio que se sentía dolida. Mientras Corrie metía las palomitas en un cuenco enorme y les echaba por encima la mantequilla fundida, añadió—: A principios de semana hablé con Troy Davis, me dijo que Hannah ha decidido llegar a un acuerdo con el fiscal. Cuando acaben los trámites, la transferirán a la cárcel de mujeres de Purdy.

—No puedo ni imaginarme lo duro que todo esto es para ti.

Sabía que Peggy le había tomado aprecio a Hannah, y que se había quedado muy afectada al enterarse de que la joven era la responsable de la muerte de sus padres. Tal y como estaban las cosas, Peggy no podía hacer nada por ella. Las autoridades de California ya habían sido notificadas, y estaban a punto de arrestar al amigo que había manipulado el coche de su padre y que le había comprado la droga. En breve se firmarían los documentos de extradición de Hannah, y a menos que se llegara a un acuerdo, la juzgarían en California.

—Lo siento mucho, Peggy.

—Ya lo sé, yo también. Ha arruinado su propia vida —agachó la cabeza por un momento y volvió a alzarla antes de decir—: Me gustaría saber cuándo lo supieron Roy y el sheriff.

Corrie se encogió de hombros y comentó:

—No tengo ni idea. Aunque trabajamos juntos, mi marido suele guardarse para sí sus sospechas. La mayor parte del tiempo, no sé lo que está ocurriendo dentro de esa cabezota dura que tiene. Lo que sí sé es que Troy y él hablaban del caso de vez en cuando, y comparaban sus notas. Supongo que revisaron el caso juntos y llegaron a la misma conclusión.

—¿Estás hablando de mí y de mi mente brillante? —dijo Roy, mientras entraba en la cocina seguido de Bob.

—Os hemos dado una paliza tan grande a las cartas, que está claro que estáis a punto de rendiros —comentó Bob con satisfacción.

—Podríamos poner una película —dijo Roy, mientras agarraba un puñado de palomitas.

—No sé, estoy un poco cansado.

—Sí, será mejor que nos vayamos ya —Peggy se volvió hacia Corrie y le dijo—: La cena estaba buenísima. Bob y yo necesitábamos salir un poco para olvidarnos de todo lo que ha pasado.

—Ha sido un placer —Roy abrazó a su mujer por la cintura y acompañaron a sus amigos hasta la puerta. Corrie sacó las chaquetas del armario, y cuando Peggy se puso la suya, él se la sostuvo con educación.

—Mirad, alguien os ha dejado un regalo —dijo Peggy, cuando abrieron la puerta.

En el porche había una cesta de fruta preciosa. Contenía manzanas, naranjas, plátanos, uvas, frutos secos y bombones. Estaba envuelta en celofán plateado y decorada con un enorme lazo.

—¿Quién ha podido mandárnosla? —dijo Corrie, gratamente sorprendida.

Cuando ella hizo ademán de agarrar la cesta, Roy la detuvo y le susurró:

—Lo que hay que preguntarse es quién la dejaría aquí sin llamar siquiera a la puerta. Déjala donde está, no la toques.

—¿Crees que es la misma persona que te envió las postales? —le preguntó ella en voz baja.

—No lo sé.

—Mirad, hay una nota entre la fruta —les dijo Peggy.

Agarró la nota antes de que Roy pudiera impedírselo y Corrie se quedó mirándola sin saber qué hacer, como temerosa de que algo estuviera a punto de estallarle en la cara a su amiga. Al ver que no pasaba nada, suspiró con alivio.

—A lo mejor es un regalo de Acción de Gracias adelantado —Peggy le dio la nota a Roy, y añadió—: En fin, será mejor que nos vayamos.

Bob asintió, y después de otra ronda de despedidas, fueron hacia su coche.

—Ábrela —dijo Corrie, cuando el coche de los Beldon empezó a alejarse.

—Espera un momento.

Entraron en la casa, y él examinó el sobre. Estaba dirigido a los McAfee, al número cincuenta de Harbor Street, así que la cesta se había entregado en la casa correcta. Después de alzarlo para verlo a contraluz, lo abrió y sacó una nota.

—¿Qué pone? —le preguntó Corrie con impaciencia. No quería que su marido le ocultara nada, se había enterado de lo de las postales por pura casualidad.

Roy le dio la nota después de leerla: *No te deseo ningún mal, sólo quiero que pienses en lo que hiciste. ¿No te arrepientes de nada?*

Corrie lo miró con inquietud y le preguntó:

—¿Qué significa?

—No tengo ni idea, supongo que tendré que esperar al siguiente mensaje.

Le pasó un brazo por la cintura para intentar tranquilizarla. Aún no tenía una respuesta, pero acabaría encontrándola. Había resuelto muchos casos y aquél no iba a ser menos. No sabía quién estaba detrás de todo aquello, pero era obvio que se trataba de algo personal. Fuera quien fuese, había tenido la osadía de mandarle la cesta de fruta a su propia casa, pero no tardaría en descubrir quién era.

Su instinto le decía que ni Corrie ni él corrían peligro desde un punto de vista físico, pero había otros peligros menos obvios que podían causar mucho daño.

No iba a permitir que nadie pusiera en peligro el refugio acogedor que Corrie y él tenían en Cedar Cove.

Títulos publicados en Top Novel

La novia robada — Brenda Joyce
Dos extraños — Sandra Brown
Cautiva del amor — Rosemary Rogers
La dama de la reina — Shannon Drake
Raintree — Howard, Winstead Jones y Barton
Lo mejor de la vida — Debbie Macomber
Deseos ocultos — Ann Stuart
Dime que sí — Suzanne Brockmann
Secretos familiares — Candace Camp
Inesperada atracción — Diana Palmer
Última parada — Nora Roberts
La otra verdad — Heather Graham
Mujeres de Hollywood... una nueva generación — Jackie Collins
La hija del pirata — Brenda Joyce
En busca del pasado — Carly Phillips
Trilby — Diana Palmer
Mar de tesoros — Nora Roberts
Más fuerte que la venganza — Candace Camp
Tan lejos... tan cerca — Kat Martin
La novia perfecta — Brenda Joyce
Comenzar de nuevo — Debbie Macomber
Intriga de amor — Rosemary Rogers
Corazones irlandeses — Nora Roberts
La novia pirata — Shannon Drake
Secretos entre los dos — Diana Palmer
Amor peligroso — Brenda Joyce